L'arnaque enchantée (suite)

François Daguisé

Avertissement

On m'a fait des réflexions, j'avais oublié d'écrire le mot « fin » à l'issue de mon ouvrage précédent ! Attentif aux critiques plus encore qu'aux compliments, si, si, j'ai soudain pris conscience de ce péché originel involontaire mais patent. Ce volume est donc la suite de celui intitulé *L'arnaque enchantée,* comme le suggère si finement son titre. Il est naturellement conseillé d'avoir lu le premier pour bien saisir dès le début, tout le sel de la suite. Les impénitent(e)s fonceu(r)(se)s pourront toutefois tenter de se raccrocher aux branches du prologue.

L'arnaque enchantée (suite)

Prologue

La dernière représentation de *La Flûte enchantée*, avait reçu un accueil particulièrement enthousiaste du public rochois et signé la fin de ces master-classes en beauté. Tout le monde avait regagné ses pénates, à l'exception d'un marin péruvien qui n'avait pas supporté la greffe d'un microprocesseur en plein front, de Maximo, le malchanceux capitaine du Val-Jus, qui, après avoir survécu au naufrage de son minéralier au large du Sri-Lanka, n'avait pas digéré la lame de Faustino et d'un jeune ténor dont le différend avec un baryton s'était terminé dans une étouffante étreinte qui manquait d'amitié. Trois morts, ça faisait encore petits bras !

Clara Fulmann s'était fendue d'un email de remerciements à toute la troupe, sur l'air d'un au-revoir dont la mélancolie avait été soigneusement estompée au profit de son enthousiasme. Robert, son mari, était reparti lui aussi présider aux destinées de sa maison d'édition parisienne, accompagné, à une distance reposante de quelques voitures de TGV, de l'horripilante Évelyne.

Clara était restée sur le regret d'avoir constaté que Frédéric Bouchay, le ténébreux Sarastro, s'était volatilisé au beau milieu de la générale alors qu'elle n'avait pas pu se faire expliquer pourquoi. Le maestro, Hubert de Retraigne, sur qui elle comptait pour éclairer sa lanterne, avait repris le cours de ses pérégrinations musicales le soir-même, sans avoir pu la saluer. Il faut avouer à sa décharge qu'il avait une palanquée de mains à serrer ce soir-là.

Le malheureux Frédéric, après avoir subi l'humiliation publique la plus fracassante qui soit de la part de Fanny, avait fini par jeter le gant. Sous le chantage de Nestor Cerapoulos, l'armateur grec, de Demetria (il ignore toujours qu'elle s'appelle Svelnia et qu'elle est l'omnipotente Secrétaire générale de la Compagnie de Nestor) et de Faustino, l'homme de (grosses) mains, il s'était retrouvé avec une mission malhonnête et pleine de risques. Il avait failli réussir à tripatouiller le contrat d'assurance au prix de mille difficultés (il s'agissait d'étendre la garantie à une cargaison de cérium – minerai plus précieux que l'or – dont le cours était en train de s'effondrer et qui avait opportunément été englouti avec le Val-Jus). Mais l'arnaque avait été repérée et désamorcée, grâce à l'organisation diligente de Schweller Assurances, l'hébergeur et sponsor de l'Academe Canto. Ce coup manqué avait conduit à la faillite de la Compagnie maritime Cerapoulos, mais l'affaire n'avait pas été perdue pour tout le monde. Non seulement Svelnia avait pu la récupérer et la rebaptiser « Svelnia Shipping Company », mais elle avait ressorti Nestor Cerapoulos de sa réclusion orthodoxe en le nommant Secrétaire général. La farce était amère mais quand on s'appelle Cerapoulos, on digère tout.

* * *

Quelques jours plus tard, dans la gendarmerie de Roches, c'était le branle-bas. Après avoir reçu la lettre anonyme révélant l'endroit où était enterré le jeune ténor, le Commandant Gaubert avait été à deux doigts de se voir bombardé Lieutenant-colonel quand il avait découvert deux corps alors qu'il n'en cherchait qu'un, et qui plus est, un deuxième corps absolument inconnu. L'excellent service de l'identification criminelle, dont la réputation n'est pourtant plus à faire, allait en rester définitivement pour ses frais. Maximo était un solitaire, sans famille, et d'une origine maltaise trop modeste et trop éloignée pour que l'on put le reconnaître, d'autant qu'aucun avis de recherche n'avait été lancé par les seuls qui le connaissaient : le tueur Faustino et ses patrons.

* * *

Revenu dans sa patrie d'origine, Frédéric Bouchay est redevenu Eugenio Trevissolo et s'est réfugié dans la montagne qui environne la petite ville de Moncalieri. Là, dans la douillette solitude que lui procurent ses brebis, il profite parfois de l'éloignement de tout témoin, pour se laisser aller à quelques grandes tirades lyriques du répertoire classique. Entendre un berger faire des vocalises n'aurait rien de surprenant pour une oreille de passage, mais un Piémontais qui déclame du Wagner pourrait éveiller un doute sur l'origine pastorale d'Eugenio. C'est pourquoi il aime s'entourer de précautions quant à l'écoute dont il pourrait être l'objet et pour plus de sûreté, il ne chante que la nuit venue, à l'heure où les promeneurs sont attablés devant leur rituel Prosecco.

C'est sa manière de chasser les mauvais souvenirs accumulés ces derniers temps et en particulier celui laissé par cette satanée pigiste de Fanny Fiedelson qui, fort heureusement, n'a rien compris de ce qui se tramait dans les environs du campus de Schweller Assurances. À y repenser il ne trouve rien qui la rehausse un peu, pas même son corps si ardent, sa plastique irréprochable et son minois à faire craquer un CRS. Il a pourtant pris du bon temps avec elle mais rien des ébats torrides de ce mois de juillet 2017 n'a imprimé sa mémoire. Il ne lui reste que des souvenirs horribles de cadavres et de sang.

* * *

Pour clore ce petit rappel, l'auteur insiste sur le caractère fictionnel de tous ses romans et thrillers (on ne le dira jamais assez). Il prend ici une liberté espiègle à mettre un peu de fantaisie dans l'histoire ou la géographie, ayant pour seul but de rendre la lecture plus agréable. Si le lecteur est tenté d'y découvrir quelques vérités, cela ne peut relever que d'un choix délibéré de sa part, d'une stupéfiante coïncidence ou, plus prosaïquement, d'un prisme déformé par quelques références exactes.

« La vie ne serait pas drôle sans les rêves », comme avait coutume de dire Bernadette Soubirous à ses copines, quand elle se promenait dans les grottes du pays de Bigorre.

L'arnaque enchantée (suite)

1 — Accident mortel à Moncalieri

Il est à peine six heures du matin quand deux coups de fusil claquent dans la montagne piémontaise, qu'un écho granitique vient porter comme une rumeur malsaine jusqu'au fond de la vallée. En ce milieu d'été, il fait déjà grand soleil et la journée s'annonce aussi étouffante que les précédentes, au fond des ruelles de Moncalieri. Dans les alpages de La Roglia en revanche, à 1 700 mètres, l'heure est encore à la rosée dont le pâturage s'abreuve avec gloutonnerie ; c'est la seule eau qu'il reçoit chaque jour depuis le printemps. D'ailleurs, la verdeur de cette herbe nourricière des brebis, vire rapidement au jaune paille au fur et à mesure que l'on descend les sentiers vers la ville. Les habitants de Moncalieri qui entendent ce tonnerre surnaturel à cette heure indue, comprennent que quelque chose de grave vient de se produire.

Pietro Trevissolo, le cousin d'Eugenio, sait parfaitement d'où provient cette pétarade. Il appelle aussitôt son cousin.

— Oui, il est mort !

— Tu ne peux pas rester sans rien faire Eugenio, il faut que tu viennes le déclarer. Rends-toi à la police avant qu'on ne le découvre.

Le mutisme qui s'étire à l'autre bout en dit long sur l'affliction d'Eugenio.

D'ordinaire, seul dans sa montagne, Eugenio n'en descend jamais. C'est Pietro ou sa fille qui lui montent régulièrement ses provisions, au volant de leur petit pick-up tout terrain, deux ou trois fois par mois. En échange, Eugenio leur donne du fromage frais qu'ils font affiner dans leur cave, en bas. À vrai dire, il se moque un peu des conséquences de son tir meurtrier : une amende, qu'il ne paiera pas faute de moyens, de la prison, avec sursis, tout cela l'indiffère. La conscience d'avoir sauvé ses brebis et surtout son chien Titus l'emporte largement.

Titus est un border collie récupéré en mauvais état dans un refuge. Il s'est passé quelque chose de trouble dans son plus jeune âge qui en a fait un chien rachitique. On suppose qu'il faisait partie d'une portée trop abondante et que sa mère l'a sacrifié, c'est du moins ce que le vieux gardien du chenil a assuré à Eugenio. Notre berger l'a quand même pris, à l'essai, et Titus s'est révélé un ardent rassembleur de troupeau. Sa taille réduite en fait pourtant une proie trop facile pour des prédateurs tels que l'ours, le loup ou le puma et cette faiblesse a renforcé l'affection qu'Eugenio lui porte. Après tout, n'est-il pas lui aussi un éclopé de la vie ? Ce qui le tracasse ne sont ni les retombées de la loi, ni son remords d'avoir tué un animal hautement protégé, mais bien de revoir cette ville et de croiser des personnes qu'il a pu connaître dans son enfance. Son retour à Moncalieri n'a été motivé que par la confiance en son cousin Pietro – le seul lien familial qu'il lui reste – et la possibilité de se reclure dans les montagnes, loin du monde, de ce monde qui ne lui a servi que des plats immangeables. Il ne veut pas courir le risque de se trouver nez-à-nez avec un quidam qui se rappellerait sa catastrophique mésaventure milanaise, cet effondrement de sa voix qui l'a rendu *persona non grata* dans toute l'Italie, du moins dans celle des artistes lyriques. Ici au moins, sur l'un des rochers ancestraux des environs de sa ville natale, il peut tenter d'oublier son passé, y compris et surtout la sinistre farce de ces master-classes en France, l'année dernière. Il sait cependant que s'il ne va pas déclarer de lui-même ce qui s'est passé, il risque bien pire que des avanies judiciaires, il encourt l'exclusion de ce qui est devenu sa montagne. En fin de matinée, il se décide donc. Il appelle Pietro et lui demande de venir le chercher demain matin.

Hélas, le zèle des autorités va rattraper cette résolution sage mais trop tardive. Le Piémont est un parc naturel protégé par une foultitude de règlements plus sévères d'années en années et naturellement, il est doté d'une escouade de fonctionnaires assermentés dédiés à l'application stricte du code de l'environnement italien, sous l'égide combinée de l'UNESCO et de l'UE et flanquée des cerbères du WWF et de leurs affidés. On ne plaisante pas avec les clôtures à quatre rangs de barbelés normalisées, le comptage régulier de la faune sauvage et la préservation des fleurs rares de montagne. Dans ces endroits, les bergers sont des copropriétaires (ou colocataires, c'est selon) soumis à des syndics supranationaux.

Alors qu'il vient juste de déposer le cadavre du loup derrière sa bergerie en attendant l'autorisation de l'enterrer, il entend le ronflement d'un moteur qu'il ne reconnaît pas comme celui de son cousin. Il ne lui faut pas longtemps pour voir arriver le gros quatre-quatre Toyota du garde-chasse local. Il connaît Ernesto Malvini, c'est un prétentieux qui ne se complait qu'à rabaisser ses concitoyens, un vicieux capable d'inciter au faux-pas pour le plaisir de verbaliser. L'homme vient d'arrêter son véhicule devant l'entrée de la bergerie. Il ouvre lentement sa portière, visse sa casquette de baroudeur et descend avec des gestes lourds. Il est grand et un peu enveloppé. Son uniforme kaki semble trop étroit mais pas un bourrelet ne dépasse. Ernesto est dans la fleur de la quarantaine, tout en muscle. Il affiche un sourire méprisant et a les yeux si plissés qu'on distingue à peine son regard.

Pourvu qu'il n'aille pas voir derrière la bâtisse !

— Alors Eugenio, on se défoule sur les loups maintenant ? C'est la solitude qui te rend méchant contre ces pauvres bêtes ?

— Bonjour Monsieur Malvini ! Il allait s'en prendre à mes bêtes, je n'ai pas eu le choix, mon chien est trop petit pour le faire fuir…

Les jumelles autour du cou du garde sont assez parlantes

pour qu'Eugenio comprenne immédiatement que cette fouine de Malvini a dû le voir ramener l'animal. Le tutoiement n'est pas réciproque. Il pourrait l'être mais c'est par instinct de défiance qu'Eugenio se refuse à cette familiarité.

— Ah bon, tu l'as descendu volontairement ? Moi qui croyais que tu allais me faire le coup de l'accident. Cette révélation ne va pas arranger tes affaires mon ami. Montre-moi un peu où tu l'as mis, persifle-t-il.

Eugenio entraîne le garde derrière la bergerie. Ernesto Malvini se penche et examine la bête encore tiède.

— C'est un jeune, on n'a pas encore eu le temps de le pucer.

Pressentant le mauvais scénario qui pourrait suivre cette rencontre précipitée, Eugenio tente de justifier sa bonne foi.

— J'ai décidé de me rendre au Commissariat dès demain matin, mon cousin va venir me chercher.

— Ah oui ? Eh bien dis à ton cousin que ce n'est pas la peine qu'il se déplace, je vais t'y emmener moi-même au Commissariat. Tiens, tend tes mains que je te mette les bracelets de rigueur.

— Mais puisque je suis volontaire, je n'ai pas besoin de menottes, s'insurge Eugenio que la morgue d'Ernesto commence à faire bouillir.

— Toi non, mais moi oui, répond sèchement le garde en lui tendant l'objet infamant, allez, ne m'oblige à être méchant en plus, cela ne ferait qu'aggraver ton cas.

La descente vers le Commissariat dans ces conditions signifie pour le moins une garde-à-vue de 72 heures. Eugenio en est bien conscient. Pour ce qui est de savoir qui va s'occuper de ses bêtes pendant ce temps, Ernesto lui rétorque en se moquant, qu'il pourra toujours faire appel à son cousin. Arrivé à destination, Eugenio est conduit devant le commissaire qui le reçoit après une attente de vingt minutes, temps largement suffisant pour que le garde puisse faire sa déclaration sans s'embarrasser des circonstances atténuantes qui déchargeraient un peu le malchanceux tireur. Le Commissariat n'est pas climatisé et Eugenio n'est pas accoutumé aux températures supérieures à trente degrés. Il transpire abondamment, cela accroît encore l'inconfort de sa situation. Quand vient son tour de déposer, il se trouve face à un homme petit et sec, dont le regard sévère ne laisse attendre aucune écoute bienveillante. Eugenio explique la situation extrême dans laquelle il s'est retrouvé. Le Commissaire lui fait observer que ce n'est pas à lui de décider si un loup doit vivre ou pas, qu'il existe des compensations pécuniaires suffisantes en cas de pertes dans le bétail et qu'on ne choisit pas un chien de la taille d'un caniche pour se défendre des loups. Évidemment, il a raison. Eugenio ne se sent même pas capable de lui soutenir que l'implantation de loups au milieu de moutons est une hérésie. Il n'aurait pourtant pas totalement tort, car il ne manque pas d'endroits libres de tout pâturage, depuis que les pratiques d'élevage modernes se sont mises à bannir la transhumance et que plus personne n'accepte de vivre dans la solitude de la montagne.

Le lendemain, une plainte parvient aux autorités, elle est signée de Cecilia Bartelli, Présidente de l'association locale de défense de la nature et de l'environnement.

Il ne connaît pas cette Bartelli, mais il est parfaitement à jour en ce qui concerne sa puissante association. Non seulement il est coupable d'un abattage interdit mais en plus, il s'est fait surprendre par le garde en quasi flagrant délit et avec la charge accablante d'avoir voulu camoufler son forfait. Car c'est la teneur explicite du procès-verbal établi par Ernesto Malvini, autorité assermentée. Bien sûr, il a fait valoir qu'il avait l'intention de se rendre, comme son cousin Pietro pourra en témoigner, mais le Commissaire lui a déjà laissé entendre qu'on entendrait ce cousin plus tard. Il a aussi ajouté que comme il porte le même nom que lui, son témoignage ne pèsera pas lourd. À l'issue du temps réglementaire de détention préventive, on organise une rencontre contradictoire entre le suspect et la plaignante. Cette audition servira de point de départ dans la comparution immédiate qui se déroulera le lendemain et qui laisse planer les plus sombres avanies pour Eugenio.

La femme qui entre dans le bureau du Commissaire est une grande brune à la chevelure exagérément fournie. C'est le détail marquant qui la caractérise d'emblée. Elle est vêtue d'un fin chemisier noir, pris dans un jean et porte des santiags mexicaines impeccablement cirées. Elle est très peu maquillée mais son visage rayonne d'une vigueur mordante, sans doute à cause de ses yeux rieurs. Dans la quarantaine, elle donne l'impression d'aimer la vie à outrance sans paraître exubérante pour autant, hormis ses cheveux. Son allure est empreinte d'une réserve exquise, elle avance à petits pas vers le fauteuil que le Commissaire lui désigne, à côté de celui d'Eugenio. Par correction, le Commissaire et lui se sont levés quand elle est entrée. Tous trois s'assoient ensemble. Quand elle est plus près d'Eugenio, il profite d'un instant où elle a les yeux baissés sur un gros dossier posé sur ses genoux, pour l'observer plus attentivement. Quelque chose l'intrigue. Dès qu'elle se présente, Eugenio ressent un choc en entendant sa voix, il la connaît. Sous l'effet de la surprise, il agrippe ses deux mains sur les accoudoirs de son fauteuil. Ce geste n'échappe pas à Madame Bartelli qui se met à le dévisager. Quand vient le tour d'Eugenio de se présenter, c'est elle qui a un sursaut. Le Commissaire est un peu interloqué par ces mimiques qui se copient l'une l'autre.

— Vous vous connaissez ? hasarde-t-il.

— Mon nom de jeune fille est Cornella, déclare la

plaignante en regardant Eugenio, le visage éclairé par un sourire magnifique.

— Cecilia !, s'exclame Eugenio

* * *

Dans le voisinage de ce qui n'est encore qu'un gros village, trente ans en arrière, les moissons sont finies et des gamins en culottes courtes se livrent à des parties endiablées de slaloms entre les bottes de paille. Elles sont disposées en un V inversé pour parfaire leur séchage avant la mise en grange. Cela constitue autant de tunnels sous lesquels des enfants de dix à douze ans peuvent se cacher en baissant juste la tête. Cecilia et Eugenio sont voisins. Leurs parents sont de bons amis qui s'entraident beaucoup. Le père de Cecilia est toujours là quand des travaux extérieurs sont nécessaires, tandis que celui d'Eugenio excelle dans le bricolage intérieur. C'est grâce à ces compétences qui s'emboîtent à merveille que les deux familles ont pu parvenir à des logements spacieux et confortables au milieu de modestes jardins. Les potagers sont encore sous l'autorité des grands-pères qui les soignent avec une application héroïque. À cette époque de l'année, ce que les enfants préfèrent par-dessus la paille, c'est le foin. Les bottes de luzerne tièdes et odorantes les enivrent et à l'instar de leurs parents, ils se mettent à construire des « maisons ». L'édification des murs ne leur pose aucun problème, ils sont réalisés en un clin d'œil. Pour les toits c'est plus difficile. Ils sont hauts et instables faute de charpente. Ils y remédient vaille que vaille avec des piquets d'acacia ou des branches d'arbre, mais ce n'est pas aisé à trouver et il faut les amener parfois de loin, les journées des vacances d'été ne suffisent pas.

Les deux enfants avaient douze ans pour Eugenio et treize pour Cecilia, lorsque, une fois leur ouvrage terminé, ils s'y installèrent, en couple. Cecilia avait amené sa vieille dinette et s'occupait à préparer le repas pendant qu'Eugenio s'affairait à consolider la demeure et à en aménager les abords. Le repas était constitué des feuilles et de cailloux qu'ils faisaient semblant de manger tout en reprenant des bavardages entendus chez des adultes. C'est après une de ces bucoliques collations, qu'Eugenio prit la main de Cecilia pour l'approcher délicatement de lui. Ils échangèrent alors un baiser bien plus vrai que la ratatouille aux brindilles et à la mousse de chêne. La douceur de leurs langues mêlées leur procura une chaleur inconnue dans leur ventre, mais tellement agréable. Ils recommencèrent plusieurs fois et le même phénomène se reproduisit. À leur étonnement initial succéda un désir gourmand et joyeux. Ils avaient découvert un moyen d'atteindre un plaisir qui dépassait de loin celui des bouchées au chocolat ou des glaces à la vanille. Pour comble de bonheur, celui-ci ne dépendait pas du bon vouloir de leurs parents, seuls autorisés à distribuer des friandises. Non, c'était bien mieux, ils pouvaient se le procurer par leur seule volonté, sans aucune limite. C'était extraordinaire. Entre deux accolades de leurs bouches, ils se regardaient, les yeux humides de plaisir, incrédules sur leur propre pouvoir à se distiller autant de bien-être intérieur. Quand ils rentrèrent dîner dans leurs foyers respectifs, ils ne parlèrent pas mais se lancèrent des œillades délicieuses de complicité. Presqu'arrivés à leurs maisons, Eugenio voulu prendre la main de Cecilia une nouvelle fois, mais elle prit peur. Il allait certainement dire quelque chose de terrible et elle était trop près de chez elle. Elle eut un geste brusque de refus. Eugenio ressentit un effondrement de tout son être. Des mots tendres s'étaient présentés qu'il n'avait jamais dit à personne, il ne pouvait pas croire qu'ils puissent être ainsi refusés, par celle-là même avec qui il venait de découvrir l'espoir d'un échange affranchi. Son hypersensibilité presque maladive avait déjà commencé son travail d'étouffement et d'angoisse. Il éprouvait un désir énorme de partage comme pour évacuer le trop plein de sensations inconnues et effrayantes qui s'était emparé de lui.

La saison se termina ainsi, sur un malentendu. Ils n'échangèrent plus rien sur ce qui venait de se passer, évitant de se croiser même du regard. Le temps passant, l'année suivante, ils se retrouvèrent en compagnie d'autres jeunes de leur âge, dont l'irremplaçable Pietro, déjà. Sous l'effet du groupe, ils se rapprochèrent à nouveau, banalement. Mais la banalité ne dura guère. Ils se rapprochèrent tant, qu'ils finirent par commettre ce que leurs parents n'auraient jamais pu soupçonner. Eugenio et Cecilia se déflorèrent mutuellement. Bien sûr, ils procédèrent par étapes avec toute la maladresse qui échoit à ce jeune âge mais avec toute l'ardeur de la première fois aussi. Cette nouvelle rencontre éminemment dangereuse n'eut heureusement aucune suite fâcheuse, bien au contraire. Ils devinrent amis et entrèrent de plain-pied dans les terres des grandes confidences et des serments éternels. La sensibilité exacerbée d'Eugenio trouva là un terrain idoine pour étancher un temps, sa soif de vie.

À l'automne, un mauvais coup du sort contraint la famille de Cecilia à déménager pour se rapprocher du nouveau lieu de travail du chef de famille. L'idylle s'arrêta là et ni l'un ni l'autre ne surent ce qu'ils étaient devenus ; les moyens de communication de l'époque étaient à peine balbutiants.

* * *

— Monsieur le Commissaire, pouvons-nous… nous entretenir… quelques instants avant de… Elle cherche ses mots et butte sur l'impossibilité de réciter le texte qu'elle avait préparé.

Cette rencontre la bouleverse, tout comme Eugenio, à tel

point qu'ils n'osent plus se regarder. Elle, implorant le Commissaire de lui accorder un tête-à-tête, lui, fixant avec un regard effaré le bout de ses chaussures, tous deux baignant dans une odeur de luzerne sèche et tiède qui vient d'envahir leur mémoire.

— Mais Madame, c'est impossible ! Ceci est une confrontation judiciaire qui doit se dérouler en présence d'un officier de police ou à tout le moins d'un témoin assermenté !, s'exclame le Commissaire d'un ton un peu adouci par les yeux embués de la requérante.

— … Je retire ma plainte !

Les mots ont jailli comme une déclaration d'amour. Eugenio se tourne vers elle abasourdi, le Commissaire en reste bouche bée.

— Dans ces conditions, il me faut un écrit de votre part, balbutie-t-il.

— Et que deviendra Monsieur Trevissolo ?

— Il écopera d'une amende pouvant atteindre 1 500 € et d'une sanction pénale dont le juge aura à décider, mais compte tenu de son casier judiciaire vierge, on peut espérer un sursis. En tout cas, si vous retirez votre plainte il ne sera redevable d'aucune indemnité.

— Peut-il sortir avec moi ?, demande Cecilia encore angoissée.

— Sa garde-à-vue est terminée, il devra se présenter libre au tribunal demain matin.

Une fois dehors, Eugenio reprend ses esprits.

— Je ne sais comment t'exprimer mes remerciements pour ton geste, sans cela je risquais le bannissement de ma bergerie… Tu es splendide Cecilia !... Qu'es-tu devenue, raconte-moi…

— Je suis institutrice, j'ai trois enfants, Emilio a 18 ans, Maria, 17 et Georgia 15 et toi ?

— Comme tu le vois je suis berger mais je n'ai pas d'enfants… Et… ton mari ? Que fait-il ?, dit-il un peu gêné.

— Il est contremaître chez Tudor.

— Les batteries ?

— Oui… mais…

Elle ne peut pas dire tout ce qu'elle voudrait. Ça va mal avec son mari. Elle est de plus en plus souvent seule pendant qu'il passe ses soirées à jouer au billard ou à la briscola avec des amis. Ces amis sont pour beaucoup d'entre eux des hommes comme lui, en délicatesse avec leur femme. Pour autant, Cecilia ne se plaint pas, son mari ne boit pas et n'est pas violent. Mais l'accord parfait des jeunes années n'est plus, la cassure s'est produite à la naissance de Georgia pour une raison inconnue, jamais dite et impalpable. Cecilia est insatisfaite et le charivari des souvenirs ne l'a pas quittée : Eugenio ! Son premier amour !

2 — *Confessions familiales*

Chez Eugenio aussi, la tête lui tourne encore. Il est dans une hébétude entre la surprise de ces retrouvailles et l'annulation de la plainte qui signifie qu'il va pouvoir reprendre une vie normale.

Sans le savoir, il a produit un effet profond sur Cecilia. À son regard tendre s'ajoute maintenant un corps qui a gagné en puissance. C'est le résultat d'une année au grand air à courir derrière son troupeau, à traire vingt-cinq brebis deux fois par jour (et sa trayeuse électrique rudimentaire ne fait pas tout), à les tondre, à changer leur litière, à maçonner les agrandissements de sa demeure, à couper son bois. Il a maintenant le teint halé, les mains calleuses et des membres vigoureux. Le formateur informatique de Clamart est méconnaissable, la basse lyrique de Roches sur Loire est transfigurée. Eugenio a subi une métamorphose physique complète. Paradoxalement, cela a eu pour conséquence inattendue de conforter sa voix et de l'affranchir totalement de sa faiblesse dans le haut de son registre. Le développement de sa cage thoracique a eu aussi pour effet d'amplifier sa capacité ; il a gagné en puissance et prend un très grand plaisir chaque soir à se lancer dans des airs magnifiques. Wagner est devenu son compositeur de prédilection.

Le verdict du procès est modéré : 750 € d'amende et 3 mois avec sursis. Il remonte à La Roglia, le cœur un peu moins lourd qu'en en descendant quelques jours plus tôt dans le véhicule d'Ernesto Malvini. Malgré tout, il a trente jours pour régler son amende. Il ne dispose pas de cette somme et n'en disposera pas davantage dans un mois. Sa rencontre avec Cecilia a été une grande chance mais elle est mariée, avec de grands enfants, le temps a passé et ne peut plus se rattraper. Il retrouve ainsi son alpage et une température plus clémente mais malgré sa fatigue accumulée ces derniers jours, il passe une nuit agitée.

Il est en pleine traite matinale lorsqu'il entend un bruit de moteur qu'il identifie tout de suite. C'est Pietro ou Sylvia, sa fille, qui vient le voir. Il se sent réconforté. Le véhicule s'arrête et quelques secondes plus tard, Pietro entre dans la bergerie. Il est très agité. Titus le reconnaît et va lui témoigner le contentement que lui procure sa visite.

— Tu ne devineras jamais ce qui m'arrive…, lui dit-il avec un sourire large comme une tranche de pastèque.

— Non mais visiblement c'est très agréable, répond Eugenio en finissant de nettoyer sa trayeuse.

— J'ai gagné au loto !

— Non, combien ?

— Dis un chiffre !

— À combien de zéros ?

— À ton avis ?

Pietro ne tient pas en place, il danse littéralement d'un pied sur l'autre comme un gamin qui veut faire pipi.

— Quatre ?

— Plus !

— Cinq ?

— Plus !

— Waouh, six zéros ?

— Plus !

— C'est pas vrai ! Tu n'as pas gagné 10 briques ?, s'esclaffe Eugenio complètement interdit.

— Non, c'est vrai, je n'ai pas gagné 10 bâtons… J'en ai gagné un peu plus… 12 550 624 €, exactement !

— Oh purée ! Redis-moi ça, j'ai dû mal entendre !

— Douze parpaings et demi, oui monsieur ! Tu n'as plus besoin de te soucier pour ton amende, je te la règle, lance-t-il en riant.

— Mais je ne peux pas…

— Tut, tut, tut, ça me fait plaisir et tu me rembourseras quand tu voudras et si tu y tiens.

Titus estime qu'il n'a pas eu son compte de caresses, il vient fourrer son museau entre les genoux de Pietro.

— Alors Titus, trop petit pour se défendre des loups… Oui tu es un bon chien quand même, fait Pietro en le caressant derrière les oreilles.

Pour fêter l'évènement, Eugenio interrompt son travail et invite Pietro à s'asseoir à sa table. Il n'a que du café à lui offrir mais cela n'a aucune importance.

— Tu vas pouvoir t'occuper de ta famille et offrir une bonne éducation à tes enfants.

— Oh ça oui, mais n'en parle pas trop, ils ne sont pas au courant. En fait seule Antonella le sait. Je me méfie des conséquences dans leur entourage, à l'école ça pourrait vite monter en vrille. D'ailleurs, ma première exigence auprès d'EuroMillions a été de rester anonyme, pas question de voir débouler des journalistes ou des arnaqueurs, sans compter les amis d'enfance dont je ne me souviens même plus…

— Sage précaution, tu peux compter sur moi. Alors quels sont tes projets ?

— Eh bien figure-toi que je n'en ai aucun pour le moment. En fait je voudrais juste que les gens que j'aime puissent en profiter un peu…, avoue-t-il les yeux dans le vague.

— Ah mais ça ne va pas du tout avec l'anonymat ça, Pietro !

— Oui bien sûr.

— Et puis, tu sais, le bonheur n'est pas qu'une question d'argent, poursuit Eugenio.

Pietro avale une gorgée de café et s'absorbe dans une méditation. Il prend conscience que son excitation première ne doit pas occulter les réalités fondamentales de la vie, son cousin a raison.

— Eh bien puisqu'on parle bonheur et famille, tu es là depuis un an et je ne t'ai jamais vu en douce compagnie. Tu es pourtant beau garçon et encore jeune…

— Oh moi…, répond Eugenio avec un soupir de résignation.

— Ben oui, toi ! Je t'ai connu mieux entouré dans ta jeunesse, pourquoi ne fréquentes-tu personne aujourd'hui ?

Eugenio regarde son cousin dans les yeux, comme s'il attendait un signal déclencheur de sa part. Il hésite à se confier. Il se sent à mi-chemin entre un improbable oubli total et l'impossibilité de supporter seul un poids aussi lourd. Au-delà de l'amitié quasi ancestrale de son cousin, c'est sa patience extraordinaire qui le décide à envisager de sortir de son ascèse intérieure. Pour la bonne marche des affaires de chacun, Pietro lui propose de se retrouver le soir, ici-même, pour un barbecue en compagnie d'Antonella, de Sylvia et des deux garçons ; Eugenio est persuadé qu'il trouvera bien un moment pour parler à Pietro seul-à-seul.

— Allez, Eugenio, à ce soir, on amène tout, y compris la Grappa !

Toute la journée, la chaleur s'accroît terriblement à La

Roglia. Même à cette altitude il commence à faire très chaud, mais en fin d'après-midi, le ciel se charge d'épais nuages gris-noirs, tels d'énormes sacs remplis de suie. Le soir, quand le Sandero de la famille Trevissolo arrive à la bergerie, la pluie commence à tomber en grosse averse, dans un déferlement d'éclairs et de coups de tonnerre. Les énormes roches dressées qui reçoivent ce céleste son et lumière, forment les piliers d'une cathédrale acoustique qui le transforme en une symphonie furieuse. C'est un grand bonheur de voir ce déluge inespéré, de l'entendre s'abattre sur un sol durci et décharné par une sécheresse impitoyable, de sentir sa fraicheur, d'imaginer combien la terre qui le reçoit, s'en rassasie dans une secrète jouissance. Cette eau généreuse vient au secours de la nature en souffrance depuis des mois et des mois. Les fenêtres ouvertes de la bâtisse, laissent un long et lourd confinement ovin s'échapper sans regret, en échange d'une odeur légère et friponne, qui invite à rire. Plus un bruit. Même les oiseaux se taisent, ils boivent. Les branches des cornouillers, des aubépines et des acacias chétifs ne frémissent plus d'impatience, elles se balancent mollement, avec une paresse alourdie par une eau qu'elles ne connaissaient plus. Tout redevient dans le Piémont. Quand l'averse prend fin, le glougloutement des gouttières se met à imiter le tintinnabulement des clochettes du troupeau, blotti au sec, les oreilles fébriles à chaque claquement du ciel. Puis, dans le silence, la terre enveloppe l'air d'une puissante odeur d'herbe mouillée, dans une mêlée de parfums subtils de serpolet, de romarin et de gentiane jaune. Il est déjà tard mais on voit pourtant une clarté dans le ciel, malgré les nuages persistants, comme si ce grand lavage avait lustré l'air. Soudain, tout le monde est saisi par un courant d'air frais qui succède maintenant à la torpeur écrasante qui régnait jusque-là, en maitresse intraitable.

— Je vous propose de faire le barbecue dans la cheminée,

car avec ce qu'il vient de tomber, la soirée va être fraiche, annonce Eugenio.

La clameur enfantine qui lui répond ne laisse aucun doute sur l'approbation générale que suscite cette perspective. Sylvia a dix-neuf ans mais les jumeaux, Stefano et Regio n'en ont que onze. Dès leur arrivée, ils se sont mêlés aux brebis et surtout, aux agneaux. Leur plus grand bonheur est de se faire sucer les doigts par ces bébés pelucheux et chauds. La séparation entre la bergerie proprement dite et l'habitat d'Eugenio n'est qu'un frêle bardage de planches de pins ne filtrant ni le bruit ni l'odeur. Habitat est d'ailleurs un bien grand mot pour désigner ce qui n'est qu'une seule pièce, assez vaste mais au confort rudimentaire :

- au fond, une armoire et un lit étroit ;
- sur un côté une large cheminée encadrée par des étagères contenant les ustensiles de cuisine pour l'une et un bric-à-brac pour l'autre ;
- en face, une baie vitrée, seule source de lumière naturelle de la pièce ;
- dans un coin, un évier qui sert aussi bien à la cuisine qu'à la toilette et qui est alimenté en eau par une source. Par bonheur, il est surmonté d'un chauffe-eau à gaz ;
- à côté de ce point d'eau, un réchaud à gaz ;
- au centre, une énorme table qui sert à tout.

Ici l'électricité ne sert qu'à l'éclairage à l'exclusion de tout équipement électrique, sauf la trayeuse. Pas de frigo, on utilise un cellier enterré sous la maison et qui donne toute satisfaction quant à la température. Les toilettes sont à l'extérieur, dans une sorte de guérite qui jouxte le tas de fumier.

Le barbecue d'Eugenio est assez particulier au premier abord mais il ne provient pourtant pas de nulle part. Il suit une tradition dont l'origine se perd dans les générations ascendantes. C'est une grande pierre plate et mince qui ressemble beaucoup à une ardoise et que l'on place au-dessus du foyer. Au bout d'une demi-heure, elle atteint une température suffisante pour toutes sortes de cuisson. Pour plus de commodités et en accord avec les pratiques culinaires modernes, on fait fondre les tomates, poivrons, courgettes et oignons dans des barquettes en aluminium pour en conserver le jus ; les viandes en revanche sont cuites à même la pierre. Un tel équipement offre l'avantage d'une cuisson douce et convient particulièrement aux soirées en famille ou entre amis qui peuvent s'étirer dans la nuit. En raison de la nature des élevages chez les Trevissolo, on cuisine du porc ou du bœuf mais jamais de mouton. Cette façon de cuisiner laisse la part belle aux bavardages durant le temps de l'apéritif qui peut être assez long. Évidemment, cela ne favorise pas trop la sobriété des convives. Mais en l'occurrence, toute l'attention de Pietro sur la route du retour, pourra se porter sur le contour du chemin et non sur la détection d'une embuscade d'éthylotests. C'est l'avantage de vivre dans une ruralité escarpée, les patrouilles gendarmesques ayant mieux à faire dans le centre-ville de Moncalieri que dans les lacets caillouteux de La Roglia.[1]

Contrairement à ce qu'avaient imaginés les deux cousins, la soirée est si animée qu'ils ne trouvent pas un instant pour se parler en seul-à-seul. Arrivés à la fin du repas, les petits n'ayant pas résisté à la tentation de s'endormir avec les bêtes, Pietro propose qu'Antonella rentre avec les enfants et qu'elle le laisse passer la nuit ici.

— Je redescendrai à pied demain matin.

Antonella n'est pas surprise par cette proposition et même plutôt rassurée de pouvoir remplir son devoir maternel envers

---

[1] Le lecteur doit toutefois se rassurer quant à la protection routière de la famille Trevissolo : le seuil contraventionnel du taux d'alcoolémie des conducteurs est largement compatible avec un trajet en sécurité, à petite vitesse dans la montagne.

les deux jumeaux déjà fort imprégnés de l'odeur aigre-douce des moutons. Aussitôt après leur embarquement dans les bras de leur père et de leur oncle, la voiture qui démarre doucement de La Roglia, emporte la mère, la fille et deux agneaux qui vont se laisser bercer ainsi jusqu'à leur lit.

— Ah Eugenio, cela faisait longtemps que nous n'avions pas pu passer une telle soirée en bergerie.

— J'en ai de très vagues souvenirs, moi aussi.

— Qui aurait pu imaginer que toi, un enfant du pays, parti loin de nous pendant si longtemps, tu reviendrais pour t'y installer comme autrefois.

Les femmes ont déjà débarrassé la table et même fait la vaisselle. Pietro ressort la bouteille de Grappa, s'assoit en face d'Eugenio, mais ce dernier est encore hésitant. Il n'ose même pas regarder son cousin en face. Pietro fait le premier pas.

— Ceci dit, ta demeure est parfaite pour des soirées entre amis mais avoue qu'il y manque un peu de confort pour y faire vivre une femme…

— Oh bien sûr, mais vois-tu Pietro, les femmes ne m'intéressent plus !, dit Eugenio en fixant cette fois Pietro.

— Comment est-ce possible ?

Alors Eugenio se met à raconter tout ce qui l'a conduit ici, c'est-à-dire toute la partie de sa vie que son cousin n'a pas connue. Il commence par lui expliquer les difficultés qu'il a eues pour surmonter sa douance, cette construction affective et cérébrale un peu différente des autres et qui lui a donné tant de fils à retordre. Il lui raconte que c'est pour cette raison qu'il est parti à Milan sitôt sa *maturità*[2] en poche, se lancer dans une carrière lyrique, loin des mauvais souvenirs de son enfance et de sa jeunesse. Il lui détaille son effondrement dans ce maudit *Falstaff* à la Scala, puis son retour penaud et en catimini chez ses parents, pour se reconvertir dans l'informatique à l'université de Turin. Pietro se souvient de ce furtif retour de son cousin à Moncalieri mais à l'époque, Eugenio était devenu si ténébreux qu'il n'avait pas pu renouer un vrai contact et puis lui, venait de se marier et il y avait tout à faire, l'appartement du début, la maison ensuite, Sylvia qui venait de naître…

---

[2] Équivalent du baccalauréat

L'arnaque enchantée (suite)

3 — *Embarquement pour Cythère*

— Et là, tu vois, j'ai eu l'occasion d'aller en France où je me suis installé comme formateur sous le nom de Frédéric Bouchay. Ça a duré pas loin de vingt ans.

— Et tu n'as pas pu trouver chaussure à ton pied là-bas ?

— Non et je n'ai pourtant pas manqué de femmes. J'en ai connu de toutes sortes, des grandes, des petites, des grosses, des maigres, des blanches, des noires, des blondes, des brunes, de tout je te dis. Mais mon idylle la plus longue n'a pas dû dépasser trois mois.

— Mais pourquoi ?

— J'ai longtemps cru que je n'avais pas de chance et puis j'ai fini par comprendre que j'étais seul en cause… C'est un peu délicat à expliquer…

— Je suis là pour ça Eugenio, et la Grappa aussi, répond Pietro avec une mine pateline en resservant leurs deux verres.

— Eh bien, je t'ai parlé de mon hypersensibilité. Cela se traduit toujours par une insatisfaction ; quand je suis avec une femme, il me faut toujours autre chose. Non pas une autre femme, mais quelque chose en plus. Du coup, elles ne comprennent plus, cela les rend inquiètes et je deviens tout le contraire d'un homme rassurant.

Sans avoir l'expérience colossale des conquêtes féminines au rendement industriel, Pietro ne manque pas d'une certaine finesse de jugement :

— Il t'aurait fallu une femme moins dépendante, un peu dominatrice, non ?

— Ah parlons-en des dominatrices ! Figure-toi que c'est à cause d'une dominatrice que j'ai rappliqué ici l'année dernière. Elle m'a dragué comme une malade et puis d'un seul coup, au prétexte que je n'étais pas en train, elle m'a humilié en public.

— Humilié !? Comment ça ?

Comme chez tout homme qui ne s'est pas suffisamment investi dans les lectures pieuses ou qui a précocement délaissé l'apprentissage du mystérieux *Dasein* d'Heidegger[3], les considérations minorantes concernant son appendice érectile sont insupportables. Fanny Fiedelson a traité Eugenio de 'petite bitte' et pour lui, c'est d'autant moins répétable qu'il sait que c'est vrai. Malgré tout, dans un effort dont il faut souligner l'abnégation devant l'évidence, il se fend, en guise de réponse à la question légitime de Pietro, d'un : « Une saloperie sur nos rapports sexuels ! », en examinant attentivement un des pieds de sa table. Subodorant quelque honteuse moquerie bien vacharde comme seule une femme en colère peut en fabriquer, Pietro s'abstient de tout mouvement de cil pouvant indiquer qu'il a compris. La conversation peut reprendre un cours normal, les verres sont à nouveau remplis.

— Mais le pire n'est pas cette maudite Fanny, mais celle qui a précédé et qui est la cause de tout ça.

La description de toute l'histoire depuis son voyage en Grèce où sa vie a littéralement basculé, laisse Pietro abasourdi par ce qu'il découvre. C'est un cataclysme nommé Demetria qui s'est abattu sur son pauvre cousin. Dans son imaginaire, elle devient la fée Carabosse, la Cruella d'Enfer, une sorcière anthropophage dans une forêt teutonne, tandis que Faustino prend la figure d'un Méphistophélès sanguinaire, de la terrifiante bête du Gévaudan, d'un Yéti en treillis ou d'Attila

---

[3] Idée maîtresse de Martin Heidegger, philosophe allemand (1889 – 1976) et qui peut se traduire par *l'être-là*.

réincarné.

Au fur et à mesure de son récit cependant, Pietro observe une transformation étrange de son cousin. Le ton plaintif et larmoyant du début laisse place peu à peu à une saine colère, teintée de haine. Son regard se fait furieux, il parle d'une voix sourde, les poings serrés, le torse en avant. D'une histoire affligeante, narrée avec des expressions craintives, Eugenio fait maintenant le réquisitoire farouche d'un couple malfaisant qui mérite une punition exemplaire. Ses phrases deviennent des sentences guerrières :

— Je suis certain que mon avenir ne sera pas, sans un règlement de compte définitif !

Pietro en frémit tandis qu'Eugenio se lève et déclame :

— Pietro ! Je dois laver mon honneur si je ne veux pas sombrer dans la déchéance !

— Laver ton honneur ? Que veux-tu dire ?

— Je dois faire payer à cette Demetria ce qu'elle m'a fait ! Je dois réduire ce salopard de Faustino à l'impuissance !

— Mais… Comment faire ?

— … Ressert-moi de la Grappa !

Sur cet élan aussi héroïque qu'inhabituel chez les Trevissolo et en particulier chez Eugenio, c'est la Grappa qui a le dernier mot. Ils éteignent la lumière et se couchent sans se déshabiller.

Après quelques heures d'un sommeil accablant, le petit jour est déjà là quand Titus vient léchouiller son maître : « Eh patron, il faut traire les brebis ! ». Avec le chaudron en fonte qui leur tient lieu de casquette, ils ne sont pas trop de deux pour remplir la besogne pastorale du matin. Une fois les bêtes libérées dans les pentes herbeuses voisines, les deux hommes s'attablent en silence devant un grand bol de café fumant.

— Je ne plaisantais pas hier soir, Pietro, marmonne Eugenio.

— Les bouteilles vides sont là pour en témoigner, Eugenio, réplique son cousin.

Ils partent tous les deux d'un rire franc mais un peu douloureux.

— Ma décision est prise. Je vais retourner en Grèce pour réparer une grande injustice.

Pietro est stupéfait. Il observe Eugenio mais a du mal à le reconnaitre. L'homme au regard apitoyé, aux épaules tombantes et aux gestes un peu las semble avoir cédé la place à un gaillard prêt à en découdre. Quelque chose de volontaire anime maintenant cette silhouette qui a perdu toute fragilité. Eugenio se tient droit comme un mât, les muscles tendus, les poings serrés. Il remarque la surprise de son cousin.

— La discussion que nous avons eue hier soir m'a éclairé. J'ai compris d'un coup et grâce à toi, que je n'avais à m'en prendre qu'à moi-même et qu'il m'appartenait de choisir entre continuer à geindre ou me mettre debout pour affronter ce que je n'ai jamais osé affronter.

— Et quoi donc ?, répond Pietro dubitatif.

— Rendre coup pour coup !

— Bon, d'accord ! Mais comment vas-tu faire ? Seul ? Tu ne sais même pas comment tu vas retrouver cette Demetria, qui t'a promis pis que pendre si elle te rencontrait à nouveau. Et puis tu oublies la cocaïne dont tu es receleur aux yeux des autorités grecques, sans compter Faustino qui se ferait sûrement un malin plaisir de t'écorcher vif à l'occasion. Non mais tu te rends compte dans quel merdier tu veux mettre les pieds ?

— Oui, mais j'aurai pour moi l'effet de surprise car ils ne

m'attendent sûrement pas, persiste Eugenio.

— L'effet de surprise est un fusil à un coup et en un coup tu ne feras pas grand-chose.

— Que tu dis ! J'ai l'intention de me saisir de Demetria, de lui faire cracher des indemnités nettes de charges et d'impôts et surtout, de me faire expliquer deux ou trois choses qui m'échappent encore. D'ailleurs, je me demande ce qu'il peut en rester de la Compagnie maritime Cerapoulos, car après leur coup foiré à l'assurance, ils ont dû se sentir très mal.

— Ce n'est pas raisonnable Eugenio, tente Pietro.

— Il le faut. C'est une question de survie pour moi. Je n'ai pas mérité tout ce qu'ils m'ont fait subir, je n'ai pas mérité d'être un sous-homme, je veux marcher debout et plus à quatre pattes et mon voyage commence par la Grèce.

Pietro ne sait quoi répondre. Un silence s'installe entre les deux hommes. C'est alors qu'il se lève et annonce :

— Finalement, tu as peut-être raison. En tout cas, il me semble nécessaire pour ton équilibre personnel que tu n'en restes pas là. Et comme tu vas avoir besoin d'une base arrière, je t'accompagne !

— Quoi ?

— Écoute. Avec ce que je viens de gagner, j'ai de quoi voir venir…

À ce moment on entend un véhicule monter à La Roglia, c'est Ernesto Malvini.

— Que vient encore faire cette ordure ici, s'exclame Eugenio en se précipitant dehors.

Mais à cinquante mètres de la bergerie, Ernesto arrête son

quatre-quatre, en descend et se déboutonne pour pisser au bord du chemin.

— Pietro, prend ton téléphone et filme !

— Mais…

— Ne discute pas, filme !

Puis Eugenio se dirige vers le garde et lui lance :

— Alors Ernesto, on se soulage ?

— Qu'est-ce que ça peut te foutre ?, renvoie le garde avec un regard gracieux comme un pitbull.

— Tu ne sais pas que c'est interdit de pisser dans la nature Ernesto ?

— Quoi ?

Il se reboutonne et approche d'Eugenio menaçant.

— Dis donc toi, c'est pas parce que t'as écopé que d'un sursis qu'il faut te mettre à crâner. Je viens chercher le montant de ton amende et si tu ne me le donnes pas, ça va ronfler pour ton matricule.

— J'ai un mois pour la payer mon amende mais d'ici là nous aurons eu le temps d'envoyer la vidéo de ton délit au Commissaire.

— Hein ?

Ernesto s'est rapproché d'Eugenio, ils sont presque corps à corps, son visage est cramoisi de colère, il a les poings serrés le long du corps.

— Te fous pas de ma gueule où tu vas le sentir passer mon bâton de berger !, éructe Ernesto à la face d'Eugenio.

Eugenio est moins massif qu'Ernesto mais plus grand. Il ne recule pas d'un centimètre et un sourire moqueur illumine son visage.

— Tu n'oserais pas me frapper Ernesto, pas sous l'œil d'une caméra tout de même !

— Et toi arrête immédiatement de filmer, je te l'interdis, ordonne-t-il à l'attention de Pietro.

Eugenio ne rit plus. Il le prend par le col et lui gueule en plein nez :

— Tu n'as rien à interdire, ici. Je suis chez moi.

— Tu mets la main sur moi ? Tu me menaces ? Je t'arrête ! Tourne-toi que je te passe les menottes.

— Vas te faire foutre, répond Eugenio en repoussant le garde. Tu ne m'impressionnes pas Ernesto. Écoute plutôt ce qu'il va t'arriver : je vais l'envoyer cette vidéo, tu peux en être sûr, car non seulement tu pisses dans la nature mais en plus tu es sur ma propriété. Ça va sûrement te coûter un bras et comme tu es assermenté, c'est une circonstance aggravante. Tu vas être suspendu Ernesto Malvini. Plus de balades dans ton engin pollueur, plus moyen de faire chier tes semblables pendant un bon moment. Capito ?

Complètement médusé, venant de comprendre qu'il a commis une erreur qui risque d'être lourde de conséquence, le garde recule, l'effroi se lit sur son visage, il retourne piteusement à son véhicule.

— Tu… tu le regretteras, Eugenio… lance-t-il comme un baroud d'honneur.

— Tire-toi, racaille !, conclut Eugenio.

Il a les poings sur les hanches, en position de vainqueur qui n'a pas bougé de place. Il reste figé, le visage fier, suivant d'un regard acéré le véhicule qui s'éloigne. Pietro n'en revient pas.

— J'ai vraiment cru que vous alliez vous foutre sur la gueule !

— Oui, j'aurais bien aimé lui mettre une raclée mais tu as vu ? La seule pensée qu'on lui retire sa carte tricolore l'a complètement anesthésié. Comme en plus je vais accompagner l'envoi de la vidéo d'une plainte pour harcèlement, abus de pouvoir et violation de domicile, il va avoir un peu de mal à s'en remettre. D'autant que grâce à toi, je vais pouvoir joindre le chèque de règlement de l'amende à la livraison.

— Eh bien là, c'est sûr, tu as vraiment changé Eugenio et pour tout te dire, ce n'est pas pour me déplaire. J'en connais quelques-uns qui vont se réjouir en bas, depuis le temps qu'il emmerde le monde celui-là !

Après cet épisode, les deux cousins mettent au point leur voyage. Ils décident de prendre l'avion pour Catane, en Sicile et de là, louer un bateau confortable, avec pilote, pour rejoindre Cythère en touristes. Ils espèrent ainsi échapper à des tracasseries douanières trop sourcilleuses. C'est très bien vu de leur part car Cythère, petite île toute proche du Pirée et qui ne compte que quelques milliers d'habitants, attire si peu de touristes – elle ne manque pourtant pas de beaux sites historiques et a inspiré bien des artistes –, qu'elle ne dispose même pas d'un aéroport international et que son port n'abrite que des dessertes nationales. Il y a donc fort à parier que les douaniers de l'endroit sont plus soucieux de contrôler la contrebande d'objets historiques que les archives de la délinquance ordinaire.

Sitôt dit, sitôt fait, on prend les réservations et un beau matin, de septembre, Eugenio descend son troupeau vers la bergerie de son cousin pour y passer le temps que durera le voyage. Entretemps, Pietro a recruté quelques ouvriers pour faire face à cette nouvelle situation et le remplacer. Comme le jour du départ approche, Pietro se rend compte qu'Antonella à la figure qui s'allonge. Il s'en entretient avec elle et s'entend dire qu'elle trouve son idée de voyage touristique un peu saugrenue et que, pour tout dire, elle n'approuve pas l'initiative de son mari. Mais elle ne sait pas tout et pas question de l'affranchir. L'emballage 'touristique' n'est pas entièrement faux pour ce qui concerne Pietro ; Eugenio a en effet mis comme condition à l'acceptation du financement de l'opération par son cousin, que celui-ci reste à Cythère pour réellement y jouer les touristes. Elle ignore tout de l'histoire et des projets d'Eugenio.

Après en avoir parlé à son cousin, Pietro prend la décision d'offrir à sa femme de l'emmener avec lui. Naturellement, la consciencieuse épouse s'inquiète de la marche de la ferme, du sort des enfants, de l'équipement vestimentaire qui lui manque, etc. Pietro balaie tous ses arguments :

— J'ai recruté deux ouvriers qui ont déjà commencé et qui donnent toute satisfaction, Sylvia est assez grande pour s'occuper des petits quand ils ne seront pas à l'école et nous aurons tout le temps de remplir ta valise en faisant un peu de shoping en cours de route il me semble… D'autant que nous ne sommes pas en manque de moyens maintenant.

Elle n'attendait que cela pour lui sauter au cou.

La veille au soir du départ, on fait une petite fête chez les Trevissolo, dans la ferme de Moncalieri. On a invité quelques amis et pour l'occasion, Eugenio s'est souvenu qu'il devait une belle chandelle à Cecilia Bartelli-Cornella car, sans sa mansuétude ce projet n'aurait pas vu le jour. Il s'attend à la voir arriver avec son mari et ses trois enfants quand il la voit débarquer seule.

— Qu'as-tu donc fait de ta famille Cecilia ?, lui dit Eugenio en l'accueillant avec empressement.

— Les enfants sont chez leur père, répond la jeune femme dont les yeux pétillent de joie.

— Chez leur père ? Comment ça ?, dit-il en l'embrassant.

— Nous sommes séparés, lui confie-t-elle à voix basse.

Eugenio interrompt brusquement son accolade et regarde Cecilia dans les yeux. Le sourire qui présidait sur son visage quand elle est arrivée a laissé la place à une gravité inquiète. Constatant sa surprise, elle ajoute timidement :

— Une procédure de divorce est engagée.

Eugenio pressent que l'heure n'est pas drôle, il l'emmène un peu à l'écart des autres participants à la fête. Sans préméditation aucune, leurs pas les emmènent en bordure de la propriété et ils se retrouvent en face d'une prairie dont l'herbe a été fauchée, l'automne va bientôt commencer.

— Un divorce c'est douloureux en général, murmure Eugenio dans une tentative de mettre à l'aise Cecilia.

— Oui et non, répond Cecilia. C'est dur pour les enfants mais pour moi c'est une libération.

— À ce point-là ?

— Oui. Nos trajectoires personnelles ont divergé depuis déjà longtemps. C'est un jouisseur hyperactif alors que je suis devenue un peu contemplative, alors forcément…

— Devenue ?... Dans mon souvenir, tu l'étais déjà, il me semble…

— Ah bon, tu trouves ?

Pendant que ces confidences sont versées au livre de leur amitié, ils n'osent pas se regarder, comme s'ils avaient peur de commettre une indiscrétion. Leurs yeux sont perdus dans l'immensité jaunie par l'été qui s'étale devant eux et sans se le dire, ils se souviennent de ces bottes de foin dont ils ont fait leur premier lit, il y a si longtemps. Mais ils ignorent complètement qu'ils ont exactement la même pensée pour ce tendre partage qui avait signé la fin de leur enfance d'un trait fulgurant. Depuis, d'immenses et innombrables méandres de vie les ont séparés de ce commencement qui connut une fin brutale et immédiate.

> — Au demeurant, c'est quand même un homme gentil ; nous sommes en train de régler notre séparation dans de bonnes conditions, continue Cecilia comme pour meubler un temps mort.

Les mots qu'elle prononce surprennent Eugenio. Il a l'impression qu'il entend une autre femme lui parler et pourtant il reconnaît son visage, son alacrité, ses mains nerveuses qu'elle glissait sur son corps épidermique, frissonnant à chacune de ses caresses. Tout cela est si loin qu'il ne doit plus lui en rester aucun souvenir.

> — Tant mieux… C'est une bonne chose…, lui répond-il en se tournant vers elle.

Dans son regard, elle ne voit que l'amant le plus beau qu'elle a jamais connu. Elle l'observe maintenant pour se convaincre que c'est bien lui tant il a changé. L'espiègle et ardent Eugenio est devenu un homme grand et fort mais ses yeux n'ont rien perdu de la douceur qui l'avait ensorcelée. Son souvenir est si intact, qu'elle se persuade qu'il a sûrement tout oublié.

> — J'aurais dû prendre un gilet, le temps se rafraîchit…

Pendant la fenaison, c'était le contraire, elle avait si chaud qu'elle ne portait presque rien et le peu qu'elle avait ne demandait qu'à choir. Elle m'a offert son corps comme on ouvre une boîte à bijoux, avec la certitude de l'émerveillement instantané.

— Oui, tu as raison, regagnons l'intérieur de la maison…

J'avais si peur de rentrer à la maison et que mes parents devinent ce que je venais de faire... Il voulait me parler mais j'étais hantée par la crainte d'être enceinte. Que m'aurait-il dit ? Aurait-il pu sceller notre amour par quelque serment insensé ? Nos vies auraient-elles pu suivre un autre cours ?

Même une fois rentrés, ils mettent du temps à recouvrer leurs esprits, il faut toute la faconde des fêtes italiennes et plusieurs verres de Bardolino, pour parvenir à leur faire oublier ces rêves d'enfants, incroyablement tenaces.

Une fois la soirée terminée, tout le monde rentre chez soi et se laisse emporter par un sommeil un peu plus lourd que d'habitude. Sans le savoir et à quelques maisons de distance, deux êtres endormis se tiennent par la main, grisés par le parfum persistant d'un foin sec et chaud.

4 — *Une rencontre fatale*

Assis côte-à-côte dans l'A320 dont les moteurs vrombissent déjà, Pietro et Eugenio devisent sur leurs différents voyages en avion, tandis qu'Antonella s'absorbe dans la notice de sécurité que la compagnie a mise à la disposition de chaque passager. À part un baptême de l'air à la va-vite dans une prairie de Moncalieri, c'est son premier voyage en avion. L'image qu'elle en a est déformée par ce qu'elle entend : ces engons sont la cause des accidents les plus horribles. Il faut reconnaître à son corps défendant qu'on ne parle des avions que lorsqu'ils ne volent pas, soit en raison des grèves, soit pour celle des crashes. La lecture attentive de ces « recommandations en cas d'urgence » constitue donc pour elle un moyen indispensable de préparation à ce qui devrait logiquement survenir. Pour Pietro, c'est plus léger. Son dernier voyage remonte à bien longtemps : une excursion aux Baléares avec son équipe de basket. Eugenio lui, en a un souvenir moins agréable.

— Moi, ça ne fait même pas deux ans, c'était pour la Grèce et pour mon malheur.

Mais en s'entendant parler ainsi, quelque chose le titille. Sa remarque est sortie comme par habitude mais il lui paraît qu'elle sonne faux. Il ne reconnaît pas cet apitoiement. Il repense alors à sa conversation d'il y a quelques semaines avec son cousin et au changement radical de son état d'esprit depuis. Un regret naît alors en lui, celui d'avoir attendu si longtemps pour prendre sa vie en mains.

Les choses auraient été bien différentes, j'aurais peut-être pu m'éviter toutes les angoisses de l'année dernière... Quand je pense que mon dérèglement vocal en a découlé alors qu'il a complètement disparu depuis que je me suis retiré à La Roglia... C'est un signe ! Je suis sur le bon chemin !

En 1 h 30, ils sont à Catane, sur la côte est de la Sicile d'où un nonchalant taxi (c'est ainsi en Sicile) les emmène vers le port. Catane une ville antique remarquable et bien que l'été touche à sa fin et où les pulls sont ressortis dans le turinois, le bermuda est toujours de rigueur dans les rues étroites qui mènent au port. La recherche d'un bateau avec pilote est aisée car la saison est en voie d'achèvement et beaucoup de bateaux disponibles sont à quai. Pietro s'est documenté avant de partir, il a choisi de s'en remettre à une compagnie qui fait la location de catamarans spacieux avec skipper et chef cuisinier. Il a suivi en cela les conseils d'un ancien marin de sa connaissance à Moncalieri, qui lui a juré qu'en mer, une des activités essentielles était la cuisine, en dehors de la pêche et autres activités aquatiques. Évidemment, la balade va se traduire par une ponction dans le pactole que Pietro vient de gagner mais maintenant qu'il fait partie des riches, autant mettre le pied dedans sans remords. On s'habitue très vite à boire du Champagne tous les jours.

Pendant qu'il règle ces affaires maritimes, Antonella s'est éclipsée dans les boutiques voisines où elle a décidé de s'équiper avec entrain et même une certaine compulsion, dans la limite toutefois du raisonnable. Sans avoir vraiment manqué dans sa vie, elle a tout de même toujours serré les cordons de la bourse et pris soin de ses affaires pour les faire durer un peu. Son mari lui ayant dit qu'elle pouvait se faire plaisir sans se soucier du montant, elle s'y adonne avec délice mais ne peut s'empêcher d'être attentive à ne pas se laisser aller au superflu. C'est une facette intégrante de l'épouse raisonnable et de la mère de famille soucieuse de moralité. Inculquer les vertus de l'économie à une jeunesse gourmande de tout est un parangon maternel atavique, même s'il va contre nature. Antonella n'a jamais été une femme frivole et elle ne se refera pas.

C'est ainsi que le soir même, ils embarquent à bord d'un magnifique catamaran de quatorze mètres, avec une voile de 100 m² et deux moteurs de 180 chevaux. Il comporte plus de cabines que de personnes à bord et ne manque d'aucune commodité. Le skipper s'appelle Ed et le cuistot Max Ce sont des raisons de pur snobisme qui ont guidé ces choix patronymiques très raccourcis imposés par la direction, car leurs véritables prénoms, Eddin et Manouk, ont été jugés incompatibles avec la culture des jet-setteurs qui constituent le gros de la clientèle de ce genre de commerce. Lors des présentations, ils ont aimablement demandé si leurs clients souhaitaient rester isolés ou s'ils préféraient se mélanger à eux. Cette question préalable est une coutume répandue dans les croisières privées mais en l'occurrence, elle sonne un peu comme : « On fait ami-ami ou on reste vos boys ? ».

Si ces considérations glissent sur Pietro et Antonella, elles n'échappent pas à Eugenio qui n'en peut mais. Bien sûr, ils sympathisent et en apprenant que l'un est d'origine Russe et l'autre Yougoslave, ils espèrent bien avoir des échanges enrichissants.

La traversée dure deux jours entiers et les deux hommes d'équipage se révèlent de sympathiques compagnons. Si les rêves de baignade sont vite douchés à l'eau froide de la Méditerranée – c'est une idée reçue de croire que la Méditerranée est une mer chaude –, les parties de pêches offrent quelques belles surprises. Mais comme les spécificités esthétiques des poissons ne sont pas un gage de leurs qualités gustatives, ils finissent tous par retrouver leur élément naturel ; les moins vigoureux font les choux gras des mouettes et des goélands car en mer comme sur terre, rien ne se perd, tout se transforme. Cette reddition qui laisse bredouille la petite famille Trevissolo, ne contrecarre aucunement les plans de Max, dont les menus somptueux surprennent les trois passagers. Il faut pourtant bien faire un choix car en deux jours, on ne pourra pas tout manger des gambas grillées, des crevettes au coco, des langoustes, des papillotes de maquereaux, du corned-beef au chou, de la paella et des crêpes au couscous, sans parler des amuse-gueules exotiques à l'apéro.

Quand ils arrivent au nouveau port de Diakofti, ils sont étonnés par la modestie de l'endroit. La ville ne comptait guère plus de six maisons en 1990 quand fut décidé d'y faire le port principal de l'île. De nos jours, la population résiduelle ne dépasse pas deux cents âmes mais le port et les plages de sable blanc attirent de plus en plus de touristes. Si l'on retrouve les décors typiques de la Grèce, avec les murs impeccablement blancs et les volets au bleu à laver de nos grand-mères, comme un signe de dévotion aux couleurs du drapeau national, on devine un souci de protection environnementale par la hauteur limitée des constructions dont aucune ne dépasse un étage. Mais pour petite qu'elle soit, la ville ne manque pas d'attraits par ses commerces, ses restaurants 'pieds-dans-l'eau' et ses sites historiques tout autour. C'est l'endroit rêvé pour les balades à pied à travers les nombreux chemins qui sillonnaient l'île en exclusivité, avant qu'on ne la balafre de routes dans les années cinquante. Comme ils l'avaient bien supputé, les formalités douanières sont banales et purement protocolaires. Le kilo de cocaïne qui avait été fourré dans le sac d'Eugenio l'année dernière par Demetria et Faustino, ce couple de bandits, semble s'être dissous entre les mers ionienne et égéenne.

Comme le séjour a été estimé à trois semaines, Pietro renvoie le bateau à son port d'attache. Pour le retour et suivant les résultats de l'expédition d'Eugenio, on verra si l'on peut rentrer par avion ou reprendre un bateau en location. Pietro et Antonella se dirigent vers l'hôtel Notaras qui a été réservé, pendant qu'Eugenio va se renseigner sur les horaires de ferry pour Le Pirée. L'hôtel est ravissant avec une multitude de coins et de recoins comportant chacun une décoration différente. Il est percé de plusieurs portes-fenêtres qui donnent sur des terrasses ombragées, elles-mêmes limitrophes de la plage. Antonella est ravie mais une petite inquiétude grésille au fond de sa nature active : ne risque-t-on pas de s'ennuyer rapidement dans cet espace limité ? Bien sûr avec Pietro, ils ont convenu de faire de grandes balades à pied et de louer des vélos. Dans leur chambre et alors qu'ils rangent leurs affaires, elle s'en confie à son mari.

— Oh ne t'en fais pas Antia. Si nous trouvons le temps long nous pourrons toujours prendre le bac pour faire des excursions dans le Péloponnèse, c'est la terre que nous avons longée juste avant d'arriver ici.

À demi satisfaite, elle finit son installation puis ils redescendent et se dirigent vers le bar quand Eugenio fait son entrée.

— Il n'y a que deux ferries par semaine et le prochain est après-demain, je vais donc être obligé de vous encombrer encore une journée.

— Oh mais nous sommes ravis, répond Antonella. Mais au fait, tu ne nous as pas dit pourquoi tu tiens tant à aller au Pirée au lieu de rester avec nous ?

La question d'Antonella est empreinte d'une grande affection, tant elle nourrit un sentiment fraternel envers le cousin de son mari. En toute méconnaissance des raisons profondes de son retour au pays, elle le perçoit comme la preuve d'une touchante authenticité. Eugenio est pris de court et Pietro intervient :

— Il a une suite à donner à un contrat conclu du temps où il était informaticien. C'est bien ça Eugenio ?

— Mais oui, c'est exactement ça !, répond-il aussi soulagé qu'amusé par la malice de son cousin.

Antonella porte alors un regard admiratif sur cet homme étonnant de paradoxes, capable de concilier une sévère vie de berger d'alpages avec des affaires compliquées d'ingénieur informatique.

Le lendemain est une vraie journée de détente et la dépense physique à laquelle ils s'adonnent vient heureusement compenser les repas gastronomiques qu'ils ingurgitent, en particulier celui du soir, d'autant que la cuvée de l'Attique fait glisser tout ça en douceur. Leur conversation est imprégnée par des considérations élogieuses sur le respect de l'environnement des habitants de l'île dont ils ont déjà remarqué la nette prédominance du vélo sur la voiture. Là est peut-être l'origine de l'attirance de nombreux peintres, poètes et musiciens, de Baudelaire à Watteau en passant par Couperin et Poulenc.

Le jour suivant, Eugenio embarque pour Le Pirée, qu'il n'atteint que dans l'après-midi. Il a en poche un confortable paquet de billets que son cousin lui a donné mais il ne l'a accepté qu'avec la certitude de pouvoir le lui rendre bientôt. Comme cette ligne maritime est intérieure à la Grèce, aucune casquette douanière ne se profile à l'horizon. Eugenio se sent plein d'enthousiasme pour la mission qu'il s'est donnée et qui se résume à : primo, retrouver Demetria, secundo, fixer le montant des indemnités qu'elle devra lui verser, montant qui sera proportionné aux moyens dont elle dispose et tertio, la convaincre de s'exécuter en utilisant au besoin la force, quelques torgnoles sont envisageables.

... même si elles ne sont pas indispensables !

Ce qu'il ignore et qui va bougrement lui compliquer son projet c'est que ladite donzelle est maintenant à la tête d'une grosse affaire et qu'elle ne manque pas de ressources pour se défendre. Notre homme est tout gonflé d'un beau courage tout neuf et impétueux mais il est si pressé de rattraper le temps perdu qu'il n'a pas mesuré toute l'étendue de son dessein. Au reste, il aurait été bien en peine d'y parvenir.

Sa première difficulté dès qu'il a posé le pied sur les pavés du port du Pirée, c'est de retrouver l'appartement dans lequel l'acte malveillant a été initié. Il se rend vite compte que sa mémoire des lieux n'est pas aussi vive qu'il l'espérait. Il faut dire à sa décharge, qu'entretemps il lui est arrivé tant de déboires, d'accablements et d'expériences traumatisantes qu'il ne pouvait espérer s'en sortir les doigts dans le nez. Comme il ne parle pas le Grec et qu'il ne veut surtout pas éveiller l'attention, son seul moyen de repérage consiste à parcourir la ville en guettant un détail qui le ferait aboutir au bon endroit. Il en aura peut-être pour plusieurs jours de marche à pied mais tant pis, il est suffisamment motivé. C'est la fin de l'après-midi mais il achète un plan et se met en route. Le soir, alors qu'il se trouve près d'un hôtel, il y entre pour passer la nuit, sûr de trouver une chambre en cette fin de saison touristique.

Le lendemain, après une bonne nuit, il réfléchit à son exploration et convient qu'il ne s'y prend pas de la meilleure façon en allant à pied et surtout, au hasard. Il se souvient alors non pas du lieu mais d'un contraste qui l'avait marqué entre une partie moderne de la ville dont les rues sont orthonormées et une autre partie sans doute plus ancienne, où c'est tout le contraire. Et il se souvient aussi qu'il a mis très peu de temps entre l'appartement de Demetria et le siège de la Compagnie maritime Cerapoulos. Il était à pied, il faisait froid, il était frigorifié en entrant dans le hall de l'entreprise qu'il voyait comme un eldorado, avant de se rendre brusquement compte que sa vie venait de basculer dans un cauchemar. Cela, il s'en souvient très bien, trop bien même. Il examine son plan et y trouve une zone au nord, où cette opposition marquée entre l'ancien et le moderne est très vraisemblable. Il reprend son sac à dos, paie l'hôtel et s'en va louer une voiture. Il ne choisit pas l'entrée de gamme mais reste dans un petit modèle dont il s'assure qu'elle est assez banale. Puis, il se dirige vers la zone repérée sur le plan qu'il atteint en moins d'une demi-heure. Pour une fin de saison touristique, les rues sont encore bien encombrées : c'est que, sans l'avoir vraiment remarqué, il se rapproche de la marina Zea. Le centre d'affaires du Pirée, point de rendez-vous des touristes fortunés, reste actif toute l'année. Il entreprend un quadrillage systématique et c'est en fin de matinée qu'il se trouve en face de la façade d'un immeuble qui déclenche une bouffée de satisfaction. C'est là ! Il range sa voiture, pénètre dans le hall et cherche le nom de Demetria sur les boîtes aux lettres. Évidemment, il ne risque pas de trouver ce nom, mais s'il avait connu le vrai, il n'aurait pas été plus avancé car elle n'y habite plus. Cela ne l'arrête pas car maintenant qu'il est dans les lieux, il se rappelle parfaitement son étage et sa porte. Il s'y dirige en espérant, si elle n'y habite plus, que le nouveau locataire saura le renseigner. Il arrive à la porte et sonne. Personne ne répond. Il recommence, en vain. Il se demande s'il va devoir faire le pied de grue en attendant que quelqu'un arrive pour éclairer sa lanterne quand le locataire de l'appartement voisin, sans doute alerté par la sonnette, se présente sur le palier.

C'est un homme en short et marcel qui fait face à Eugenio, mais en un éclair, son identification ne laisse aucun doute : Faustino !

Pour l'autre aussi, l'identification ne laisse aucun doute. Sa tenue semble indiquer qu'il était en pleine séance de sport quand il a été dérangé et comme il est bien échauffé, il ne met pas deux secondes à déclencher une avalanche de coups sur le malheureux Eugenio qui n'a pas le temps de réagir. Il ne voit pas arriver les poings mais en moins de temps qu'il en faut pour le dire, sa mâchoire lui lance une fulgurante douleur, son nez est une boule de souffrance qui saigne et il a déjà un œil fermé. Complètement sonné, il tombe et tente de se mettre en boule pour protéger sa pauvre tête. Mais les coups s'arrêtent. Il sent qu'il est empoigné par le dos de sa veste et est entraîné dans le domicile de Faustino.

Sitôt la porte refermée, il se voit les poignets entravés par des menottes et là, le peu de clarté mentale qu'il lui reste l'assaille d'un gros doute : qu'est-ce que des menottes peuvent bien faire chez un particulier ? Il n'a pas le temps d'envisager la réponse qu'une autre surprise lui saute à la figure : Faustino s'affaire à éponger son nez, il le lui lave, lui met la tête en arrière pour que le sang s'arrête. Bref, il le soigne !

> — Il faut que vous soyez propre pour aller voir le Commissaire, Monsieur Bouchay ! marmonne Faustino dans son Anglais à lui.

Ce 'Monsieur Bouchay' résonne dans sa tête comme une réminiscence brutale d'un temps qu'il croyait avoir stoppé. Il se rend compte alors de son erreur. Il aurait dû se souvenir de ce voisin malveillant, qui n'a pas hésité à trucider un homme sous ses yeux, dans la forêt de Schweller Assurances. La rage l'envahit, surpassant ses souffrances.

> — Vous n'auriez pas dû revenir en Grèce, d'autant qu'elle n'habite plus ici, poursuit Faustino en finissant de rafistoler le blaire qui commence à sérieusement enfler.

> — Demetria ?, demande Eugenio dont l'articulation de ce mot déclenche des éclairs fulgurants dans son maxillaire inférieur.

En entendant ce nom, Faustino se souvient de la farce qu'ils lui avaient jouée et il part dans un rire aussi épais que ses bras. Constatant que le saignement de nez est résorbé, il lui ordonne de se mettre debout et de le suivre. Les deux hommes se retrouvent à marcher dans la rue et Eugenio a du mal à croire qu'un homme menotté peut déambuler impunément dans les rues d'une grande ville de Grèce. Grâce à son œil valide, il observe que son compagnon de balade, porte treillis, rangers et casquette qui le font ressembler à un militaire, sans insigne ni galons toutefois.

On doit penser qu'il fait partie des forces de l'ordre, et du coup, je passe pour un brigand qu'on vient d'arrêter en flagrant délit. Quelle connerie !

* * *

Après avoir redistribué les cartes dans un ordre différent de celui qui prévalait du temps de la Compagnie maritime Cerapoulos, la patronne de la toute vierge Svelnia Shipping Company, a réorganisé l'affaire de fond en comble. Son équipe d'Albanais recrutée par Faustino, s'est parfaitement intégrée. Nestor Cerapoulos a eu un peu plus de mal à s'acclimater à l'ancien bureau de Svelnia mais la date de son départ à la retraite ayant été fixée à la fin de l'année, il fait contre mauvaise fortune bon cœur. Pour autant, et bien que ses moyens lui permettraient de reprendre sa vie conjugale d'antan – Svelnia l'a fort bien traité en le réinstallant dans l'entreprise – il n'est pas question pour lui de remettre les couverts. Il a découvert les petits plaisirs de la liberté du célibataire et ne souhaite pour rien au monde revenir là-dessus. Quant à Zlouc, il n'a pas survécu à la tornade. Un beau jour, il s'est mis en boule dans son panier et s'est endormi pour toujours. Son maître en a été modérément affecté.

Svelnia elle, n'a eu aucun souci pour se mouler dans le bureau patronal à l'étage inférieur. Elle a même gardé le décor originel. L'escalier métallique en colimaçon qui relie toujours Svelnia et Nestor mais dans l'autre sens dorénavant, n'émet plus son tac-tac-tac régulier, les semelles de crêpes sont de meilleurs amortisseurs que les talons aiguilles.

Il reste Faustino, qui a toujours été dans l'ombre de Svelnia et qui le demeure, mais lui aussi a pris du galon, celui de la milice. L'extension de ses prérogatives s'est accompagnée du développement de son entreprise unipersonnelle en une escouade d'une vingtaine de malabars. Officiellement, ils sont gardes-du-corps de Svelnia mais comme jusqu'à maintenant elle est assez grande pour garder son corps toute seule, ils ont tendance à verser dans l'oisiveté, mère de tous les vices comme chacun sait. Les vices de la bande à Faustino vont de 'l'intimidation diplomatique' (c'est le nom que Faustino donne aux interventions sur les décisions de marchés publics internationaux) aux coups de mains francs et directs quand il s'agit d'aider un ami dans le besoin, c'est-à-dire quand il faut régler certaines affaires de familles ou des complications financières. Qui n'a pas un jour éprouvé un de ces fâcheux revers que la vie nous réserve et qu'on ne peut pas régler sans l'intervention d'un tiers compréhensif ? Faustino est là pour ça. Il continue aussi de combler le vide affectif de Svelnia, toujours célibataire, c'est une pratique dont ils ne se lassent ni l'un ni l'autre. Il faut dire qu'avec son entrainement et sa vie saine, Faustino déborde de testostérone, il est donc volontiers donneur. L'on peut ajouter que dans le milieu de mâles où Svelnia évolue en permanence, sa libido est une question hygiénique d'importance, en conséquence de quoi elle ne se gêne pas d'être preneuse. Mais attention, à la suite d'une enfance difficile dans son pays d'origine, la Roumanie des mauvaises années, celles de Ceausescu, elle voue une haine incompressible contre les hommes, à l'exception de Faustino, sa soupape de sûreté.

L'arnaque enchantée (suite)

5 — *Frédéric qui ?*

À son arrivée au Commissariat – nom impropre en réalité puisqu'il fait aussi poste de police municipale –, Faustino échange un salut avec les deux gendarmes postés à l'accueil mais, il est si bref qu'il ressemble plus à un signal de reconnaissance chez les scouts qu'à une entrée en matière entre citoyens éduqués.

> — Cet homme est fiché chez vous. Il s'appelle Frédéric Bouchay, c'est un dealer de cocaïne !, dit Faustino avec autorité aux gendarmes.

L'un des deux hommes se lève pour aller consulter un ordinateur situé dans une pièce derrière l'accueil. L'endroit est plus triste qu'une église vide pendant la messe mais l'équipement informatique y paraît surabondant en regard de l'absence de mobilier. La première impression du citoyen qui se risque dans ce lieu où on ne rigole pas, pourrait être celle d'une recherche de fonctionnalité rigoureuse. Hormis les chaises des deux constables, il est vrai que tout autre meuble serait le signe d'un confort inutile. Mais à y regarder de plus près, on se rend vite compte que la saleté qui y règne signifie sans aucun doute l'absence d'une femme de ménage (ou alors ses dessous sont douteux) et le refus indigné des fonctionnaires en place, à prendre le relais. C'est curieux cette attitude répandue dans les administrations, où plus les employés s'ennuient et moins ils veulent en faire. Cette observation non sexiste est universelle et confond le public et le privé, c'est une tendance atavique au genre humain.

Le fonctionnaire revient au bout de quelques minutes, il tient un papier à la main et le lit à haute voix :

> — Frédéric Bouchay, 41 ans, italo-français, informaticien, résidant à Clamart en France. C'est bien ça ?

Eugenio Trevissolo, berger installé à Moncalieri près de Turin, est alors frappé par une idée qui s'impose instinctivement à lui : ne pas répondre, faire celui qui ne comprend pas. Faustino, voyant l'hésitation d'Eugenio, répond à sa place.

— Oui c'est bien ça mais il est un peu sonné après la dérouillée qu'il vient de prendre, fait-il avec son rire de rhinocéros privé de son fourrage quotidien.

— Bon. On va le garder en attendant que le Commissaire décide de son cas, mais son inculpation ne fait aucun doute, réplique le gendarme en faisant de son mieux, avec un anglais tout juste suffisant pour qu'Eugenio comprenne ce qui l'attend.

Le soir même, débarrassé de ses menottes, de ses affaires et les poches vidées, il se retrouve dans une sorte de cage. Le décor est similaire à celui du hall d'entrée mais en plus de l'absence de tout élément de confort et de la crasse, ça pue l'homme pas lavé depuis des semaines et les odeurs d'excréments qui vont avec. Le lieu est l'endroit où l'on place les graveleux avinés, les toxicos SDF, les flagrants délits de vol, les auteurs de rixes ou de troubles à l'ordre public, bref, le résidu des hommes. En d'autres temps, Eugenio se serait effondré sur les planches qui servent de lits. Mais ce soir, bien au contraire, il reste debout, semble indifférent à son environnement, oublie même la puanteur et son regard est fixe. Il réfléchit, il entre en résistance. Résistance physique (ses douleurs commencent à s'estomper), résistance mentale et psychologique. C'est un homme résolu à atteindre son but, sa situation présente est un aléa qu'il faut surmonter. Toutes ses pensées sont focalisées sur une obsédante question : comment sortir de là ?

Le plan dressé avec Pietro pour éviter la douane n'aura servi à rien. Il est pris, innocent mais pris quand même. Le plateau-repas qu'on lui passe ne l'intéresse pas. Il sait qu'il ne retrouvera l'appétit qu'une fois libéré. Il sait aussi que sa libération ne pourra pas être une évasion : sa cellule se situe au fond du bâtiment, elle est sans fenêtre et donne sur un couloir au-delà duquel des dizaines de policiers armés sont occupés à toutes sortes de tâches, nuit et jour. Impossible de sortir en douce. En examinant cette option, son regard fait le tour de son cachot. Hormis les deux bat-flancs, il remarque un coin entouré d'un bardage moins haut qu'un homme et surélevé du sol de vingt ou trente centimètres, qui cache mal une vespasienne. La cocasserie de cet équipement lui déclenche aussitôt un sourire :

Des WC à la Turque chez les Grecs, ça ne manque pas de sel !

Il est lui-même surpris par sa réaction première qu'il prend comme un signe positif de son infortune. Il se ressaisit et replonge dans sa méditation. Il faut, il doit s'en tirer en utilisant son intelligence. À un moment ou à un autre, il aura l'occasion de s'expliquer et là, il devra convaincre de son innocence, de sa bonne foi, du traquenard qu'on lui a monté il y a deux ans. C'est la seule façon de retrouver sa liberté. Comme le sommeil ne parvient pas à l'emporter vers l'apaisement, il ressasse. Dans cette prison, les âcres remugles qui le pénètrent, imprègnent ses idées de regrets. Oui, bien sûr, il aurait dû se révolter tout de suite. Peut-être pas ici, en Grèce, pays inconnu et incertain mais dès son retour en France. Aussitôt, cette pensée lui paraît saugrenue, irréaliste. Qui aurait pris en considération une plainte pour chantage, par des Grecs insaisissables de surcroît ? Sûrement pas cette fliquette à demi-analphabète du Commissariat de Clamart, où il avait passé la journée pour une simple main-courante à propos des dégâts causés à sa voiture sur l'autoroute.

Soudain, le silence de sa retraite forcée est troublé par des éclats de voix. La porte du couloir s'ouvre et un sac ambulant, poussé par un policier entre en titubant. Le policier ouvre la cellule et pousse l'individu qui s'affale sur un des deux lits de la geôle. Eugenio ne peut comprendre ce qui a été dit mais il devine à l'odeur, en parfaite harmonie avec celle des lieux, qu'un habitué a été invité à venir y cuver son excès de libation. L'homme est une parfaite caricature de ce qu'on appelle un déchet humain. Il a les cheveux hirsutes et gras, une barbe à la couleur rendue indéfinissable par la crasse, sans doute du vomi. Sa tête est vieille, contrairement à ce qu'indiquent ses mains. Pour tout habit, il porte un survêtement troué à plusieurs endroits et des baskets dont les bandes agrippantes sont arrachées.

Quelques minutes après son entrée, l'homme se réveille, s'assoit et penche la tête en avant. Aussitôt, Eugenio comprend ce qui va se passer. Il le prend sous les bras et le propulse vers les WC où l'ivrogne s'étale en dégueulant. Une fois vidé de son trop plein, l'idée de tirer la chasse d'eau vient à Eugenio mais il se ravise : il sera moins encombrant s'il continue à dormir dans son jus. L'idée aurait dû être judicieuse, mais l'homme se réveille, se met debout et fait face à Eugenio. À sa mine, il n'y a pas de doute à avoir, il lui en veut de l'avoir bousculé. Il brandit son poing en arrière pour frapper. Eugenio anticipe et se prépare à le boxer sévèrement, mais l'état de la loque est si avancé que son geste le déséquilibre et qu'il s'affaisse contre le mur du fond. Il ne tente même pas de se relever et se met à ronfler à même le sol. Eugenio rengaine ses armes par destination, satisfait d'avoir obtenu le résultat recherché sans avoir encouru des circonstances aggravantes dans sa prochaine inculpation.

Le lendemain matin, dès le lever du jour, deux fonctionnaires se présentent dans le couloir, l'un porte un plateau avec une cafetière fumante. Le soulard est exfiltré manu militari, c'est à peu près le même protocole que celui utilisé pour son admission. Il met ses mains sur ses oreilles pour atténuer les bruits. Il a un peu dessoûlé mais il lui en reste un souvenir douloureux dans le crâne.

— Le commissaire va vous recevoir à partir de neuf heures, annonce en Grec l'autre policier à destination d'Eugenio.

Voyant l'air incrédule de ce dernier, le policier reprend :

— Police chief, nine o'clock !

— Ok, ok, répond Eugenio.

Le café sent un peu le café, mais le pain ressemble à un morceau de parpaing dont il a même la couleur. Quant au beurre… Il est peut-être servi le dimanche…

Il est introduit auprès du Commissaire Leonis peu après neuf heures et, sur un « Bonjour » rapide et un signe du fonctionnaire, il prend place sur une chaise, en face de lui. Assis à son bureau, absorbé dans son ordinateur, il n'a pas l'air commode le Commissaire. Le bureau est garni d'étagères supportant une grande quantité de classeurs et quelques gros livres au dos rouge qui font penser aux codes Dalloz.

Est-il possible qu'il existe des codes Dalloz en grec ?

La fenêtre qui donne sur la rue est équipée de barreaux, on est pourtant au premier étage.

C'est sûrement une sécurité contre les tentatives d'extrusion.

Le linoléum brille comme, un lac ce qui laisse penser qu'on y fait régulièrement le ménage, mais dès qu'on lève les yeux, on ne peut pas éviter le bloc de climatisation au-dessus de la fenêtre, d'une crasse noirâtre et garni de toiles d'araignées chargées d'une poussière pelucheuse. Mais ces observations ne détournent pas longtemps Eugenio qui est sur des charbons ardents. Toute la nuit, ses idées se sont fixées avec appréhension : convaincre ! Je dois convaincre ! Pour autant qu'il puisse en juger dans la position assise de son hôte, celui-ci a l'air grand et costaud. Il le prend pour un bel homme jusqu'au moment où sa tête se relève : l'œil droit est pointé dans la bonne direction mais le gauche observe le bas-côté, un peu comme un antibrouillard ! Ça lui gâche franchement la figure, on a immédiatement envie de le plaindre.

— Voyons, Monsieur Frédéric Bouchay. Le vigile de l'ex-Compagnie maritime Cerapoulos, nous a apporté il y a deux ans, un sachet contenant un kilo de cocaïne qu'il nous a indiqué avoir trouvé dans votre sac. Reconnaissez-vous ces faits ?, demande l'officier dans un anglais très correct mais il parle à voix très basse comme s'il voulait protéger un secret.

— Je ne suis pas Frédéric Bouchay, Monsieur le Commissaire, répond Eugenio avec gravité et d'une voix nette.

— Pardon ?

— Vous pouvez vérifier ma carte d'identité dans le portefeuille qui m'a été subtilisé par un de vos gendarmes. Je m'appelle Eugenio Trevissolo.

— Vous n'êtes pas franco-italien vivant à Clamart, en France ?

— Non. Je suis italien et je vis à Moncalieri près de Turin où j'exerce la profession de berger de montagne, dans un domaine de mes ancêtres qui s'appelle La Roglia.

Le Commissaire en reste sans voix. Il appuie sur un interphone et demande à ce qu'on lui apporte le portefeuille de … « l'homme qui est dans mon bureau ! ». Dans la minute qui suit, il tient la carte d'identité d'Eugenio et reste dubitatif. Il entreprend une recherche informatique sur un fichier central et trouve les fiches de Frédéric Bouchay et d'Eugenio Trevissolo. Les photos d'identité sont différentes, elles ont quelques années d'écart, mais la ressemblance est tout de même frappante. Et puis, il y a la date de naissance qui est la même dans les deux cas. Leonis, se tasse dans son fauteuil et recule de son bureau. Il observe Eugenio avec un sourire malin.

— Vous avez un sosie parfait en France, si parfait qu'il est né le même jour que vous. Est-ce possible ? À moins qu'il s'agisse d'un frère jumeau ?

— Je n'ai pas de frère, répond Eugenio sans se départir de son assurance.

— Qu'êtes-vous venu faire en Grèce Monsieur Trevissolo ?

— Du tourisme, rien d'autre.

— Et Faustino vous a mis la main dessus parce que vous ressemblez trop à un délinquant qui est fiché chez nous, c'est bien ça ?

— Je pense qu'il aurait fallu que je le lui explique mais il ne m'en a pas laissé le temps, comme vous pouvez le constater par les traces de coup qu'il m'a laissées.

— Dans ce cas, vous devriez porter plainte, non ?

Durant toute la conversation, l'homme n'a toujours pas élevé la voix. Mais surtout, il a gardé ce sourire narquois qui montre qu'il n'est pas dupe de l'histoire d'Eugenio, qui décide alors de parler à son intelligence.

— Frédéric Bouchay était mon allias quand j'étais en France.

Et il lui raconte tout depuis le début. Sa venue en Grèce pour conclure un magnifique contrat avec Nestor Cerapoulos, la rencontre de Demetria, le piégeage de son sac, le montage du chantage, l'arnaque ratée chez Schweller Assurances, le harcèlement de Faustino et surtout, le vrai motif de son retour : la vengeance contre Demetria.

Leonis n'a pas bougé durant tout le récit, griffonnant

quelques mots sur le calendrier qui lui sert de sous-main.

— Pouvez-vous me décrire cette Demetria ?

— La cinquantaine, très belle femme, les cheveux blonds et bouclés, un maintien très droit…

— N'allez pas plus loin. Celle que vous appelez Demetria s'appelle en réalité Svelnia, Svelnia-Maria Kakapov pour être précis. Mais, pour des raisons de pudeur féminine, elle s'est toujours faite appeler Svelnia, ce qu'on peut comprendre avec un patronyme pareil. C'était la Secrétaire générale de la Compagnie maritime Cerapoulos, qui a fait faillite et qui a été reprise par cette femme. Elle lui a donné le nom de Svelnia Shipping Company. Votre histoire corrobore tout ce que j'ai pu en voir depuis ce Commissariat. Je suis donc tout disposé à vous croire, déclare Leonis qui a quitté son sourire cauteleux.

— Vous m'en voyez bien soulagé !

— Je suis prêt à vous remettre en liberté mais j'aimerais que vous m'aidiez à réduire les activités de Faustino.

— Faustino ? Je croyais qu'il était une sorte d'auxiliaire de votre police, s'étonne Eugenio.

— Angelino Faustino qui, au contraire de Svelnia, a toujours considéré que c'était son prénom qui faisait tache sur sa carte d'identité. C'est un auxiliaire un peu encombrant, si vous voulez mon avis. Faustino est un ancien policier qui connaît tous les rouages de la maison et qui en a gardé quelques relations. Mais depuis que sa maîtresse a endossé son costume de PDG, ses chapeaux sont devenus trop petits pour sa tête. Il a fondé une milice qui ne s'embarrasse pas trop du respect de la loi – et vous en êtes un bon exemple –, c'est pourquoi je souhaite lui en rabattre un peu.

— Et Svelnia ?

— Outre que c'est un vrai canon de beauté, c'est une femme d'affaires redoutable. Elle est en cela semblable à ses collègues armateurs : détestable au plan moral mais profitable au pays pour les emplois qu'elle lui offre. Elle ne m'intéresse pas. Si vous pouvez lui soutirer quelque chose, tant mieux pour vous et tant pis pour elle et d'ailleurs, je doute qu'elle vienne s'en plaindre chez moi. C'est une indépendante. Faustino est sa seule relation depuis longtemps, elle n'est pas du genre à batifoler ni à s'amuser. Elle ne sort pas, ne fume pas, ne boit pas et parle peu…

— Pardonnez-moi Commissaire, elle parle peut-être peu mais quand elle s'y met je peux vous assurer qu'elle n'est pas embarrassée, j'en ai fait l'expérience, coupe Eugenio.

— Oui, oui, c'est vrai, mais je veux dire qu'elle est plutôt discrète comme un renard. Donc je vous remets en liberté mais je ne vous ai rien dit. On est d'accord ?

— Tout ça me convient parfaitement, répond Eugenio avec un grand soulagement.

— Mais attention ! Quand vous sortirez d'ici, vous allez à nouveau tomber sur Faustino car la mèche aura été vendue, c'est inévitable. Et c'est un méchant Faustino. D'autant qu'il doit se douter de la raison de votre visite infructueuse à sa maîtresse et que ça doit le mettre dans tous ses états.

— Je sais cela aussi mais il ne me fait pas peur !

En prononçant cette phrase, Eugenio rectifie mentalement : « il ne me fait PLUS peur ! ».

Si l'on rend tous ses effets à Eugenio, y compris le matelas de billets contenu dans son portefeuille, on ne se confond pas en excuses pour autant. Eugenio ne s'en offusque pas, il sait que dans tous les pays du monde, un policier qui s'excuse est soit un bleu, soit un retraité imminent. Son séjour inconfortable et humiliant est à passer par pertes et profits et après tout, il n'a subi d'autre préjudice que de respirer un air putride et de rencontrer un pochtron inoffensif. Qu'à cela ne tienne, puisqu'on ne lui dit pas pardon, il ne dira pas merci. Sur les conseils de Leonis, ce Commissaire bien éclairé, il est convenu qu'Eugenio conserve son nom d'emprunt dans l'esprit de Faustino et de Svelnia mais qu'il utilise son vrai patronyme pour toutes les autres occasions. « Cela limitera les risques de repérage par l'ennemi ! », lui déclare-t-il. Ah oui, c'est une vraie chance d'être tombé sur cet homme avisé. Il a appris beaucoup de chose sur celle à qui il voue une haine capitale. Il sait où elle travaille faute de savoir où elle demeure. Il sait aussi qu'il doit s'entourer de beaucoup plus de précautions que prévu pour lui mettre la main dessus. Il a gravé dans sa mémoire les avertissements de Leonis : « Faustino, c'est un méchant ». Il se doute que l'alerte a dû être donnée dans l'entourage de Svelnia et qu'elle se tient plus que jamais sur ses gardes.

Une fois le seuil de l'institution municipale juste franchi, il est pris d'une envie de respirer un air sinon pur, du moins débarrassé des effluves pestilentiels de cette cellule sans fenêtre. En plein milieu de cette journée de septembre, le soleil est encore très prodigue de rayons qui incitent à la paresse et l'atmosphère de la ville, dont il n'a été privé que pendant vingt-quatre heures, lui saute à la figure comme une jeune fiancée ravie d'aller danser. Finalement, il opte pour la détente. Ce soir il ne fait rien de sérieux sauf de se trouver un bon restaurant, histoire de rattraper les plats perdus. Mais d'abord, trouver un hôtel. Il se dirige vers sa voiture pour gagner le centre-ville ou plus précisément, les abords de la marina Zéa qui ne manque d'aucun délice de Capoue pour satisfaire les touristes suffisamment argentés.

6 — *Champignons à la Grecque*

Il s'étonne presque de retrouver sa voiture intacte, après tout le charivari qu'il vient de vivre. Il a encore dans la tête l'odeur de putréfaction de sa cellule et elle est si présente à sa mémoire qu'il se demande s'il n'en est pas imprégné. Comble de chance, son sac est toujours dans le coffre ; il va pouvoir se décrasser soigneusement dès ce soir. En quelques minutes, il trouve un parking autour duquel plusieurs hôtels offrent des façades avenantes. Sans s'attacher au nom de l'établissement qui ne fait pas vibrer une corde exotique en lui – il n'est pas là pour ça –, il en choisit un qui affiche trois étoiles et découvre en y pénétrant, que le vieux et obséquieux réceptionniste auquel il s'attendait, a été remplacé par une pétillante brunette aux troublants battements de cils. Après les formalités d'usage, il prend possession d'une chambre qui donne sur la marina. Le soleil rasant en ce beau soir de début d'automne, fait briller l'eau du port de reflets mélangés d'or et d'argent. Il a beau être pressé de se laver, il ne peut résister à se laisser envelopper par la poésie du lieu ; ses idées se mettent à sautiller au gré des vaguelettes. Il réalise qu'il est à l'endroit même où la civilisation occidentale est née dans ses arts, ses lettres et ses sciences. La fibre musicale qui est la sienne, comme une marque de fabrique, lui renvoie l'image enjolivée des instruments et des musiciens de l'antiquité, la lyre d'Apollon, le syrinx de Pan, l'aulos des orgies, le salpinx des militaires, la cithare, l'hélicon, le tympanon, le sistre… Vingt-cinq siècles avant la naissance de l'orchestre symphonique, la plupart des instruments d'aujourd'hui avaient déjà une existence embryonnaire. Leurs musiciens, pour habiles qu'ils fussent sans doute, ignoraient la puissance qui allait jaillir de leurs inventions, sous la plume d'un Beethoven, d'un Debussy, d'un Wagner et de centaines d'autres.

Le clapotis qu'il devine sans l'entendre à travers la fenêtre pourtant ouverte de sa chambre, les reflets ambrés sous l'effet d'une brise du soir, qui envoient une multitude de petits éclairs en se jouant de l'eau, les collines environnantes, tapissées de taxaudiers éternellement verts, tout est là pour signifier la douceur de vivre et inciter à chanter. Quelle chance d'être les héritiers de ce peuple qui enfanta tant de génies. Merci Xanthippe d'avoir ulcéré ton mari au point de le faire devenir le plus grand philosophe de tous les temps, y compris des prétentieux imitateurs qui ont suivi et qui ont jargonné jusqu'à en perdre le fil de leur pensée et à égarer parfois la nôtre.

Avant de choisir son restaurant, il a une appréhension, se souvenant de ce petit établissement de Clamart qui affichait fièrement « restaurant grec » sur sa façade comme une promesse de soleil. Une fois à l'intérieur on se tassait comme on pouvait dans une salle exigüe, comme la plupart des restaurants franciliens, sans aucun autre décor que des placards publicitaires pour des produits qui n'avaient de gastronomiques que le nom et qui étaient collés aux murs en guise de fenêtres. Le menu de cet établissement à vocation commerciale marquée, était dédié aux employés de bureau qui ne savaient que faire de leur pause déjeuner. Il était composé de chichiteux bols d'amuse-gueules et de plateaux invariablement garnis de viande hachée roulée dans des feuilles de vignes, de yaourts aux herbes, d'aubergines farcies d'oignons et de riz, et de moussaka tiède. Lesdites assiettes n'étaient arrosées que de sodas (américains) ou de bière sans alcool (libanaise). Bien sûr, ce n'était pas cher, le patron roulait en Renault d'occasion et la serveuse gagnait à peine de quoi se payer son maquillage, outrancier il est vrai – on aurait dit une pétasse mais comme elle ne parlait pas le français, on ne pouvait pas en être certain –. Mais la carte qu'il a maintenant sous les yeux est magnifique. Les plats sont décrits en grecs mais avec un alphabet latin, nettement plus praticable pour un quidam étranger. La description est tout de même un peu absconse mais quelques photographies sont là pour illuminer les papilles.

Après une douche avec beaucoup de savon, il se retrouve tout frais et propre, dans ce restaurant hors de son hôtel. C'est le seul restaurant alentour aussi garni de fleurs. Entre des rangées d'oliviers en pot qui forment des palissades de séparation des tables, on y trouve les incontournables bougainvilliers, des fleurs blanches avec des filaments de méduse (qu'on lui apprendra être des fleurs de câpres) et des volubilis mélangés à des hibiscus. Les parfums qui entourent le gastronome attablé, ont déjà quelque chose d'indéfiniment oriental. Après avoir dégusté un ouzo bien raide, le temps de préparation de sa commande, un jeune garçon à fine moustache et aux gestes précis, lui sert tout d'abord du Khtapodhi[4] en salade avec des feuilles de vignes marinées. Puis vient la Païdakia[5] accompagnée de tomates grillées et pour finir, il a choisi un assortiment de pâtisseries orientales. Pour faciliter cet engloutissement luxuriant, il a laissé de côté le résiné traditionnel mais un peu âcre, pour un bon vin rouge bien charnu du Péloponnèse. Il s'est laissé guider par les conseils d'une sommelière au minois attendrissant mais au sourire un peu trop prometteur. Ses minauderies commerciales ne permettaient pas de faire oublier la réserve qui s'impose dans un endroit public. Quand il ressort de là avec l'intention de faire le tour de la marina Zea et d'admirer les embarcations plus classieuses et provoquantes les unes que les autres, il a une démarche qui suit un peu le mouvement cadencé de l'eau du port. C'est que la bouteille de Tsantali Pathos a été largement entamée. Il finit par regagner tranquillement sa chambre. Devant son lit, une esquisse titrée *Morpheus*, l'invite à partager ses rêves. Mais ce soir-là, les vertus prophétiques des songes du

---

[4] Poulpe

[5] Brochette d'agneau

fils d'Hypnos[6] et de Nyx[7] resteront sans effet sur Eugenio. À son réveil, il n'a pas le moindre soupçon de tous les ennuis qui vont s'abattre sur lui dans la belle journée qui commence.

Dès son petit déjeuner avalé, il se retrouve en planque dans sa voiture non loin de la Svelnia Shipping Company opportunément indiquée par le Commissaire Leonis. Il reconnaît bien l'endroit comme étant l'ancien siège de la Compagnie maritime Cerapoulos, seule l'enseigne a changé. Afin de pouvoir mettre son projet à exécution contre Svelnia, il veut savoir où elle réside et quelles sont ses habitudes. Il n'est pas stationné depuis plus de dix minutes, qu'un gros Toyota Land Cruiser aux couleurs d'un camouflage de brousse le croise. Il reconnaît le conducteur, c'est Faustino. Une fois passé, Eugenio suit l'engin dans son rétro et le voit effectuant un demi-tour rapide, c'est-à-dire à l'arrache, sur l'avenue pourtant fréquentée sur laquelle il est stationné. Pas de doute, il est repéré. Il se souvient des paroles de Leonis : « Faustino, c'est un méchant ! ». Avant que le Toyota ne soit à nouveau à sa hauteur, Eugenio démarre en trombe. Il bénéficie d'un feu tricolore qui a la bonne idée de se mettre au rouge juste après son passage. Le Toyota est obligé de s'arrêter non pas pour respecter la signalisation (ce n'est pas trop dans ses habitudes), mais en raison du flux transversal qui soudain lui barre la route. Cela laisse le temps à Eugenio de prendre un ou deux kilomètres d'avance mais il ne se fait pas d'illusion, sa voiture est bien moins puissante que l'engin bodybuildé de son poursuivant. Il cherche un moyen de le semer mais il n'est pas aidé par les panneaux indicateurs qui sont illisibles pour lui.

Quel idiot ai-je été de ne pas avoir choisi l'option Grec quand j'ai bifurqué dans la filière musicale !

---

[6] Le sommeil

[7] La nuit

Mais la connaissance du Grec classique ne lui aurait pas été d'un grand secours en l'occurrence.

Il poursuit à vive allure en se disant qu'avec un peu de chance, cela va déclencher une ruée policière sur son véhicule mais rien de tel ne se présente malheureusement pour lui. Les effectifs de plus en plus restreint des services de police, sont focalisés exclusivement sur la pêche au gros, les criminels, les braqueurs, les trafiquants et autres proxénètes et ne leur laisse pas le temps de s'occuper du menu fretin des mauvais conducteurs. Son regard est fixé alternativement sur la route devant lui et sur son rétroviseur. Au bout d'une dizaine de kilomètres, ne voyant rien de suspect, il se met à reprendre espoir.

Quand tu ne vois plus ton poursuivant au bout de 10 km, c'est que tu l'as semé !

Alors qu'il roule maintenant sur une large route en ligne droite, il aperçoit loin derrière lui une masse sombre qui grossit très vite dans son rétro.

Ce doit être 20 km !

Quand il a pris sa voiture de location, il a pensé au confort avant tout et maintenant il se dit qu'il aurait dû se soucier davantage de la puissance de son moteur. Las ! Il a beau regarder autour de lui, aucun panneau indicateur ne vient éclairer sa lanterne sur un parcours qui lui serait favorable. Mais alors qu'il craint de bifurquer à l'aveugle dans une direction qui se révèlerait une impasse, il aperçoit un panneau dont la signalétique lui est familière : l'obligation de s'équiper de pneus neige ou de chaînes en hiver. C'est une route de montagne ! Il ne lui faut qu'une fraction de seconde pour comprendre son intérêt. En montagne, avec un véhicule deux fois plus lourd que le sien contre lui, il a toutes ses chances. Il s'engage résolument sur cette route et atteint les premiers lacets en quelques minutes. Au fur et à mesure que les virages en épingle à cheveux se multiplient, la pente devient plus raide. Au détour d'un de ces virages, il aperçoit le Land cruiser en contre-bas, qui semble rouler tout doucement. Cela déclenche un sourire chez Eugenio.

Mais c'est qu'il nous fait un peu de surpoids Faustino, il manque de souplesse dans les valses à quatre temps des routes de montagne, le Pépère.

Profitant de son avance qui grandit, Eugenio se met à la recherche d'un chemin de traverse qui pourrait le cacher. C'est un grand classique qui marche toujours : se planquer, laisser passer le poursuivant et repartir en sens inverse. Malheureusement, la montagne grecque est un maquis de buissons bas qui n'offre pas la même qualité de dissimulation que les bois de Moncalieri. Faute de trouver le chemin creux qui pourrait l'abriter avec sûreté, car il s'agit de ne pas se fourrer lui-même dans un piège où l'ennemi pourrait trop facilement le cueillir, Eugenio est contraint de poursuivre sa route, il se paie même le luxe de doubler un car, ce que Faustino ne pourra pas faire sans prendre des risques considérables. Au bout d'une demi-heure, il parvient à un col qui revendique avec ostentation une altitude de 1 232 m, comme s'il s'agissait d'un record mondial. L'avantage de cette accroche touristique c'est que l'endroit regorge de boutiques, de cafés, de restaurants panoramiques et même d'un petit centre commercial. Ici comme ailleurs, quand on a la chance d'avoir un point de vue sur un relief à couper le souffle, qui s'étend jusqu'à la mer et nous élève un peu au-dessus du monde, on est pris d'une dérisoire envie de passer à la caisse. Mais cet amoncellement mercatique permet à Eugenio de se perdre à la vue du flux des visiteurs, en empruntant une des voies réservées aux livraisons qui le mène de l'autre côté des façades clinquantes. Les arrières cours des commerces ont un air de fesses que l'on cache, ce qui lui convient en tous points.

Il profite de son avance pour s'acheter un passe-montagne rouge pompier et des lunettes fumées ; ça le rend risible mais au moins il ne dépare pas des zozos agglutinés sur le belvédère. Il se mêle un peu à la foule mais choisit surtout un endroit d'où il peut surveiller la route qui serpente jusqu'au col. C'est là qu'il voit arriver le gros Toyota qui fume pas mal. Il en déduit que Faustino ne sait pas conduire.

Il a fait chauffer son moteur en poussant trop les régimes alors que sur un diesel, le couple est en bas. Bon à savoir ça ! Avec un peu de chance il est capable de faire péter son joint de culasse !

Arrivé au col, Faustino se met à rouler au pas, inspectant chaque ruelle latérale. Finalement, il franchit le col et entame la descente de l'autre côté persuadé qu'Eugenio a filé par là. Dès que notre compère a compris qu'il avait gagné son pari, il remonte dans sa voiture et s'en va de l'autre côté, ravi du bon tour qu'il vient de jouer à ce requin poilu. Il roule moins vite qu'en montant mais il a tout de même une bonne allure, histoire de ne pas gâcher son avantage. Soudain, à l'entrée d'un lacet, masqué par un buisson qui déborde sur la route, un sanglier a décidé de visiter l'autre berme sans se soucier de la moindre règle de prudence. Le choc est inévitable. C'est l'aile avant gauche qui attrape la bête, ce qui a pour effet de faire virer le véhicule dans le sens contraire du virage qui s'annonce à quelques mètres maintenant. La voiture quitte la route, explose le rail de sécurité en bois et part tout droit dans une descente bien trop forte pour que les freins puissent agir. Par chance, elle est restée face à la pente, ce qui évite provisoirement la descente en tonneaux et permet à Eugenio une petite action sur la direction. Il évite deux gros blocs de granit et parvient à un endroit où la pente s'adoucit. La voiture ralentit un peu mais pas suffisamment pour éviter un olivier droit devant. Le choc est rude et la pluie d'olives produit un drôle de bruit sur la tôle mais au moins cela met un terme à cette folle descente incontrôlée. Eugenio parvient avec peine à sortir de son véhicule par la lunette arrière car les portes sont bloquées. Il se remet debout, il est apparemment en bon état mais il chancelle un peu sous l'effet de l'émotion et du choc. Il doit prendre un appui sur la carcasse de sa voiture quand il découvre un ravin de plusieurs mètres, juste après cet olivier providentiel. Un grand frisson le traverse.

Il s'assoit par terre pour se remettre de sa cascade improvisée, trop heureux de trouver une assise enfin stable et réfléchit. Tôt ou tard Faustino va s'apercevoir de l'entourloupe, repasser par ici et quand il verra les dégâts sur la barrière et les traces de pneus, il va vite comprendre ; avec son engin il est même capable de suivre le même itinéraire que moi en toute sécurité. Conclusion : se tirer de là vite fait ! Il regarde autour de lui et aperçoit un groupement de quelques bâtisses sur un piton qui domine le col. Il décide de s'y rendre et son expérience acquise dans le Piémont lui permet d'estimer raisonnablement qu'il ne lui faudra pas plus de deux heures de marche pour l'atteindre. Il récupère ses affaires et s'en va, laissant son véhicule devenu inutilisable et probablement bon pour la casse, tant pis pour l'environnement, il n'a pas le choix. Nous sommes en milieu d'après-midi, le temps est clair, l'air est tiède, une vraie promenade de santé s'offre à lui !

Il chemine depuis une heure, lorsqu'à un détour du sentier qu'il a trouvé, il jette un coup d'œil vers la vallée. Au loin il reconnait la ferraille blanche de ce qu'il reste de sa voiture et devine une agitation autour. En relevant un peu les yeux, il voit le 4X4 de Faustino rangé dans le fatal virage. Il doit se mettre à croupetons pour ne pas être repéré. Au bout d'une dizaine de minutes, il voit le Land Cruiser repartir vers la ville. Il reprend sa marche vers le village perché, détendu, serein, heureux. Le sentier qu'il suit n'en est pas vraiment un, il s'agit de passages d'animaux.

Des chèvres ou des moutons ?

En examinant les empreintes de plus près il reconnait les marques de sabots de brebis (au pays de la Féta, il avait le choix). L'inconvénient de ces sentes, qu'il connaît bien chez lui, c'est qu'elles se croisent et divergent sans arrêt, pouvant détourner le marcheur inattentif. Eugenio le sait et ne perd pas son cap de vue.

Bien sûr, tout cela l'éloigne de son objectif mais au moins, il retrouve une sécurité appréciable. Il songe que décidément il ne pourra pas faire grand-chose tant que Faustino sera dans le circuit. Il n'a pas oublié le deal que lui a proposé Leonis « réduire les activités de Faustino ». Ce n'est pas si simple car Faustino n'est pas seul à ce que lui a expliqué Leonis. Est-ce que l'étêtage de son gang suffirait à le tarir ? Cela reste à voir.

Les sentiers qui l'élèvent sans douceur vers ce piton dont il ne perçoit que quelques alignements de blocs de pierres, lui rappellent avec persistance sa montagne de La Roglia. Le chemin est ardu mais Eugenio n'a rien perdu de sa vigueur et de son agilité ; à chaque pas, ses muscles se bandent comme des arcs et lui permettent des enjambées que seuls les montagnards aguerris peuvent se permettre. Pour une raison incertaine tout d'abord mais qui devient de plus en plus précise, l'échappée qu'il est en train de réaliser contre Faustino, lui rappelle cette peste d'Ernesto Malvini. La ressemblance des deux hommes lui apparaît de plus en plus saisissante à plus d'un titre. Tous les deux sont des malabars bien râblés, animés par la même hargne envers leurs prochains et utilisent volontiers les minces prérogatives d'un galon subalterne, pour se livrer à des menées vindicatives en passant outre l'usage de l'amabilité, même protocolaire. Sans ce renfort de l'uniforme qui, en temps de paix, ne confère qu'une autorité administrative, ils seraient tous deux de simples brutes, aussi frustres que des hommes des cavernes dont l'instinct du rut occupe toute la place disponible dans un cerveau limité par la méconnaissance des Pensées de Pascal ou du mystère de la conversion de Paul sur le chemin de Damas. Eugenio connaît bien Malvini. Toutes les histoires qu'on raconte sur lui dans le Piémont sont là pour témoigner qu'il s'en prend à tous ceux qui peuvent lui fournir un prétexte d'humiliation. De là à penser que Faustino agit de même, lui fait monter une bouffée de colère.

Moi, j'ai pu lui échapper, mais combien sont tombés sous ses coups sans pouvoir se relever ?

Cette pensée le renforce dans son projet et vient ajouter un objectif supplémentaire : réduire Faustino comme il a réduit tant de gens avant lui, à commencer par ce pauvre Maximo qu'il a égorgé sous ses yeux, sans un mot. Il ne s'agit pas de l'assassiner, cela n'aurait aucun sens de se comporter à son identique, mais il veut le casser, le confondre, le discréditer, le plonger dans une spirale d'où il ne se relèvera pas. Au passage, il songe tout de même à lui casser un peu la gueule et il sait qu'il ne manque pas d'atouts pour ça. Il n'a pas soulevé des tonnes de fonte dans sa vie, mais toute une année à courir dans la montagne lui a donné une souplesse et une vivacité hors du commun.

Je ne l'aurai pas à la force mais à la vitesse de frappe !

Il en est à ses ressassements chargés d'adrénaline quand il est surpris par les sons d'un troupeau dans le lointain. Il tend l'oreille pour identifier s'il s'agit d'un béguètement ou d'un bêlement. Ce sont bien des cousines de ses bêtes de La Roglia et le son doit provenir du village dont il approche. Il regarde sa montre et devine que l'heure de la traite du soir est arrivée, ici comme dans le Piémont, la nature rythme la vie des hommes. En se pressant un peu, il se dit qu'il pourrait peut-être donner un coup de main ; il évalue le temps qui le sépare du piton à une demi-heure. Finalement, il constate que son accident a toutes les allures d'une aubaine car en revenant au Pirée pour traquer Svelnia, il serait sans doute retombé dans les pattes de son cerbère. Peut-être pourrait-il rester quelques jours dans ce village et peaufiner un plan un peu plus malin que la planque en plein jour qu'il avait envisagée.

Quand il arrive, il découvre un endroit bien plus important que ce qu'il pouvait imaginer en le voyant d'en bas. Le village s'appelle Astyrgos ou Algyrcos ; c'est le nom qu'il découvre sur le panneau d'entrée de l'agglomération et qu'il a un peu de mal à lire. Contrairement au col en contrebas où tout est traduit en alphabet latin, quand ce n'est pas en anglais, ce village ne semble donc pas être un haut lieu touristique. Si les lettres sont un peu mystérieuses, les chiffres sont plus commodes à comprendre. 1 531, c'est très certainement l'altitude de ce village. Les rues sont dépourvues de trottoirs, elles sont pavées de pierres plates inégales et un tricotage de fils électriques les traverse en tous sens, à quelques mètres de hauteur. Lorsqu'il débouche sur ce qui lui semble être la place centrale, en tout cas l'endroit le plus élevé du village, un coup d'œil circulaire lui permet de mieux estimer l'importance de cette communauté montagnarde. Sans doute une ou deux centaines d'habitants. Quelques-uns d'entre eux s'affairent autour de boutiques, ce sont surtout des femmes et quelques enfants. La place est cernée d'ifs presqu'aussi hauts que la chapelle orthodoxe dépourvue de clocher mais reconnaissable à sa cloche accrochée en surélévation du toit. Eugenio est pris par une idée joyeuse en découvrant un café juste en face de l'édification cultuelle.

Ici aussi, quand les évocations larmoyantes sont achevées et que les encensoirs sont reposés, on a besoin de se remonter le moral à coups d'ouzo entre paroissiens.

L'estaminet est plus grand que l'église et dispose d'une terrasse emmitouflée sous une tonnelle de vigne. Eugenio décide d'aller aux renseignements à tout hasard car les hôtels et les restaurants de cette bourgade ne lui ont pas encore sauté aux yeux.

L'arnaque enchantée (suite)

7 — Le maquis

La présence de la tonnelle encore bien feuillue en ce mois de septembre, assombrit fortement l'intérieur du débit de boissons, dont seule la façade comporte des fenêtres. En cette période de l'année, où le soleil est abondant, cela ne nuit pas trop à y voir clair, une fois que l'œil est accoutumé au changement de luminosité avec l'extérieur. L'hiver en revanche, quand la treille est dégarnie, il fait naturellement plus clair. Cette verdure saisonnière constitue finalement un filtre symbiotique parfaitement digne d'intérêt. L'intérieur ressemble à un café de campagne avec ses tables en bois blanc mélaminé, garnies de petits napperons ocre en leur centre, sur lesquels trônent des cendriers aux marques des alcools les plus populaires de l'endroit (ou d'ailleurs). La Grèce, comme les autres pays européens, a pourtant promulgué une loi contre le tabac dans les lieux publics mais les Grecs, qui comptent plus de fumeurs qu'ailleurs, restent attachés à cette indolence et à la permissivité de la vie en société. Alors, à plus de mille-cinq-cents mètres d'altitude, quand le public se restreint plutôt à un entre soi, on cultive ce délicieux passage à tabac comme un signe de respect pour un art de vivre ancestral. Deux femmes sont attablées dans un coin, près de la fenêtre et discutent vivement, quoiqu'à voix basse, devant une infusion fumante. Elles ont un écart d'âge permettant de penser à une mère avec sa fille. Au comptoir, deux hommes sirotent un ballon d'un liquide rouge clair, qui ne ressemble pas vraiment à du vin. Ils ont tous les deux un pied posé sur la barre en cuivre qui fait le tour du bar, un peu au-dessus du sol. Ceux-là semblent être de la même génération. Leurs gestes identiques avec leurs cigarettes et leurs verres les rendent un peu comiques. Le mur du fond, au-delà du zinc, est garni de bouteilles retournées sur des siphons et de verres qui étincellent sous l'effet d'une guirlande lumineuse jaune et blanche. Ils sont posés sur des étagères transparentes ou accrochés par le pied à des doigts métalliques et fourchus.

> — Non vous ne trouverez ni hôtel ni restaurant ici, lui répond l'homme qui s'affaire à une vaisselle derrière le bar, demandez au Père Aniketos s'il peut vous loger.

Par chance, il s'exprimait dans un italien rudimentaire mais suffisant.

> — Et où est-il ce Père Aniketos ?

> — Il doit se trouver dans son presbytère, derrière l'église…

> — Entendu ! En attendant, auriez-vous quelque chose à grignoter ?, demande Eugenio qui a repéré une grosse miche de pain sur une crédence.

> — Je peux vous faire une assiette de montagne, charcuterie et fromage, répond-il avec un sourire large et franc, laissant penser qu'on peut accepter sans crainte cette proposition.

Après tous ces évènements et faute d'avoir pu se sustenter depuis le matin, il est ravi de pouvoir renouer avec un assortiment qui lui rappelle sa montagne. Quelques minutes après s'être attablé, un peu à l'écart des consommateurs présents avant lui, l'homme qui semble être le patron, lui apporte une assiette bien garnie où Eugenio retrouve des produits qu'il connaît bien. Deux belles tranches de jambon sec, quelques rondelles de saucisson, une part de terrine qui embaume le basilic et les olives et un beau morceau de tomme, sans oublier l'inévitable féta dans une petite coupelle. Le pichet en terre cuite contient un breuvage qui, une fois versé dans son verre, se révèle très ressemblant à celui des deux hommes au bar. Sa couleur orangée est suspecte et son odeur indique à ne pas s'y tromper que c'est un résiné. À chacun ses coutumes !

Alors qu'il est en train de diner, en buvant le moins possible, plusieurs personnes sont entrées dans le café. Dix-neuf heures sonnent au carillon qui se tapissait jusque-là sans rien dire, au fond de la salle. C'est maintenant une dizaine de personnes qui discutent de plus en plus fort et qui occupent la quasi-totalité du bar. Ce sont des hommes de tous âges, il y en a même un très vieux, en appui sur une canne, voûté comme une arche de pont romain. C'est le plus âgé mais pas le plus silencieux.

> — Oh Demetrio, parle moins fort, on ne s'entend plus boire notre ouzo, lui fait joyeusement un des clients.

Cet attroupement tient de la fête de famille à moins qu'il ne s'agisse de la sortie d'un conseil municipal, ce qui dans ce petit village doit être à peu près la même chose.

Une fois son diner terminé, Eugenio se met en quête du Père Aniketos. Il contourne l'église et trouve facilement le portillon d'accès au presbytère, auquel il manifeste sa présence en actionnant la clochette dont cet accès est pourvu. Entre cette entrée et la maison, s'interpose une courette gravillonnée, parsemée de fleurs et d'arbustes joliment taillés. À peine quelques secondes après le tintement de la cloche, un homme sort de la maison et s'approche de la petite grille d'entrée. Il a une quarantaine d'années et sa tenue laïque ne laisse pas deviner que c'est le pope lui-même qui vient ouvrir à un Eugenio un peu surpris. Le religieux s'en explique en souriant et en adoptant immédiatement l'anglais pour se faire comprendre :

> — La tenue sacramentelle est réservée aux cérémonies, dans ce village de montagne où tout le monde se traite d'égal à égal, les gens ne comprendraient pas que leur pope manifeste sa différence en permanence.

Eugenio se présente comme un randonneur et le prêtre, coupant court à toute explication supplémentaire, l'invite à entrer. Il découvre alors un intérieur exigu et bas de plafond mais rempli de babioles de toutes sortes. Beaucoup de ces objets ont un caractère religieux mais pas tous. Au-delà du vestibule d'entrée, Eugenio débouche sur une pièce qui semble servir de cuisine, de salle à manger et de salon, au centre de laquelle une grande table massive constitue le mobilier principal. Le religieux fait signe à Eugenio de s'assoir et lui offre un verre d'eau.

— Avez-vous diné ?, commence-t-il.

Eugenio répond affirmativement et précise qu'il a été surpris de ne pas trouver d'hôtel, ce qui explique sa visite, sur les conseils du cafetier.

— C'est Vassili, un très brave homme, et il a bien fait car d'ordinaire, j'ai souvent une chambre libre pour des gens de passage. Malheureusement, celle-ci est totalement encombrée par les chaises de la chapelle dont nous avons entrepris la réfection du sol. Mais ne vous tracassez pas, on va sûrement vous trouver quelque chose.

Ce jeune prêtre, en jean et pull-over chamarré avec soin, sans doute la confection d'une paroissienne remplie de compassion pour ce bel homme vivant seul, n'a pas l'air cérémonieux pour un sou. C'est un bel homme en effet. Les épaules larges, les mains fines, le regard clair et pénétrant comme celui d'un chat, le père Aniketos est doté d'une voix de velours au timbre grave. Eugenio apprend que le village comporte 152 habitants depuis le mois dernier.

— Une naissance ?, demande-t-il gaiement.

— Hélas non, un décès, notre doyen, 93 ans, on l'a retrouvé inanimé dans son atelier de menuiserie, la varlope à la main. Sans doute une crise cardiaque. Notre nouveau doyen s'appelle Demetrio, 89 ans et il n'est pas peu fier de son statut.

— Je crois bien pouvoir vous le confirmer en effet, répond Eugenio très amusé par cette coïncidence.

Pendant qu'il parle, le prêtre assis en face d'Eugenio, s'est mis à éplucher des pommes de terre. La pièce dans laquelle ils se trouvent est pourvue d'une large fenêtre qui donne sur la rue. Elle est garnie d'étagères, pour partie encombrées par des ustensiles de cuisine et pour une autre, surchargées de gros livres dont le dos indique le caractère religieux. Dans un coin, une petite télé, en vis-à-vis d'un fauteuil avachi, voisine avec une chaine stéréo. À un bout de la table, un empilement de journaux et de magazines, constitue l'indice d'une certaine activité culturelle du locataire des lieux.

— Vous êtes certain de ne pas vouloir diner avec moi, je fais une purée avec du jambon de montagne, poursuit Aniketos, visiblement désireux de tromper sa solitude.

— Je veux bien continuer à bavarder avec vous, mais pour le repas c'est vraiment sans façon, je viens de me sustenter sans restriction chez Vassili. Mais peut-être serait-il temps que vous m'indiquiez où je pourrais dormir, il commence à se faire tard et…

— Oups, pardonnez-moi, j'avais complètement oublié.

Le Pope lui indique la ferme du père Stéphanoïs, à l'entrée du village côté col.

— Un prêtre ?, s'étonne Eugenio

— Non, non, je l'appelle père car c'est un vieil homme et qu'il a une longue descendance, s'amuse Aniketos.

Là-dessus, ils se quittent en se promettant de se revoir et Eugenio se dirige vers la ferme indiquée. En fait de ferme, c'est une bergerie. Quand il franchit le seuil de la cour, quelques bêlements signalent sa présence. Les brebis sont dans un enclos qui leur laisse un accès libre à un abri en pierre. À cette époque de l'année, ce qui a été un beau carré d'herbe est réduit à une étendue en terre battue, plus dure que le calcaire environnant. Eugenio remarque tout de suite l'état impeccable de la clôture et les bottes de fourrage dans une mangeoire protégée de la pluie par des tôles. Elle est construite en tube galvanisé, c'est un équipement moderne et standard – Pietro en a un rigoureusement identique – qu'il ne comptait pas trouver ici. De l'autre côté de l'enclos, un hangar plus grand que la maison abrite la réserve de foin, un petit tracteur, une faucheuse à lame, une faneuse à râteaux, une charrette, une fourgonnette et divers ustensiles qui correspondent assez bien à ceux qu'il utilise à La Roglia. Il avance vers la maison, au fond de la cour, quand une femme en sort une fourche à la main, chaussée de bottillons en caoutchouc, les cheveux noués sous un foulard et les manches de chemise relevées jusqu'aux coudes. Elle est accompagnée d'un gros chien dont il n'est pas sûr de la race. Sa première réaction est le recul hors de la cour, d'autant que le chien aboie avec conviction en courant dans sa direction. Ce n'est pas tant le chien qui l'inquiète (il sait que les chiens qui aboient ne sont pas les plus dangereux) que la fourche de l'occupante des lieux. Il ne se trompe qu'à moitié car le chien se met à lui tourner autour sans autre intention que de faire connaissance et la femme pose sa fourche le long de la clôture de la bergerie, en signe d'armistice. Elle l'interpelle. Il ne comprend pas mais devine qu'elle désire savoir ce qu'il vient faire ici.

> — Je m'appelle Eugenio Trevissolo, je suis italien et je cherche Stéphanoïs.

> — Italien ? Ça va ! Je vous prenais pour un Turc !, répond-elle en italien et que lui voulez-vous au père Stéphanoïs ?

Tout en parlant elle s'est rapprochée d'Eugenio qui peut se rendre compte qu'elle est plutôt jolie quoique qu'un peu trapue.

C'est visiblement une femme très active. Son visage est fin, elle a de beaux yeux noirs rieurs, comme sa bouche, mais surtout, elle a un tout petit nez attendrissant au possible. Pour l'heure et même si les armes sont au rancard, elle reste sur son quant-à-soi.

— C'est le Père Aniketos qui m'envoie, je cherche de quoi me loger pour une nuit.

— Ah bien ! Attendez un peu, je donne du fourrage aux bêtes et je m'occupe de vous.

En l'observant attentivement pendant qu'elle lui fait cette promesse, Eugenio a l'impression qu'un sourire s'est esquissé du coin de ses lèvres, mais il n'est certain de rien. Il la regarde faire. Elle est forte et habile et il se demande comment elle peut s'accommoder d'une poitrine aussi opulente, car visiblement elle ne la gêne pas. À chaque coup de fourche, on devine quand même de fortes ondulations mammaires sous sa chemise. Il profite de cet intermède pour faire ami-ami avec le chien – il apprendra plus tard que c'est une chien de berger grec, qui répond au nom de Pios –.

— Allez, entrez ! Je m'appelle Lucia. Je vais vous montrer votre chambre, dit-elle une fois son travail terminé.

Elle regarde Eugenio et lui fait un large sourire tandis qu'il lui fait signe de passer devant elle.

— Papa ?, demande-t-elle.

Au fond de la pièce, un vieillard émerge d'un fauteuil placé de dos et faisant face à un téléviseur allumé.

— Je vous présente mon père. Papa, le Pope nous envoie un Italien pour passer la nuit.

Ces rapides présentations sont ponctuées par un salut respectueux et silencieux de la part du vénérable papa. Il brandit sa casquette au-dessus de sa tête, découvrant un crâne tout blanc qui tranche avec son visage fortement bruni par une vie au grand air. Elles se concluent par un acquiescement sans paroles ; Stéphanoïs montre la direction de la chambre avec le bras, puis se rassoit pour se replonger dans son programme télé.

— Papa a une tumeur à la gorge qui l'empêche de parler, complète Lucia.

— Une tumeur ?

— Oui mais ce n'est pas cancéreux ni douloureux, pour l'instant, et comme elle ne grossit pas trop vite, il s'y est habitué. Le docteur a recommandé d'opérer mais pour un homme qui n'a jamais passé une journée à l'hôpital, c'est impensable ; surtout qu'il va sur ses quatre-vingts ans et qu'il se réveille tous les matins en se persuadant que c'est son dernier jour.

— C'est un personnage votre papa !, réplique Eugenio.

— Oui. C'est de famille. Son père était pareil et moi-même…

Elle se met à faire des moulinets dans l'air avec sa main comme pour faire évaporer des paroles que l'on pense mais qu'on ne dit pas. Elle le précède dans la direction indiquée par Stéphanoïs.

— C'était la chambre de mon frère, dit-elle en ouvrant la porte, la salle de bain est au fond du couloir.

— Parfait. C'est combien la nuit ?

— Vingt-cinq euros plus cinq pour le petit déjeuner et dix par repas. Au fait, avez-vous diné ?

Eugenio fait un signe affirmatif de la tête, précise qu'il est fatigué et qu'il va passer par la case douche si la salle de bain est disponible, puis se mettre au lit aussitôt.

Dès six heures le lendemain matin, il est réveillé par un bruit d'ablutions, la salle de bain étant contiguë à sa chambre. Il devine que Lucia se prépare à reprendre sa besogne quotidienne et décide de lui réserver une petite surprise. Quand ils se retrouvent au petit déjeuner, Eugenio voit trôner sur la table un pile de linge impeccablement plié qui ne s'y trouvait pas hier soir. Il est saisi par le courage manifeste de cette femme qui fait deux journées en une et c'est avec d'autant plus de plaisir qu'il lui annonce qu'étant lui-même berger, il se propose de lui donner un coup de main. Lucia le regarde avec un vif étonnement, interrompant la découpe entamée sur un gros pain. Son visage affiche une joie non dissimulée et pas seulement en raison de la proposition que son hôte vient de lui faire. Elle se met à lui parler librement et lui avoue que la dernière fois qu'elle a loué cette chambre, elle est tombée sur un malappris qui lui a fait des avances. Elle a pu s'en dépêtrer mais elle en garde un souvenir amer.

— Il était visqueux et laid comme un pou, lui confie-t-elle.

La nuit tranquille qu'elle vient de passer en présence de ce nouveau locataire qui s'est montré respectueux, l'a si bien raccommodée avec les usages de l'hébergement en montagne qu'elle s'abandonne en confidences. Comme Eugenio a aussi l'heur de n'être ni visqueux, ni laid, ça aide à se réconcilier avec les coutumes hospitalières. Il apprend qu'elle vit seule ici avec son père. Sa mère, atteinte de la maladie d'Alzheimer est en asile d'obédience orthodoxe. Deux de ses sœurs et un frère sont installés dans des commerces à Athènes, deux autres sœurs sont mariées et vivent en Espagne et son frère ainé a été tué dans une manifestation contre la crise économique en 2010. C'était lui qui gérait la ferme. Elle n'a pas eu le choix, il a fallu le remplacer. Son mari n'a pas supporté ce changement, ils ont divorcé. Ses enfants qui viennent tous deux d'être majeurs, viennent la voir de temps en temps. Ils suivent des études supérieures, l'un veut être infirmier, l'autre est dans la mécanique. C'est son seul réconfort de les savoir en bonne santé et avec une perspective d'avenir. Eugenio prend le risque d'une question plus intime. « N'avez-vous jamais songé à vous remarier ? ». Elle le prend si bien qu'elle lui répond dans un grand éclat de rire : « Mes brebis ne sont pas d'accord ! ». Il apprend qu'elle descend toutes les semaines pour livrer sa production à une coopérative et faire ses courses. Le petit déjeuner est fini depuis un moment, mais Lucia continue de parler. Elle évoque la fin de l'année qui approche et qui va être l'occasion d'un grande fête de famille ici-même. Ses yeux sont rivés dans ceux d'Eugenio, elle n'est pas insensible au charme naturel et profond de son locataire. Eugenio fait semblant de ne pas s'en apercevoir. Effet du hasard ou pas, elle a troqué sa chemise pour un tee-shirt bien moulant et il a bien du mal à fixer son attention sur autre chose que sa poitrine surdéveloppée. Elle lui confie aussi qu'elle a beaucoup de succès sur Facebook et qu'elle reçoit à l'occasion quelques amis charmants. C'est une façon pratique de briser la solitude dans ces alpages bucoliques mais austères.

— Et puis, ça reste discret avec la chambre d'hôtes, les voisins ne se posent pas trop de suspicieuses questions. Une fois je me suis sentie mal à l'aise quand le monsieur a débarqué ici en costume de ville, croyant sans doute m'impressionner. J'ai quand même eu du mal à expliquer à mes voisins-voisines, surtout voisines, que c'était un randonneur. Depuis j'exige qu'ils viennent tous en tenue adéquate, explique-t-elle la mine réjouie. Mais parlez-moi donc un peu de vous. Qu'est-ce qui vous amène chez nous et au fait, où avez-vous garé votre voiture ?

Le courage et la gentillesse de son hôtesse ont éveillé un intérêt bienveillant chez Eugenio. Après tout, ses propres déboires ne l'ont-ils pas conduit lui aussi à opter pour une vie montagnarde très proche ? Malgré sa récente prise de conscience, il reste en lui un souvenir gravé pour la vie de ses jeunes années où il a été assez maltraité par ses camarades et qui lui souffle un irrépressible besoin de secourir la veuve et l'orphelin. C'est ainsi que la similitude inattendue de leur sort, le pousse à se lâcher lui aussi. Sans aller jusqu'à raconter sa vie, – il se limite à expliquer les derniers évènements qui l'ont conduit jusqu'ici –, il dévoile la course poursuite avec Faustino et à la question légitime de Lucia sur le motif de cet acharnement, il élude avec prudence : « Je crois bien que j'ai été pris pour un autre ! ».

Dans la bergerie c'est l'heure de la traite. Le troupeau est composé d'une cinquantaine de têtes et la stabulation est mieux dotée que celle qu'Eugenio utilise à La Roglia. La rampe des trayeuses permet de passer cinq bêtes en même temps, ce qui offre une cadence honorable et une traite complète bouclée en moins de deux heures. Eugenio remarque cependant que les brebis ne sont pas très grasses.

— Oui c'est vrai fait Lucia. Mon troupeau manque parfois d'entrain, j'ai aussi des bêtes qui boitent mais ce n'est pas à cause du piétin, elles sont toutes vaccinées.

— Et les onglons ?

— Je les leur coupe deux fois par an mais c'est à peine nécessaire car avec la rocaille ils s'usent naturellement.

— N'avez-vous pas trop de mal à les coucher ?

Elle lui montre du doigt dans un coin de la bergerie, une machine à retourner les brebis.

Eugenio observe alors les sabots des brebis immobilisées sur la rampe de traite, s'approche, les renifle, ne sent pas d'odeur suspecte[8] mais constate la présence de cailloux dans la fente.

---

[8] Le piétin est une bactérie qui contamine les sabots des moutons et dégage une odeur pestilentielle.

— Vous ne retirez pas les cailloux pendant la traite ?

— Pourquoi ? Ils ne s'en vont pas tout seul ?, répond la jeune femme avec un air dubitatif.

— Eh non ! C'est pour ça que vos bêtes boitent, qu'elles se déplacent moins, qu'elles mangent moins et pour finir, qu'elles ne grossissent pas. Regardez, c'est facile.

Joignant le geste à la parole, Eugenio lui montre ce qu'il faut faire. Lucia en reste bouche bée. Son admiration la porte à se rapprocher d'Eugenio, la poitrine bien en avant. L'homme ne peut pas esquiver l'attaque imminente des seins qui viennent se frotter à lui. En un éclair, le doux visage de Cecilia s'impose à ses yeux puis disparaît. Il a reculé. Lucia s'est figée. L'humiliation qu'elle ressent fait monter en elle une colère bouillante, elle ne dit rien mais ses yeux sont des poignards qu'elle plante dans ceux d'Eugenio. Sans un mot, elle reprend son travail.

8 — *Alerte !*

À la même heure, dans un bar d'une bourgade proche de Diakofti, Pietro déguste un *espresso lungo*, comme il a appris à le dire en grec. Un feuilleté au raisin s'est substitué au croissant de ses rêves mais ce n'est pas pour lui déplaire. La veille avec Antonella, ils ont fait une excursion un peu sportive qui les a fourbus au point que Pietro a dû se résoudre à laisser Madame faire la grasse matinée. Levé de bonne heure, il a fait une escapade de quelques kilomètres pédibus, qui l'a conduit dans un hameau en bordure de mer où une crique naturelle sert d'abris à une flottille de bateaux de pêche. Il sirote les dernières gouttes de son café dans l'estaminet local quand soudain, il entend parler italien à la table voisine. Quelle n'est pas sa surprise, dans cet endroit reculé des plus hauts lieux de l'hellénisme ? Deux hommes qu'il n'a pas remarqués en entrant, dialoguent avec un entrain redoublé par la certitude de ne pas être compris alentour. Mais à peine a-t-il ouvert la bouche pour se présenter aux autochtones, qu'il entend le nom de Frédéric Bouchay dans leur conversation. Sa surprise se mue fissa en une fébrile inquiétude, quand il reconnaît de surcroît, l'accent sicilien des deux hommes.

— Oui, on l'a repéré dans un village au-dessus du col de Pirangis et El Major – prononcer « Mayor » – a décidé d'y faire un tour en bonne compagnie, dit l'un.

— Dommage que l'on soit si loin, j'aurais bien aimé participer à cette battue à l'homme, répond l'autre.

* * *

Quand les affaires de Svelnia ont pu être révélées au grand monde, celui où la géostratégie des nations produit des besoins intercontinentaux qui font marcher le petit commerce des armateurs, Faustino s'est senti appelé à un destin supérieur. Pour protéger la Secrétaire générale de la Compagnie maritime Cerapoulos, il lui suffisait d'œuvrer en solo. Avec une lame rutilante comme arme principale et une force physique dépassant de très loin celle de ses interlocuteurs, plus préoccupés des cours du pétrole et du dollar que des heures d'ouverture des salles de musculation, il obtenait l'adhésion des plus retors avec une aisance déconcertante. Mais maintenant qu'il a en charge la destinée de la Svelnia Shipping Company, il a bien fallu s'adapter, c'est-à-dire monter en gamme lui aussi et prendre la tête d'une organisation dotée d'une ressource humaine de quelques dizaines de joyeux compagnons. Sa première idée a été de recruter des hommes d'expérience parmi ses anciennes connaissances policières. Ce fut une chose aisée car le montant des retraites des sous-officiers ne permet pas une vie épanouissante, loin de là, alors que les virées avec El Major ont le double avantage de multiplier plusieurs fois par mois leur maigre pension et de se retrouver entre copains. Dans ces balades, on peut se laisser aller à des facéties que le règlement d'autrefois, au temps de l'active, aurait sévèrement sanctionné. Quelle joie pour ces hommes encore plein d'allant, de pouvoir enfin péter quelques côtes, savater une ou deux paires de couilles ou soulager des mâchoires de quelques dents superflues, sans avoir un rapport à faire au chef ! Faustino, sans doute grisé par quelques westerns de série B, a trouvé du plus bel effet de se parer d'un surnom à connotation étrangère, unique et presqu'authentique (il a terminé sa carrière comme *Warrant officer*, ce qui correspond au grade de Major, le galon le plus élevé chez les sous-officiers). Mais rapidement, il s'est aperçu que ce recrutement gréco-grec présentait quelques inconvénients. Le premier d'entre eux est le manque de discrétion. Ces hommes sont des pères de familles connus et leurs nouveaux loisirs ne passent pas inaperçus dans leur entourage. Le second problème vient de ce que ses bras généreux manquent parfois de jugeote. Passer à tabac un banquier pendant une nuit sans lune, c'est bien pour le camouflage mais y mettre la parole en s'appelant par ses anciens grades, risque de gâcher la subtilité de l'opération. N'oublions pas qu'il existe toujours en Grèce des policiers intègres et des juges soucieux du Droit, la crise économique n'ayant pas tout emporté. L'idée vient alors à Faustino / El Major de recourir à des gens plus au fait du trafic en tout genre, des extorsions, des intimidations, du chantage et autres immixtions dans la vie privée d'autrui sans demander la permission, la mafia. Pour parvenir à ses fins, il fait le voyage incognito jusqu'à Palerme. Il n'a aucun mal à se faire comprendre et à ramener avec lui une vingtaine de gaillards désœuvrés et sans famille mais rompus aux traditions de la Cosa nostra. Le parrain d'alors, dont les règles de l'omerta interdisent de citer le nom, est trop heureux d'élargir son champ d'action vers la Grèce et adoube le projet d'El Major. Le prestige de ce dernier franchit un échelon d'importance en rentrant chez lui. Il ne faut que quelques mois d'acclimatation pour que ces italiens se révèlent assez dégourdis pour apprendre les rudiments de leur nouvelle langue de travail et les coutumes locales qui vont avec.

Armando et Luigi sont deux lurons de cette bande d'expat qui, à l'occasion d'une sortie en boîte à Athènes, ont fait la connaissance de deux étudiantes originaires de Cythère et assez délurées pour les y inviter. Les parents des donzelles ne sont pas enchantés de recevoir des camarades qui se présentent comme doctorants en histoire de l'art antique mais dont les manières cadrent mal avec un si respectable parcours académique. Les tatouages guerriers qui dépassent les cols de leurs tee-shirts et les crans d'arrêt accrochés à leurs ceintures nuisent à la concentration quand ils évoquent les origines putatives du temple de Salomon. C'est donc une rencontre fortuite que Pietro vient de faire et bien lui en a pris de ne pas se faire connaître.

* * *

— Comment as-tu appris ça, reprend Luigi.

— J'ai eu El Major au téléphone pour lui indiquer où nous étions passés et lui demander s'il y avait une prochaine mission, continue Armando.

— Et alors ?

— Il m'a dit qu'on pouvait profiter de notre escapade pendant quelques jours et c'est là qu'il m'a mis au parfum pour cette expédition punitive contre le Français.

Heureusement qu'Eugenio avait affranchi son cousin sur son périple français et son patronyme d'emprunt, sinon tout le sel de la conversation des Siciliens lui aurait échappé.

* * *

Pendant ce temps, Eugenio s'est affairé à remplir les papiers nécessaires à sa déclaration d'accident, auprès de la société de location du véhicule. Il sait bien que sa caution de mille euros va y passer car les sangliers ne sont toujours pas reconnus comme des tiers assignables, ce que le jeune homme considère présentement comme regrettable. Il n'y a pas eu d'autres échanges avec Lucia mais Eugenio suppose que la bouderie de l'entreprenante bergère prendra fin tôt ou tard.

Quand l'heure du déjeuner arrive, l'ancêtre prend place à table, juste le temps d'avaler une tranche de jambon et une belle part de tomme. Il s'empare ensuite d'une pomme et retourne s'assoir devant sa télé avec son assiette et son couteau. Le mutisme pathologique de Stéphanoïs fait cœur avec celui délibéré de Lucia. Mais la charmante ambiance ainsi créée autour de la table ne dure pas, Eugenio y met un terme.

— J'ai terminé ma déclaration d'accident, je peux donc mettre mon après-midi à votre disposition, dit-il à Lucia d'un air dégagé.

Il semble que la patronne n'attendait que cela pour détendre l'atmosphère.

— Il y a des bottes de foin à rentrer, j'irais beaucoup plus vite si vous les chargiez dans la charrette pendant que je conduis le tracteur, répond-elle avec une gravité un peu empruntée. Le petit de ma voisine nous aidera à ranger les bottes sur la charrette.

— Cela me convient parfaitement, répond Eugenio en forçant un peu son enthousiasme.

— Oui mais auparavant, il y a la sieste. Je reprends le travail vers quinze heures, poursuit-elle en s'adoucissant.

— Tout le monde fait la sieste ici ?

— Non, seulement ceux qui travaillent dehors, c'est en raison du soleil qui tape fort en altitude, même en cette fin d'été.

— Je vois. Dans ce cas, je vais en profiter pour aller saluer le Père Aniketos, conclut Eugenio en se levant de table.

En traversant la place qui mène à la cure, il salue de la main Vassili, le patron du bar, qui prend une pause en terrasse, devant une tasse de café. L'homme lui répond et lui lance quelques mots sans doute bienveillants mais qu'Eugenio ne comprend pas. Quand il arrive devant le portillon du pope, il va pour sonner quand une femme sort de la maison, un panier au bras. Elle lui fait signe d'entrer et lui ouvre la porte en appelant Aniketos, puis elle s'en va, sans doute faire des courses. Le religieux accueille Eugenio d'un grand sourire.

— Vous avez croisé ma femme, je n'ai pas eu le temps de vous la présenter.

— Votre femme ?

— Ah, ah, ah ? Je vois que vous ne connaissez pas encore bien nos coutumes. Ici les popes ne sont pas soumis au célibat mon cher ami.

— Pardonnez-moi, je l'ignorais, fait Eugenio un peu contrit.

Une fois à l'intérieur, Aniketos lui explique que sa femme est infirmière à l'hôpital général du Pirée et qu'elle était de service la veille au soir. Eugenio est vivement intéressé par cet aspect inattendu de la vie religieuse grecque et veut poursuivre avec des questions sur la famille du prêtre quand son téléphone se met à vibrer ; son écran lui indique que c'est son cousin qui l'appelle. Il s'excuse et sort de la maison pour répondre. Mais la communication est inaudible et se coupe aussitôt. Quand il revient vers le prêtre, celui-ci l'informe qu'ici les téléphones portables ne servent à rien car il n'y a pas de réseau. Il lui offre de passer par sa ligne fixe mais la tentative se révèle totalement infructueuse, sans doute sur Cythère le réseau ne doit pas être très performant non plus. Eugenio ignore totalement à quel numéro fixe il pourrait joindre son cousin en villégiature sur une île grecque où il ne connaît personne. Un peu inquiet, il se résout à remettre à plus tard de rappeler Pietro.

L'après-midi dans les champs, est très agréable. Les bottes sont un peu lourdes pour Naïm mais il y met l'ardeur d'un petit bonhomme de dix ans qui veut devenir grand. Après l'effort, il sait qu'il y a le réconfort, il va pouvoir passer un bon moment à caresser les agneaux et à se faire téter le bout des doigts, lui aussi – c'est un passe-temps universel chez les enfants de bergers –. Lucia est redevenue souriante. Quand la journée de travail s'achève, Naïm rentre chez lui tout heureux de son après-midi et Eugenio se dirige tout droit vers la douche.

Quand il en ressort, Papa Stéphanoïs est allé se coucher, le programme de variétés à la télé lui faisait tourner la tête. Puis vient le tour de Lucia d'user la savonnette mais quand elle en ressort, elle est vêtue d'une combinette plus qu'ajourée sous un peignoir guère plus décent. Au premier coup d'œil, Eugenio est sur son qui-vive.

> — J'espère que ça ne vous gêne pas si je me mets à l'aise
> pour diner ?

Que peut-on répondre à une question pareille sans passer pour un timoré coincé de la fesse ? La vie au grand air a déposé une belle couleur cuivrée sur toutes les parties visibles de Lucia, c'est-à-dire l'essentiel de son corps, et sa chevelure brune et dénouée ajoute une touche aérienne à ses dessous blancs qui volètent au moindre de ses mouvements, le contraste des couleurs est saisissant ; la soirée ne semble pas s'orienter vers une relecture de *La République* de Platon. C'est bien dommage car l'allégorie de la caverne est une pure merveille pédagogique pour initier les non philosophes à la suprématie de la pensée sur la pauvre condition humaine, elle mérite toujours qu'on y revienne.

Là, ça m'étonnerait qu'elle me demande de faire une crapette !

Les journées passées en dépenses physiques continuelles ont eu pour effet de finement muscler la bergère au point de prohiber la moindre cellule graisseuse. Et ça se voit ! Dès qu'elle bouge, des fossettes se dessinent sur ses jambes et ses bras. Eugenio fait ce qu'il peut pour la regarder au-dessus du menton mais l'abondance bustière de la dame s'imprime dans sa rétine à son corps défendant. C'est une caractéristique remarquable de l'œil humain, qui voit largement autour de ce qu'il fixe et on n'a pas le droit de se plaindre de cette prouesse naturelle. La meilleure illustration de ce phénomène optique, se trouve dans la capacité étonnante qu'ont les femmes à remarquer les braguettes ouvertes des hommes, alors que jamais leur regard ne se porte dessus. Personne ne peut en douter. Alors que Lucia s'active devant sa plaque de cuisson, Eugenio ne trouve malheureusement rien d'autre à faire que d'examiner le ferme, large, rebondi, nerveux, voluptueux, somptueux, affolant, suggestif et accueillant joufflu de la splendide Lucia, dont il ne parvient pas à restreindre les imaginaires qualificatifs qu'il lui inspire. Ses dessous sont si fins qu'on devine aisément ses deux moitiés postérieures, d'autant qu'il en est maintenant certain : elle ne porte pas de culotte ! Comme elle est en train de battre des œufs, le mouvement du fouet se transmet naturellement dans son corps en une salsa trop rapide. Eugenio est littéralement hypnotisé par ces vibrations indécentes comme un appel au rut.

L'omelette est enfin prête et pour la servir, elle se place à côté de lui. Le contact est inévitable et elle ne retient aucun frottement. Le jeune homme voit sans le regarder le long glissement de la part d'omelette de la poêle dans son assiette, et curieusement, son appétit décroît alors que son désir augmente. Il a l'idée d'esquisser un geste caressant pour rendre grâce à tant de prévenance lorsqu'on frappe à la porte d'entrée. Lucia pose ses ustensiles et se dirige vers la porte en happant une parka au passage.

— Qui est-ce ?, demande-t-elle avant d'ouvrir, aussi méfiante que contrariée.

— C'est Vassili !

Lucia ouvre la porte.

— J'ai quelqu'un en ligne au bar qui demande Eugenio Trevissolo, n'est-ce pas cet Italien qui réside chez toi ?, déclare le cafetier en faisant semblant de ne pas voir ce qui était tramé sous la parka.

Lucia traduit à Eugenio à qui il ne faut qu'un bond pour être dehors, sur les pas de Vassili ; il est vrai qu'il n'avait rien à reboutonner avant de sortir, lui.

— Pietro ? Que se passe-t-il donc ?

— J'ai appris tout à fait par hasard que tu étais repéré par un certain El Major et qu'ils vont organiser une battue pour te prendre.

— Que dis-tu ?

— Deux Siciliens qui font partie de sa bande, ont raconté cette histoire devant moi sans savoir que j'étais Italien.

— Bon sang ! Merci pour l'information Pietro et ne t'inquiète pas, j'en fais mon affaire à présent.

* * *

Pietro, après avoir passé une bonne partie de la journée à tenter de joindre son cousin par son smartphone, a dû se résoudre à renoncer. De retour à son hôtel, muni d'une carte, il a pu localiser Astyros, le village au-dessus du col de Pirangis et il a alors demandé au patron d'appeler quelqu'un là-bas, dans l'espoir qu'il ait pu rencontrer Eugenio. Le patron voulait d'abord appeler le presbytère mais il s'est ravisé en voyant sur l'annuaire, le numéro de l'autre établissement recevant du public : le café de Vassili, un quasi-confrère.

* * *

Après un instant de stupeur, Eugenio reprend ses esprits, il ne lui a pas fallu trois secondes pour comprendre le pseudonyme d'El Major. Il décide de recourir au Père Aniketos et va frapper chez lui. Il est reçu avec la chaleur coutumière du religieux qui le fait rentrer dans son salon. Ce soir-là, c'est Colombo à la télé pour la Papadia[9] et presse religieuse pour son mari. Eugenio fait le récit de ce qui est en train de s'ourdir et à sa grande surprise, Aniketos lui révèle qu'il connaît parfaitement toute l'histoire de Faustino, lequel est loin d'être en odeur de sainteté dans le village.

> — C'est un bandit qui se livre à des exactions meurtrières sans vergogne et qu'on n'a jamais réussi à coincer. Quand le village va savoir qu'il vient ici, ça va barder. Rentrez chez le père Stéphanoïs et sa fille et informez-les. De mon côté, je vais prévenir les hommes d'Astyros.

Quand il retrouve Lucia, elle finit juste sa vaisselle, sans parka mais toujours en tenue décontractée. Il est bien possible qu'elle nourrisse encore un espoir de ne pas dormir seule ce soir car quand Eugenio l'informe de l'arrivée imminente de Faustino, elle le regarde avec un œil de velours.

> — Il y a plusieurs endroits où je pourrais vous cacher, ici : le grenier, mais il est un peu venteux et il y a des araignées, la bergerie, c'est doux et tiède mais ça sent fort… Sinon, il y a mon lit…

Eugenio est décontenancé. Il voulait enchaîner en lui demandant si elle descendait bientôt en ville, elle aurait pu l'emmener. Mais là, il ne sait quoi répondre. Elle est une femme estimable et courageuse, qu'il ne veut pas froisser, son parfum est aussi suggestif que sa tenue et ça fait longtemps qu'il n'a pas goûté aux cajoleries libertines mais il y a au plus profond de sa mémoire, le doux souvenir d'une Cecilia retrouvée par hasard et en coup de vent. Cette rencontre trop tôt interrompue, a fait naître un espoir inconscient de réconciliation avec lui-même, de retrouvaille avec l'enfant tout feu tout flamme qu'il était, persuadé que la vie était simple et facile. Revoir ce premier amour pur et frais, a déclenché un

---

[9] Épouse du Pope

processus fortement ressenti en lui mais impossible à expliquer, ni même à oraliser. Ce qui est certain, c'est qu'il a retrouvé son fonctionnement d'antan : vivre à travers le prisme de sentiments impérieux et jaillissants avant toute raison, sentir que l'on peut tout comprendre de l'autre sans rien se dire, éprouver des vibrations synchrones inconnues et incompréhensibles mais qui laissent l'impression d'une puissance de vie multipliée par une magie suprahumaine. Il est incapable d'expliquer pourquoi cet évènement a si bien coïncidé avec sa prise de conscience qu'il lui fallait solder des comptes pour renaître à une nouvelle vie. Depuis son arrivée en Grèce, il subit des assauts de violence, qui se télescopent avec la paix à laquelle il aspire. Les coups de Faustino, l'épouvantable nuit dans la geôle policière, son accident de voiture et maintenant, cette tentation épidermique et soyeuse viennent parasiter son destin. L'arrivée imminente de ce forban qui veut sa peau le met en danger mais il ne ressent aucune peur, certain qu'il est de parvenir à réaliser son projet, envers et contre toute logique. Il sent qu'une profonde mutation s'est déclenchée en lui mais il ignore quelles en sont les raisons et les conséquences.

Se reprenant, il décide de ménager la belle qui lui offre son lit et son corps et pourtant, quelque chose de caché chez elle lui inspire la plus grande méfiance. Il réalise que sa réaction, quand il lui a annoncé qu'on venait lui chercher des noises, n'a pas été celle qu'il attendait. Alors que le village se mobilise pour sa défense, elle ne garde que l'envie de s'envoyer en l'air.

C'est peut-être une chaudasse, en fin de compte.

— Va pour le lit !, répond-il en s'approchant d'elle pour l'enlacer d'un geste un rien protocolaire.

C'est à ce moment que l'on entend un bruit de tracteur qui passe devant la ferme et à cette heure de la nuit, c'est très surprenant. Eugenio glisse un œil par la fenêtre pendant que

Lucia allume la lampe de cour.

> — C'est Demetrio, il est avec Vassili, je les reconnais ! Mais que vont-ils faire ? Ils sont armés de fusils…

> — Moi je le sais, répond Lucia agacée par ce dérangement, ils vont bloquer la seule route d'accès à Astyros. Eh bien, on peut dire que vous en dérangez du monde !, dit-elle en revenant vers lui.

* * *

En effet, au cœur d'une nuit noire, Demetrio parvient à réaliser un magnifique créneau dans un endroit de la route un peu resserré par deux blocs rocheux. En remontant avec Vassili, ils arborent un sourire de chasseur au gros.

> — Inutile de rester-là, fait Vassili, il ne devrait pas venir avant demain matin, je vais monter la garde. Tous les courageux du village sont prêts. Dès que je vois quelque chose, je tire en l'air et tout le monde rappliquera.

* * *

Devant tout ce remue-ménage, Eugenio se sent confus. Après tout c'est à cause de lui qu'on en est là.

9 — Une lutte gréco-romaine

Quand le vin est tiré…

Le jour va bientôt se lever, Lucia pénètre dans sa chambre suivie du corps d'Eugenio, sa tête étant trop encombrée pour décider autre chose. Comme elle trouve qu'il ne va pas assez vite pour se déshabiller, elle lui donne un coup de main. Ses gestes maladroits rendent un peu de cocasserie à la scène, ce qui détend Eugenio ; c'est en réalité ce dont il a le plus grand besoin.

Sous les draps, la fête s'organise, sans paroles mais pas sans gestes. Il est beau, elle est belle, ils sont tous les deux disponibles, ça devrait marcher. Et ça marche ! Même quand le cœur n'est pas à l'ouvrage chez un homme, il se produit un truc indispensable à la régénération de l'espèce. C'est beau, la nature ! Les caresses, les bisous, le frottement des corps, les parfums du désir, tout est mis en branle pour que les querelles s'éteignent et que l'union sacrée établisse sa loi immuable. Au petit matin, alors que le soleil n'est pas encore levé mais que le ciel est déjà clair, le dénouement est proche lorsqu'un coup de feu claque au dehors. C'est le signal de Vassili !

Dans la minute qui suit, tout le village est en arme et se dirige vers le terrain d'affrontement. À trente mètres de l'autre côté du tracteur, le gros Toyota de Faustino s'est immobilisé, comprenant avec stupéfaction l'embuscade qu'on lui a dressée. Derrière lui, s'arrêtent peu à peu une puis deux voitures. Ils ne sont pas moins d'une douzaine de sbires à être venus pour extirper Eugenio de sa retraite. Cela peut paraître disproportionné mais Faustino sait très bien que dans ces villages un peu isolés, les grecs sont des gens méfiants et farouches, au contraire de ceux des villes qui se sont accoutumés à une certaine facilité. Il ne sait pas encore combien il a raison. En nombre, ils ne font pas le poids face à la cinquantaine d'hommes contre eux mais en armes, c'est une autre affaire. Du côté des villageois, les chevrotines des fusils à deux coups blessent mais sont rarement létales au-delà de trente mètres, tandis que les balles des armes automatiques de la bande d'El Major sont encore mortelles à plus d'un kilomètre. Ça fait une sacrée différence et chacun le sait des deux côtés.

Décemment, Eugenio ne pouvait pas faire autrement que de se joindre à ses vaillants protecteurs, c'est du moins ce qu'il a dit à Lucia en quittant son lit. Il s'attendait à la voir se rhabiller également et à l'accompagner, mais non, elle a repris sa mine de colère retenue qu'elle lui avait révélé la veille, dans la bergerie. Elle ne lui offre même pas un fusil, il est pourtant persuadé qu'elle en a au moins un.

Quand Eugenio arrive sur la scène de l'affrontement, il tombe à point nommé sur une initiative qui ne le surprend pas. Faustino est sorti de son engin et vocifère :

— Je suis El Major et je viens chercher un Italien avec qui j'ai un compte à régler.

— Et quel compte, répond d'une voix forte le Père Aniketos.

— Il veut nuire à mon amie et je suis là pour la défendre, c'est une question d'honneur pour El Major.

À ce moment, le script dérape sur un dialogue ahurissant, mais qui semble ne surprendre qu'Eugenio, car les autres défenseurs ne bronchent pas. Il y en a même quelques-uns qui rient sous cape.

— El Major de mon cul, oui, hurle Demetrio qui n'a rien perdu de sa vigueur. Tu t'appelles Angelino, Angelino Faustino. Ça te la coupe hein, crapule ?

— … Et qui es-tu toi ?, renvoie Faustino un peu déconcerté.

— Je suis Demetrio, Demetrio Faustino, ton oncle !

— J'ignorais que tu habitais encore ici, mon oncle, mais puisque nous sommes en famille tu peux comprendre que je suis fondé à réclamer justice contre cet Italien.

— Avant de réclamer la justice pour toi, Angelino, tu aurais dû la rendre à ton père, mon frère, que tu as laissé croupir et mourir dans un taudis en bordure de la ville.

* * *

L'année de ses 18 ans Angelino s'engage dans la garde civile et à cette époque il vit avec son père dans un modeste appartement d'Athènes. Le vieux Basilio travaille dans une fabrique de bouteilles mais depuis la mort de sa femme, sa santé a suivi une pente si déclinante qu'il finit par être déclaré inapte au travail. C'est aussitôt après ce brutal changement dans sa vie, qu'il déclare un cancer du poumon dont l'origine tabagique ne fait aucun doute. Par chance, le dépistage de la tumeur ayant été suffisamment précoce, il réussit à retrouver une stabilité précaire de sa santé après une ablation d'une moitié d'un de ses poumons et au prix d'une chimiothérapie intelligente mais coûteuse. Il se retrouve sans ressources, étant encore trop jeune pour prétendre à une maigre retraite et l'aide sociale à laquelle il devrait avoir droit, requiert des démarches multiples si compliquées qu'elles n'aboutissent pas. En attendant, il est à la charge de son fils. Au début tout va bien, il est même fier d'Angelino et de son uniforme. Mais rapidement les choses se gâtent. Angelino se met à faire la fête avec des collègues qu'il ramène à la maison pour jouer à d'interminables et bruyantes parties de cartes qui empêchent tout le monde de dormir, y compris les voisins, dans cet appartement trop exigu. Un jour que Basilio demande à son fils s'il n'est pas possible de trouver un endroit plus adapté pour s'amuser et surtout pour lui éviter les atmosphères enfumées, il s'entend répondre :

— Écoute Papa, on ne fait rien de mal, on n'abuse pas de l'alcool, on ne se drogue pas, on profite juste de la vie. Et puis avec le bras que tu me coûtes avec tes soins, tu peux bien supporter un peu de mouvements de temps en temps.

Et puis cela s'aggrave. Après les copains, il y a les copines et parmi elles, certaines ne brillent pas par leur orthodoxie morale. Il a 19 ans quand il commet son premier crime, le viol d'une prostituée qu'il laissera pour morte à quelques rues du toit paternel. L'enquête, hâtivement menée, conclura au geste dément d'un client anonyme. Mais Basilio qui a tout entendu, n'est pas dupe. Pour cet homme qui a vécu sa jeunesse sous le joug de la dictature des colonels et qui a connu l'euphorie de l'avènement de la République grâce à Karamanlis, le respect de la loi démocratique est un principe supérieur à toute condition humaine. Il exhorte son fils à se rendre à la police mais, torturé par son amour paternel, se refuse à le dénoncer lui-même. Angelino, qui a bien compris l'impunité dont il bénéficie, décide alors de se débarrasser de ce témoin gênant en l'expédiant dans une nouvelle demeure, assez loin du monde policé des faubourgs d'Athènes. En fait, c'est un bidonville où règne tant de misère que personne ne songe plus aux vertus cardinales d'un état de droit. Dès lors, Basilio doit se taire s'il veut manger, car Angelino ne lui laisse que quelques drachmes (nous sommes encore quelques années avant le passage à l'euro) pour vivre. Quant aux frais médicaux, il n'en est plus question. La santé fragile de Basilio n'y résiste pas longtemps, son cancer se généralise et il meurt en quelques mois.

* * *

— Tout le monde ici sait ce que tu vaux, poursuit Demetrio et un mauvais fils chez nous c'est pire qu'un incroyant, c'est un bandit. Alors, dégage !

Pour inattendu que soit cet accueil familial bien frais pour la saison, Faustino ne se laisse pas acculer à rentrer chez lui la queue basse, surtout devant ses hommes. Pour toute réponse il envoie une rafale de pistolet mitrailleur en l'air. Grosse impression chez les défenseurs, habitués à des pétarades beaucoup plus retenues de leurs juxtaposés. Dans les secondes qui suivent, quand on entend le plic-ploc des balles qui retombent sur les tuiles et les tôles des toits d'Astyros, chacun prend conscience que l'artillerie adverse mérite une considération plus grande que les saloperies de jeunesse du neveu de leur doyen.

> — Écoute-moi le vieux, je ne suis pas venu ici pour tenir un conseil de famille alors tu vires ton bouzin et tu me laisses emmener l'Italien.

S'ensuit un de ces moments où l'on sent flotter dans l'air le voile diaphane d'une hésitation silencieuse. Tout peut basculer du mauvais côté quand Eugenio s'avance lentement et se place devant le tracteur.

> — Tu me cherches Faustino ? Je te propose de régler ça à la loyale, un combat à mains nues, torse nu et pieds nus, déclare-t-il.

Interloqué durant quelques fractions de secondes, Faustino part dans un éclat de rire qui déclenche aussitôt celui de ses hommes de main. Eugenio ne se laisse pas impressionner ;

> — Jette tes menottes à terre, le combat s'arrêtera quand le premier de nous deux aura réussi à les passer à l'autre.

Faustino s'exécute et les deux hommes commencent à se déshabiller. Le torse du chef de bande est massif et musculeux mais bien enrobé. Son entraînement sportif ne fait pas de doute mais son régime alimentaire ne suit pas, il est en surpoids. Chez son adversaire au contraire, les muscles sont fins et nerveux et pas une once de graisse n'en cache les fossettes. Lucia, qui a fini par sortir de chez elle pour aller voir ce qui se passe, conçoit quelques regrets supplémentaires en découvrant ce corps d'athlète dont elle n'avait pas perçu toute la dimension dans son lit. Eugenio se détache de son groupe, passe de l'autre côté du tracteur mais fait signe à son adversaire de patienter quelques instants. Il se met alors à exécuter des mouvements d'échauffement et d'assouplissement en conseillant à son adversaire de faire de même.

> — Pas la peine gringalet, on m'appelle aussi « frappe qu'un coup », lui répond-il d'un air méchant, presque sadique.

> — Décidément, tu aimes les sobriquets ridicules Angelino, se moque Eugenio.

Faustino accuse le coup, un masque de colère rentrée se peint sur son visage mais Eugenio en rajoute une couche.

> — Et en plus tu es laid comme un cochon quand tu te mets en colère.

Les villageois qui étaient restés sceptiques face à la tournure inattendue des évènements, commencent à se détendre. Les saillies d'Eugenio, traduites par le Père Aniketos, leur inspirent des mines joyeuses et peu à peu, ils se mettent à espérer que cet Italien parviendra à river son clou à ce mauvais garçon. Demetrio se sent rajeunir. Le sentiment que son neveu va peut-être subir la correction qu'il aurait voulu lui donner lui-même pour laver l'honneur de son frère, le rend encore plus exubérant que d'ordinaire et il ne peut s'empêcher d'un :

> — Vas-y mon gars, on te soutient et s'il y en a un qui remue le petit doigt, il se prend une grappe de plombs dans les couilles fissa !

Aniketos ne résiste pas au plaisir de traduire Demetrio mot pour mot et à voix forte pour que chacun en face, s'inspire de l'avertissement. Le soleil fait un début d'apparition au-dessus de la chaîne de montagnes qui domine le village, en même temps qu'une brise légère et un peu fraîche vient de se lever.

Quelques minutes plus tard, Eugenio est prêt, il se rapproche de la paire de menottes qui a été jetée au milieu de la route, son visage est illuminé par la fierté. Durant son échauffement, il s'est remis en mémoire les rencontres successives qu'il a eues avec son challenger. Il est passé de l'effroi épidermique à la peur viscérale sans ressentir la moindre velléité de révolte et au fond, il se rend compte à présent que son désir de revanche est aussi vif contre Faustino qu'envers Svelnia. Le croisement de sa destinée avec ce couple maudit a été la goutte insupportable qui a fait déborder le vase de tous ses refoulements. À cet égard, sa retraite à La Roglia, avec le soutien indispensable de son cousin, s'est révélée plus que salutaire. Elle lui a permis de se voir au mitan de sa vie face à un choix simple : rester un enfant ou devenir un homme. C'est exactement la raison de sa présence ici et du défi qu'il vient de lancer à Faustino. Vu de loin, au premier abord, on aurait pu penser qu'il était mû par un banal désir de vengeance, mais son dessein va bien au-delà. C'est un pari de plus en plus conscient qui le guide : est-il capable de maîtriser sa vie, de dominer ces nuisibles qui ont cru pouvoir s'en prendre sans vergogne à sa personne, à son honneur ? Il est le seul à connaître la véritable dimension de son projet et c'est bien cela qui le rend fier.

Les deux hommes sont maintenant face à face. Ils s'observent. Faustino laisse monter l'adrénaline, sûr de frapper le plus fort. Eugenio esquisse des mouvements de son corps pour distraire son adversaire. Il sait, il veut que Faustino tente le premier coup. Il a déjà repéré que c'est un droitier, il guette. Quand le coup part, il n'est pas surpris. Une esquive facile lui permet d'éviter le poing, il sent le déplacement d'air autour de son oreille gauche. Son anticipation lui offre l'occasion de placer un vif uppercut au foie. Faustino ne bronche pas. Il est gras mais il a des abdominaux suffisants pour encaisser. Eugenio profite de son avantage pour tenter une ruse. Il pose un pied sur les menottes et la réaction de Faustino est immédiate, il regarde le pied d'Eugenio. C'est une distraction qui permet à Eugenio de placer un coup de pied entre les jambes de Faustino. Comme il n'existe aucun exercice d'entraînement pour se muscler les cousines et qu'il n'a pas pris la précaution de se munir d'une coquille, Faustino est bien obligé de constater que ses joyeuses ne sont pas à la fête. Il grimace, mais résiste à la tentation de porter ses mains sur ses parties endolories. Eugenio est un peu surpris par sa capacité d'endurance et tarde un peu à reculer. Faustino a déjà lancé son poing en direction de la mâchoire de l'Italien qui manque de peu de prendre le coup, sauvé par un réflexe in extremis. La vitesse, c'est bien cela son atout principal face à ce buffle à demi domestique. Faustino envoie alors lui aussi son pied en direction des cousines italiennes mais là, Eugenio a parfaitement vu le coup arriver. Il se recule d'un léger bond en arrière, attrape la jambe des deux mains et la soulève bien plus haut que ce que l'envoyeur aurait voulu. Faustino est déséquilibré, il tombe. Eugenio est tenté de se jeter sur lui mais c'est encore trop tôt pour le plan qu'il s'est fixé dans ce combat. Et puis, il a vu deux des hommes de Faustino se placer derrière les portières ouvertes du Land Cruiser, prêt à défourailler en toute sécurité, les portières constituant un bouclier suffisant contre la chevrotine. Il laisse Faustino se relever ce qui lui offre quelques secondes qu'il met à profit pour saisir les menottes et les envoyer adroitement de l'autre côté du tracteur. Les villageois qui s'étaient agglutinés là se retirent vivement laissant un champ vide d'une dizaine de mètres autour du nouveau centre d'intérêt de ce ring virtuel.

— Eh « Frappe qu'un coup », on dirait que tu as un problème d'allumage !, lance Eugenio en faisant des petits bonds en arrière pour se rapprocher du tracteur.

Faustino est de plus en plus contrarié. Non seulement il n'est pas parvenu à placer un seul coup sur Eugenio mais en plus il s'en est pris deux et s'est retrouvé ridiculement jeté à terre. Il se rue sur Eugenio. Curieusement, Eugenio semble l'attendre sans rien faire d'autre que de sautiller comme un boxeur. Quand Faustino arrive à sa hauteur et contre toute attente, il se met à courir autour du tracteur, obligeant son adversaire à le suivre. Il modère sa course de manière à laisser Faustino se rapprocher puis accélère sans difficulté, l'obligeant à reprendre son galop de taureau enragé. Plusieurs tours de l'engin de Demetrio sont ainsi effectués, à la plus grande stupéfaction des spectateurs. Personne ne comprend ce ballet qui ressemble à une fuite d'Eugenio. Il dose sa course en fonction de la vitesse de Faustino qui écume littéralement. La bonne trentaine de kilos d'écart entre les deux hommes lui permettent de courir nettement plus facilement que Faustino. Pendant ce manège, les hommes de Faustino ont tenté de s'approcher mais ils se sont trouvés alors à découvert et ont été obligés de reculer sous la visée des trop nombreux fusils du camp d'en face. C'est exactement ce que voulait Eugenio. La cavalcade des deux combattants qui durent depuis plusieurs minutes produit un autre effet voulu par Eugenio : Faustino est essoufflé, très essoufflé même. C'est le résultat de son entraînement exclusivement en salle alors qu'Eugenio est un adepte des courses en plein air. Ainsi, au moment où l'on commence à s'amuser de cette ronde grotesque à défaut d'en comprendre le but, Eugenio s'arrête, se retourne vivement et décoche une série de crochets des deux mains, car il est ambidextre, lui. Les coups sont si rapides et précis que Faustino se les prend tous sans réagir. Quand sa tête en a assez de dodeliner comme un punchingball, il s'écroule. D'un bond, Eugenio a saisi les menottes et les lui passe non aux poignets, mais aux chevilles.

Demetrio exulte le premier mais une clameur mémorable s'élève aussitôt des villageois qui est entendue jusqu'au col de Pirangis. Les commerçants qui commencent à ouvrir boutique en bas se demandent ce qui peut bien se passer de si bon matin à Astyros.

> — Dans mon pays, il existe une légende[10] que tu aurais gagné à connaître, Faustino. Maintenant, va parfaire ton éducation mais loin d'ici.

Faustino n'a pas le choix, il rejoint ses acolytes, plutôt penaud. L'entrave de ses chevilles l'oblige à faire des petits pas comme un vieillard impotent et ajoute le ridicule à la honte de l'échec. Dans le camp d'Astyros, on est tordu de rire. Demetrio vient au-devant d'Eugenio en train de se rhabiller. Ses yeux sont humides de joie et il lui dit dans un langage qu'Eugenio comprendra un peu plus tard grâce au Père Aniketos :

> — Tu ne peux pas savoir le bien que tu nous a fait et à moi en particulier. Tu as vengé l'honneur de ma famille d'une façon admirable. Je t'invite à un grand repas chez Vassili avec quelques amis.

Le reste de la journée est mis à profit pour organiser le festin du soir. Vassili est à la manœuvre mais il ne manque pas de bras pour le seconder et chacun apporte de quoi confectionner un menu grandiose. Aniketos attend que le rassemblement se disperse pour prendre Eugenio à part.

> — Avez-vous seulement pris votre petit déjeuner ?, lui demande-t-il goguenard.

> — Ma foi non, répond Eugenio qui ressent subitement une grande fringale.

> — Alors, suivez-moi, ma femme et moi seront ravis de recevoir le héros du jour en attendant les ripailles plus sérieuses de ce soir.

Quand il se retrouve dans la grande salle à manger du

---

[10] Les Horaces et les Curiaces

presbytère, il n'échappe pas à une question indiscrète.

— Que vous veut donc ce bandit d'Angelino Faustino ?

Eugenio est un peu embarrassé. Il ne veut pas froisser cet homme si sympathique mais n'a pas non plus l'intention de déballer toute son histoire. Il élude.

— C'est une vieille histoire et j'espère bien qu'elle est close.

Après un instant de réflexion, le religieux comprend qu'il a franchi une ligne blanche dans l'intimité de son hôte.

— Pardonnez-moi, je dois être un peu déformé par mon sacerdoce confessionnel. Pour me faire pardonner, je vous offre de trinquer avec une eau de vie d'argousier qui date du siècle dernier et me vient d'Arménie. Un élixir rarissime.

10 — Traitrise

La goutte est une telle merveille qu'elle réussit à leur faire dépasser le malaise qui a failli s'installer. Le Père Aniketos en profite pour s'étendre largement sur le différend qui oppose les Faustino oncle et neveu.

— Et ce différend familial suffit à mobiliser tout votre village ?, s'étonne Eugenio.

Devant la perplexité de son interlocuteur, le Pope se lance dans une dissertation sociologique.

— Vous vous demandez pourquoi le village entier a pris fait et cause pour son nouveau doyen ? Eh bien je vous répondrai que c'est un magnifique exemple de solidarité non pas nationale mais villageoise, commence le religieux avec un rien de malice. Il faut d'abord savoir que la très grande majorité de nos familles est éclatée entre ceux qui ont pu rester au village et ceux qui ont été contraints de partir pour la ville, faute de ressources pour vivre ici. Avec la crise économique qui a débuté en 2008, les choses se sont considérablement dégradées. Les natifs d'Astyros qui, dans la force de l'âge, ont pu trouver du travail au Pirée ou à Athènes, se sont retrouvés complètement démunis à l'aube de leur retraite, tout comme le frère de Demetrio. Aujourd'hui, sans un secours de leur famille et en particulier de leurs enfants, ces gens sont à la merci du moindre coup du sort et chacun ici se sent personnellement concerné par ce qui est arrivé à Basilio. Il faut bien comprendre que la quasi-faillite économique de la Grèce s'est traduite d'abord et avant tout par un abandon de poste en rase campagne de tous les services sociaux. Dès lors, la survie des nôtres n'est possible que grâce à la solidarité de leur famille. C'est une réaction qui, dans nos montagnes où la vie est plus rude qu'ailleurs, s'apparente à un réflexe tribal.

Tout est dit le plus clairement du monde et Eugenio prend conscience d'un coup de la dimension et de la gravité de la crise grecque. À côté de cette cruelle réalité, sa vie d'ermite à La Roglia est une douillette synécure.

— Votre brillante intervention contre Angelino Faustino a ranimé la flamme d'une justice immanente, cher ami, poursuit Aniketos avec un enthousiasme qui confine à la ferveur dont les prêtres sont coutumiers.

Eugenio se dit qu'au fond, c'est la force simple d'un groupe, dans ce qu'elle a de plus archaïque, qui peut parvenir à vaincre une milice qui prétend régner par la terreur. Il n'est pas dupe en effet ; son pari contre Faustino n'aurait jamais pu être tenté sans l'appui des vieux fusils d'Astyros… et du vieux tracteur de Demetrio. Revenant à des réalités plus prosaïques, il s'enquiert de l'éventualité d'une voiture qui pourrait le ramener au Pirée.

— Hélas ma femme ne travaille pas demain… Mais je pense que vous devriez pouvoir vous arranger avec Lucia, c'est son jour de livraison, dit le prêtre.

Eugenio ne pensait plus à elle. Il ne sait pas dans quelles dispositions elle va désormais le recevoir après l'acte manqué de la nuit, à plusieurs reprises de surcroît. Mais comme cet aspect des choses ne concerne pas l'église, il prend congé et retourne tenter sa chance auprès de Lucia.

Quand il arrive à la ferme, il n'est pas surpris de la voir s'activer dans la bergerie, c'est la fin de la traite. Il ne sait pas comment se présenter à elle : entrer dans la bergerie lui rappelle de mauvais souvenirs, rester à l'attendre au milieu de la cour serait une couardise et entrer dans la maison, carrément cavalier. C'est Pios, le bon gros chien de la maison qui vient à son secours en remuant la queue, comme si Eugenio faisait déjà partie de la famille, présage qu'Eugenio goûte moyennement. Occupé à poupougner le chien, il aperçoit Lucia qui finit par sortir de l'enclos de ses brebis. Le voyant, elle marque un temps d'arrêt.

Ça passe ou ça casse !

— Bravo pour votre show triomphateur, lui lance-t-elle gouailleuse.

Il n'est pas certain de comprendre si elle se moque de lui ou si elle exprime une sincère admiration.

— Ça vous a plu ?, tente-t-il prudemment.

— Bien sûr ! Ce n'est pas si fréquent de rencontrer des hommes courageux et intelligents !

Comme il reste sans répondre, elle poursuit :

— Il faudra que vous me racontiez cette légende de votre pays que personne ne doit connaître ici.

Sauf Aniketos, peut-être...

Finalement, il lui demande sans détour si elle peut le convoyer demain.

— Ça peut se faire mais je ne sais pas dans quel état nous serons à six heures après la fiesta qui se prépare en votre honneur.

Vers dix-neuf heures, heure intelligente, quand Eugenio entre dans le bar de Vassili, ils sont déjà une bonne trentaine à se préparer. Il est accueilli par des « Hourrahs » et des « Vivats » qui se passent de traduction. Il observe cependant une chose curieuse : là où les fusils n'avaient rassemblé que des hommes, ici les grandes manœuvres culinaires et vaisselières intéressent en majorité des femmes. À ce travers universel de la nature humaine, s'ajoute celui des voix, comme une fausse symétrie de rééquilibrage : ce sont les hommes qui parlent le plus fort alors qu'ils en font le moins. Dans ce brouhaha incompréhensible pour lui, heureusement que le Pope vient à son secours. C'est à ce moment que se déroule une scène qui se passe de commentaire. Au fond de la salle, deux hommes se mettent à tourner autour d'une table en courant l'un derrière l'autre. Puis, le premier s'arrête, se retourne et fait semblant de boxer son poursuivant. Le faux El Major fait mine de s'effondrer et l'autre de lui passer des menottes virtuelles aux pieds. On le voit enfin se redresser et partir en imitant la démarche grotesque d'un homme entravé, avec force mimiques de contrition. L'hilarité qui éclate alors, emplit la salle à en faire vibrer les murs. C'est le moment dont Lucia profite pour faire une discrète entrée. Ici, pas de tenue froufroutante ni de maquillage attrape-gogos, elle a une réputation à défendre.

Après plusieurs tournées d'ouzo, alors que chacun commence à prendre place autour des grandes tables dressées avec ferveur par les femmes, Eugenio est entraîné vers une place d'honneur, en bout de table. Il doit au passage accepter de serrer des mains à n'en plus finir, c'est le héros de la journée. Le repas est du cru : charcuterie, ragout de mouton, fromage et gâteau à l'orange et naturellement, arrosé au résiné. Avant de commencer, cependant, un homme se lève et entame un discours, c'est le maire d'Astyros. Aniketos traduit à voix basse pour Eugenio, qui apprend que sans lui on aurait peut-être eu droit à une fusillade meurtrière et que c'est pour avoir permis d'éviter ça que tout le village se réjouit ce soir. Eugenio ne peut en rester là, il se lève et déclare en laissant Aniketos traduire par bribes :

— Si pareille aventure devait se renouveler, sachez que vous pouvez appeler le Commissaire du Pirée. Il s'appelle Leonis, c'est un homme bien et qui ne vous laissera pas tomber si ce gredin d'El Major fait encore des siennes.

Quand Aniketos a fini de traduire, des regards admiratifs se portent sur Eugenio. Ainsi, cet étranger semble connaître personnellement le Commissaire de police du Pirée ! Du coup, Aniketos se met à sourire en regardant Eugenio, il pense avoir compris ce qui l'oppose au neveu de Demetrio : un règlement de compte entre policiers dont Eugenio est une recrue mercenaire. Notre héros comprend la méprise et finalement, elle l'arrange bien. Tard dans la nuit la fête prend fin dans une bonne humeur qui ne s'est démentie à aucun moment. Naturellement, les sorties du bistrot ne sont pas toujours des lignes droites, certains inventent des petits virages imaginaires, sans doute inspirés par les vapeurs du résiné. Quand Lucia et Eugenio rentrent à la ferme, ils sont trop fatigués pour penser à autre chose qu'à dormir.

Le lendemain matin, dès sept heures, la camionnette est chargée d'une bonne centaine de kilos de tomme de brebis et du gros sac d'Eugenio, quand elle prend la route vers Le Pirée.

— C'est votre production hebdomadaire ?, demande Eugenio à la conductrice.

— Non, il y a aussi la production de l'autre ferme du village, je fais le voyage pour les deux bergeries, lui répond Lucia.

Il faut environ une heure trente pour rejoindre Le Pirée depuis Astyros, en passant par le col de Pirangis. Après le col, au détour d'un virage, Eugenio reconnaît l'endroit où il a fait une périlleuse sortie de route. Rien ne semble avoir été entrepris pour réparer le rail de sécurité et encore moins pour récupérer la carcasse de la voiture, quelques centaines de mètres en contrebas. Lucia lui explique que les choses vont rester ainsi longtemps.

— Un jour peut-être, on refera la barrière mais pour la voiture, elle est partie pour rester là un temps indéfini.

Eugenio se tait pour ne pas ajouter de l'humiliation à cet état des choses.

Comment pourrait-il en être autrement dans un pays qui peine à nourrir ses habitants ?

Avant de partir, ils ont convenu que Lucia laisserait Eugenio à son hôtel.

> — J'espère que ça ne vous ennuie pas si je livre mes fromages avant de vous déposer, c'est sur mon chemin, lui dit-elle sans détourner ses yeux de la route.

Eugenio n'a pas l'ombre d'une objection à lui apporter. Peu après être entrée dans la ville, elle bifurque dans une rue qui mène à ce qui avait dû ressembler à une zone industrielle mais qui tient maintenant du terrain le plus vague qui soit. Sur une surface aussi grande qu'un parking d'hypermarché, l'œil est accroché par les pièces éparses d'engins de chantier entamées par la rouille, qui gisent là, telles des membres écartelés de corps laissés à la putréfaction. Au milieu de ce fourbi qui sent la récup improvisée, on aperçoit des carcasses de voitures cabossées, sans doute abimées lors d'un rodéo sauvage, des monticules de palettes mal entassées, des citernes encore sur leurs socles et un pylône de ligne électrique abattu, peut-être par un bucheron au chômage et victime d'un profond mal de vivre. Au fond de cette étendue lugubre, qu'un joyeux petit soleil matinal d'automne ne parvient pas à égayer, trône encore une rangée de bâtiments éventrés dont on ne sait plus s'ils abritaient des ateliers ou des magasins. On se demande comment une coopérative laitière peut avoir trouvé refuge dans ce *no man's land* et d'ailleurs, Eugenio est incapable de voir où elle se cache.

Après avoir traversé cette misérable place, Lucia stoppe son véhicule le long d'un bâtiment en ruine, juste derrière une Land Rover blanche immaculée. Cet anachronisme plonge Eugenio dans un étonnement qui se transforme aussitôt en une vive inquiétude quand il voit surgir quatre hommes qui sortent en courant de la ruine calcinée et se dirigent vers lui, pistolets mitrailleurs aux poings. En un éclair, il réalise que Lucia l'a mené dans un guet-apens. Elle détourne la tête quand il la regarde, craignant sans doute de l'entendre éructer sa colère. Mais Eugenio ne dit rien. Il ouvre la portière, descend de la voiture sous la menace irréfragable du quarteron mal intentionné, attrape son sac à l'arrière, mais avant de refermer la portière, il se tourne vers Lucia :

— Vous m'avez trahi, mais vous avez fait beaucoup plus grave, vous avez trahi votre village et cela vous poursuivra pour le restant de vos jours.

Lucia en reste sans voix. Elle le regarde hébétée, ne comprenant pas comment cet homme dont l'avenir est irrémédiablement compromis, peut avoir l'inconscience de croire qu'il sera en mesure de révéler sa forfaiture. Car l'idée que ceux de son village en seront informés, ne lui a jamais effleuré l'esprit. Et tout d'abord, pour elle, ce n'est pas une trahison, c'est une vengeance contre un homme qui l'a bafouée en se refusant à elle, ce que personne avant lui, n'avait osé faire. La disproportion de sa réaction face à ce qui n'est qu'une banale déconvenue, la rend pitoyable et c'est bien pour cette raison qu'Eugenio s'est abstenu de tout débordement de colère, comme pour ne pas ajouter du ridicule au pathétique.

Les hommes armés font signe à Eugenio de se diriger vers le bâtiment d'où ils sont sortis, pendant que Lucia fait demi-tour, pour aller finalement livrer sa marchandise, comme si de rien n'était. Dans la bâtisse dont il ne reste du toit qu'un squelette métallique difforme, Eugenio est dirigé vers un escalier qui l'emmène dans un sous-sol. Dès les premières marches Eugenio est saisi par une odeur d'épices et à en juger par les sacs et les caisses vides entassés çà et là, il devine que ce devait être la réserve d'un magasin d'alimentation. On le pousse finalement dans une pièce exigüe et totalement nue, où on l'enferme. Un minuscule soupirail laisse entrer un filet de lumière tout juste suffisant pour deviner les murs. Il entend parler de l'autre côté de la porte et à sa grande surprise, c'est de l'italien. Collant son oreille contre la porte, il comprend que l'un des hommes dit qu'on peut prévenir El Major que le terroriste est là. Eugenio a reconnu l'accent sicilien avec les « s » durs et la tonalité plus claire que la sienne, il devine la raison de leur présence dans la bande à Faustino. Rester les bras ballants en attendant que Faustino vienne lui passer une inévitable dérouillée, n'est pas son truc. Il faut trouver un moyen d'améliorer son sort. À travers la porte, il tente de nouer un dialogue :

— Eh les gars, on est des pays à ce que j'entends… Moi je suis de Moncalieri à côté de Turin et vous ?

Après un bref silence, il s'entend répondre :

— Et nous on est de Palerme, c'est pas vraiment le même pays !

Ça s'engage mal pour ce qui est de nouer une amitié durable et indéfectible.

— Non, c'est vrai, mais on a la même fierté italienne qui coule dans nos veines, répond Eugenio sans trop y croire.

— Notre fierté on l'a laissée en Sicile, dans nos familles et de ton côté, on s'est laissé dire que tu avais viré moitié Français, alors on pense que tu ne dois pas en être très fier d'être Italien.

Raté !

— Faut pas écouter tout ce qu'on raconte en Grèce, c'est un pays de misère !

— Ta gueule, connard, tu perds ton temps !

Siciliens de mes deux !

La journée se passe ainsi. Eugenio ne voit personne. Il entend juste des allées et venues de ses gardiens, qui vont et viennent. Il lui semble même qu'ils jouent aux cartes. La seule concession qu'on lui a offerte est une bouteille d'eau qu'on lui a fait passer sans lui dire un mot.

Dehors, à la nuit tombante, un bruit de moteur diesel se rapproche. Eugenio fait le rapprochement avec le Land Cruiser de Faustino et il ne se trompe pas. Quelques minutes plus tard, on vient le chercher, on lui passe les menottes et on le sort pour l'amener devant Faustino. Eugenio découvre le chef de bande avec un visage encore nettement tuméfié des coups reçus la veille.

> — Alors on a fini par t'avoir, « Horace », fait-il avec un rictus méprisant.

> — Ah, tu t'es renseigné, c'est méritoire. Je pense que c'est bien pour ta culture personnelle, répond Eugenio avec détachement.

Faustino marque un temps d'arrêt. Cela fait deux fois de suite qu'il échange avec Eugenio et qu'il ne reconnaît pas le grand benêt qu'il a connu l'année dernière. Son nouveau comportement marque une très nette différence avec l'ancien sans qu'il puisse en comprendre la plus petite raison.

> — J'ai une revanche à prendre, tu vas déguster mon pote !

> — Hier c'était à la loyale, aujourd'hui j'ai les mains liées. Pas sûr que ça redore ton honneur devant tes hommes El Major, déclare Eugenio qui ne se démonte pas.

Comme Faustino ne sait pas quoi répondre et que la soif de revanche le taraude sévèrement, il lui envoie un magnifique coup de poing dans la figure. Mais Eugenio s'est baissé à temps et bondit en avant pour lui mettre un coup de boule dans l'estomac. Ça ne fait rien d'autre que de le faire reculer d'un mètre, mais ça augmente bien sa rogne. Il regarde autour de lui, saisit une cornière métallique et s'apprête à frapper à nouveau mais il est retenu par un de ses sbires.

— El Major ! La patronne ne veut pas de traces !

Faustino s'arrête. Il jette la barre de fer.

— Tu as raison, finissons-en !, maugrée-t-il.

Puis s'adressant à Eugenio :

— Qu'espérais-tu faire en venant ici ?

— Revoir votre beau pays ! Les spécialités culinaires et l'accueil chaleureux des Grecs me manquaient, ironise Eugenio.

C'est bien connu, l'humour n'est pas le point fort des baobabs même quand ils se déguisent en gorille. Eugenio n'échappe pas à une mandale qui lui dévisse la tête d'un quart de tour et dont la chevalière lui fait une entaille dans la joue. Il se reprend en quelques secondes et réplique :

— La patronne ne va pas être contente, Angelino !

— C'est ça, profites-en bien maintenant, car là où on va t'envoyer, tu n'auras plus l'occasion de faire le guignol !

11 — Ceux qui vont mourir

Un des miliciens d'El Major s'empare du sac d'Eugenio, de son passeport et sort de la cave geôlière. Il démarre le Land Rover et se rend à l'hôtel trois étoiles de la marina Zea. Là, il y va carrément à l'esbroufe.

— Bonjour, je voudrai déposer ceci dans ma chambre mais je ne me souviens plus du numéro, dit-il au réceptionniste en lui montrant son sac.

— Vous êtes Monsieur…

— Trevissolo, Eugenio Trevissolo, répond-il, montrant rapidement le passeport en ayant pris soin de masquer à demi la photo avec son pouce.

L'inconvénient de ces grands hôtels internationaux, c'est qu'ils ont un personnel pléthorique qui change tout le temps. Si le réceptionniste de ce soir avait été la jolie brune aux yeux clignotants qui a reçu l'authentique Eugenio quelques jours auparavant, peut-être que la ruse n'aurait pas fonctionné.

De retour dans le complexe de détention arbitraire d'Eugenio, le commissionnaire mal intentionné lui remet son passeport en poche ainsi que la clé de sa chambre d'hôtel, lui enlève ses bracelets et lui ligote les bras avec une cordelette jaune. Puis, Eugenio est escorté vers la Land Rover où il prend place pendant que Faustino remonte dans sa propre voiture. Les deux véhicules quittent l'endroit. Eugenio a un très mauvais pressentiment, il tente le tout pour le tout :

— Un million d'euros pour chacun de vous si quelqu'un prévient le Commissaire Leonis de l'endroit où nous allons, annonce-t-il.

Personne ne répond, mais l'un d'eux le regarde avec un sourire grimaçant. Eugenio lui répond en composant la même simagrée. Le convoi arrive sur les quais de la Marina Zea où il stoppe à un endroit désert à cette heure tardive, à l'opposé de la zone touristique. Eugenio est sorti de sa voiture et l'un des hommes ouvre le coffre pour prendre un sabot en fonte. À voir sa grimace quand il l'extirpe de la Land Rover, Eugenio n'a pas de mal à imaginer que l'objet doit peser bonbon. La masse métallique est posée à côté de lui et on vient la lui ficeler aux pieds avec la même cordelette jaune que celle utilisée pour ses poignets.

— Il nous a offert un million d'euros chacun pour qu'on prévienne Leonis, dit en riant un des hommes à Faustino.

Faustino s'approche alors de lui.

— Ne t'inquiète pas inutilement. Il viendra ton ami Commissaire et sans qu'on le prévienne en plus. Bon ! Tu as compris ce qui t'attend je suppose. Ce que tu ne sais pas encore, c'est que la cordelette que nous avons utilisée a la propriété particulière de se dissoudre dans l'eau au bout de quelques heures. Quand la police va venir repêcher ton corps flottant en surface, elle sera bien obligée de conclure à un accident puisqu'il n'y aura aucune trace d'entrave ou de lutte.

— Elle ne sera pas dupe, répond froidement Eugenio.

— Bien sûr que non, mais comme elle n'aura aucune preuve, elle classera l'affaire, c'est tout ce qui nous intéresse. As-tu une dernière volonté ?

Cette fois Eugenio prend la mesure de son échec. Il n'a plus la moindre chance de s'en sortir et aucune pensée positive ne lui vient.

— Non, ou plutôt si ! Qu'il vous arrive les pires ennuis à toi et à Svelnia !, lâche-t-il dans un ultime refus à la résignation.

Faustino reste indifférent à cette requête dérisoire. Eugenio regarde autour de lui, au-delà de son sinistre peloton d'exécution dont il veut s'extraire au moins par la pensée. Au loin, il aperçoit les lumières des lampadaires qui enveloppent le luxueux parc maritime de la Marina. Les mâts de bateaux forment une forêt scintillante et légère dont les petits drapeaux constituent l'unique feuillage. Cette vision burlesque lui inspire un sourire intérieur, très intérieur. Quelques fenêtres d'appartements ou de chambres sont encore allumées. Il songe que tout va bientôt s'éteindre. C'est normal, c'est la nuit. Sa vie aussi va s'éteindre même si ce n'est pas normal. Malgré lui, il se projette dans son avenir aussi immédiat que définitif et ne peut se retenir de penser à son sinistre sort. Dans quelques minutes, il sera à la fin de son apnée. Après l'expulsion de l'air vicié qui emplissait ses poumons, l'eau envahira ses bronches. À petites doses au début, le larynx se fermant par réflexe, puis ses poumons ne seront plus gonflés que par une eau sale. Il souffrira de cette mortelle intrusion, son corps se révoltera, il enverra des décharges nerveuses violentes. Son cœur s'accélérera, puis s'arrêtera entraînant un coma. Quand sa chair sera gagnée par un début d'hypothermie, il passera de la mort apparente à la mort réelle, tout sera terminé en quelques minutes. De profonds regrets lui nouent la gorge. Il était à l'aube d'une métamorphose qui devait lui permettre de réécrire les quarante premières années d'une existence erratique, complexée, soumise et inutile. Cecilia ! Le plus doux prénom féminin de la terre ! Des images lui reviennent en mémoire comme un vieux film amateur tourné en super 8. La femme mûre qu'il a rencontrée juste avant son départ pour la Grèce, lui semble comme une image agrandie et embellie de celle qui fut l'initiatrice de son premier acte d'homme. Il va la quitter pour toujours, comme il va quitter son précieux cousin Pietro, La Roglia, ses brebis qui n'avaient d'affection que pour lui, Titus, ce pauvre chien trop maigre pour effrayer les loups… Il aurait voulu réparer sa vie sans joie à Clamart et surtout, ce cauchemar surréaliste lors de *La Flûte enchantée* à Roches où il a bien failli réussir une épouvantable crapulerie. La mort et le sang aussi, sous ses yeux…

Les criminels de Faustino se saisissent de lui. Il refuse de détacher son regard du lointain qui ignore tout de la tragédie qui se joue. C'est là-bas qu'il faut être à tout prix. Soudain, il est porté. Il voit les lumières des lampadaires disparaître d'un coup. L'eau est glaciale, il descend à pic. C'est bientôt fini. Ne pas respirer. Tenir. Trop tard. Irruption de l'eau. Panique du cerveau qui réclame en vain de l'oxygène. Douleur. Trouble gris. Abandon pré-comateux. Ses jambes sont enveloppées. Enveloppées ? Noir.

* * *

— Bonsoir Ariana. Hum, ça sent bien bon ! Soupe de poisson ?

— Rascasse à la rouille !, répond-elle à Phileas.

— Merveilleux ! Je te sers quelque chose ?, demande-t-il en se versant un ouzo bien tassé.

— Merci, non pas ce soir.

— Ta ligne reste sous surveillance ?

Fidèles à leurs nouvelles habitudes – elles ne datent que de quelques mois –, ils écoutent la station de radio Melodia qui diffuse en continu la musique traditionnelle qu'ils affectionnent. Ils ne sont pas trop télé. C'est précisément lors d'un concert en plein air, à l'Olympia Theater, qu'ils se sont connus. Elle est venue seule et c'est un orage qui lui décoche une flèche de Cupidon. Cupidon, c'est Phileas qui lui offre son coupe-vent pour la protéger de l'averse. Il est célibataire, dans la force de l'âge et agréable à regarder. Elle a la cinquantaine bien sonnée mais elle a de beaux restes. Elle vit chez sa maman et assume son nouveau statut de « femme séparée de son mari d'un commun accord » sans en subir un accablement excessif. Il faut dire qu'avec Nestor, elle n'a pas été trop chahutée ; ses affaires d'armateur l'occupaient le plus clair de son temps. Dans l'intimité, il se contentait de petits câlins ; c'était un vieil homme qui avait franchi depuis longtemps la force de l'âge. Les journées d'Ariana se partageaient entre le jogging (en extérieur), la natation (en eau de mer), le fitness (en body), la danse (en tutu), l'escalade (en salle), ses soins (en beauté) et la plongée (en apnée). Dotée d'une jolie voix de soprano, elle s'était aussi rapprochée de l'opéra d'Athènes, pour des remplacements de petits rôles où elle exerçait son organe dans les parties chorales. Elle ne faisait rien d'autre. La cuisine, le ménage, le repassage et autres loisirs d'intérieur étaient le lot d'une escouade de domestiques fidèles quoique mal payés. Quand elle trouve refuge chez Kassandra, sa mère, elle-même veuve d'un riche entrepreneur de construction navale, elle a la chance de pouvoir conserver le même train de vie à un détail près : l'équipage domestique est constitué d'une seule personne. C'est un factotum, fourni par une société d'intérim qui est «renouvelé» de temps en temps. Les critères de sélection sont simples : discret, jeune et beau, auxquels la maîtresse de la maison rajoute après l'arrivée de sa fille : rester indifférent aux femmes matures. Madame Mère raffole de cette jeunesse masculine qu'elle veut garder pour elle seule. Cette coquetterie ne va pas plus loin, la vertu d'Alex – c'est le nom du dernier en titre – n'est pas menacée.

À la fin du concert et pour remercier le charmant jeune homme de sa galanterie – il s'est vraiment mouillé pour elle –, Ariana l'invite à prendre un verre. Quand il lui apprend qu'après avoir été comptable, puis chômeur, il travaille maintenant pour El Major, qu'elle ne connaît ni d'Ève ni d'Adam, pas plus que Faustino, elle se figure qu'il est garde du corps pour VIP, ce qui va très bien avec son allure sportive. Les roucoulades peuvent commencer.

Elles débutent magnifiquement. L'emménagement dans l'appartement modeste de Phileas s'accompagne d'une réduction drastique du train de vie d'Ariana – Kassandra a les idées larges mais elle considère tout de même qu'elle n'a pas à supporter l'entièreté des frais du nouveau ménage –. Mais Phileas se révèle un amant si complet que la jeune veuve s'habitue sans difficulté à ces cavalcades sensuelles dont elle ne soupçonnait même pas l'éventualité. Elle s'amuse à jouer les femmes suractives au foyer, même si depuis quelques semaines l'ardeur de Phileas prend des détours plus prolongés dans ses pantoufles. Le rêve orgasmique n'aura duré que quelques semaines, ce qu'elle considère comme très suffisant eu égard à son âge avancé. En théorie ! Car si elle tente de s'en convaincre, elle reste cependant victime de sa nouvelle addiction et persiste à se figurer secrètement dans les bras d'un beau mâle plein d'ardeur.

Récemment, elle a compris que le travail de son chéri dépasse parfois le simple filtrage des entrées dans les soirées jetset. Sans être mêlé directement aux actions de représailles violentes, il est quand même témoin de quelques épisodes de passage à tabac soit par El Major en personne, soit par ses nouvelles recrues italiennes. Une autre chose l'inquiète également : l'armement de dingue dont il est doté, ainsi que toute l'équipe comme elle l'apprend bientôt.

Alors que Phileas sirote son apéritif en feuilletant son quotidien, Ariana remarque sa mine des mauvais jours.

— Une journée difficile ?

— Oui, tu peux le dire. El Major s'est mis en tête de supprimer un type ce soir.

— Supprimer un type ? Mais qu'a-t-il fait ?

— Il veut du mal à la patronne de la Svelnia Shipping Company.

— Mais pourquoi ?

Phileas lui fait le récit du chantage et des travaux forcés d'Eugenio à Roches, depuis son recrutement crapuleux, sous le nom de Frédéric Bouchay, jusqu'à son récent retour en Grèce, animé d'un désir de vengeance. En écoutant ce récit, Ariana comprend brutalement tout le processus qui a conduit son mari à la déchéance. Nestor lui avait bien parlé de son investissement catastrophique dans le cérium chinois mais n'avait pas cru bon de détailler toutes les manœuvres entreprises pour tenter d'éviter la faillite. D'un seul coup, le puzzle est achevé et Ariana comprend que la malchance de son mari a été assortie de dégâts collatéraux sous la houlette de Svelnia. Elle n'est jamais allée plus loin que ce qu'elle a entendu de Nestor ; pour elle, la véritable catastrophe a été la perte de son statut de première dame de la Compagnie maritime Cerapoulos. Ce qu'elle comprend maintenant de la bouche de Phileas c'est qu'en fait de première dame il y en avait une autre qui a su tirer profit de la situation à un point qu'elle ne soupçonnait pas.

* * *

Peu après le naufrage de l'entreprise de Nestor Cerapoulos, Svelnia-Maria Kakapov est seule en lice pour reprendre les restes fumant de ce qui fut une des dix premières sociétés d'armateurs au monde. Évidemment, les menées de basse besogne effectuées par Faustino pour décourager les concurrents, y sont pour beaucoup et brillent autant par leur succès que par leur discrétion. Mais les intimidations physiques auxquelles il se livre, ne sont que la portion congrue de sa tactique ; s'il n'y avait eu que ces arguments de gros bras, la police et la justice auraient pu y mettre un terme d'autant plus promptement que les victimes étaient toutes des VIP qui avaient les moyens de récompenser des enquêteurs diligents. Non. Faustino, sur les conseils avisés de Svelnia, utilise des astuces bien plus retorses derrière ses moulinets de bateleur de foire. Il s'agit de chantage en tous genres : aux bonnes mœurs, à la dénonciation de corruption ou à celle de trafics illégaux, au conflit d'intérêts, à la fraude fiscale ou sociale, etc. Et bien sûr, il est hors de question pour ces hommes d'affaires en vue, de s'épancher sur de tels sujets auprès d'un juge ou d'un policier. Ainsi, quand Svelnia parvient à s'emparer de la Compagnie pour une bouchée de pain, elle passe pour un parangon de vertu – elle est la seule à avoir le courage de reprendre une entreprise que personne ne veut – dont la renommée atteint son apogée quand elle offre de réemployer son ancien patron. À la décharge de cette mécène pas totalement désintéressée, cette dernière décision est mue par une amitié sincère pour son Nestor, il faut le reconnaître. Cet homme lui a non seulement apporté un épanouissement professionnel inespéré pour une gamine d'une famille presqu'indigente et totalement délinquante, mais il l'a toujours traitée avec le plus grand respect et Svelnia n'est pas une ingrate. Au total, l'enfumage est assez réussi et hormis quelques « confrères » qui n'en pensent pas autant, elle passe aux yeux de tout un chacun pour une femme au dévouement admirable et au courage exemplaire. *Decipimur specie recti*, dit le poète[11].

* * *

Jusqu'à cette heure, Ariana n'avait pas une lecture aussi

---

[11] « On n'est trompé que par l'apparence de la vérité », cité par le théologien et philosophe Bautain

précise des raisons des malheurs de son mari et des siennes par voie de conséquence. Sous le couvert habile d'une curiosité de bourgeoise pour les potins cracra, elle parvient à connaître l'heure et le lieu de l'exécution et tout le *modus operandi*. À la fin, Phileas décide pour se changer les idées, d'aller passer sa soirée à son club de billard. C'est une décision qu'Ariana accueille avec une fausse moue de tristesse compatissante.

* * *

Dans les eaux sombres de la marina Zea, un plongeur entièrement vêtu de noir, se glisse dans l'eau froide de la mer Égée, à un endroit qui se situe de l'autre côté de la rive luxueuse, baignée des lumières d'un boulevard circulaire où les nombreux restaurants ne désemplissent pas. À quelques brasses de lui, il discerne le fond d'une conversation indistincte sur le quai. Soudain, il entend un gros plouf, suivi du démarrage de deux voitures. Le plongeur se met à nager entre deux eaux, en direction du bruit du plongeon. Il ne lui faut pas plus de deux minutes pour atteindre son but, qu'il découvre sous la faible lumière d'une petite lampe frontale. Par quinze mètres de fond, un homme, les chevilles entravées dans un gros bloc, semble inanimé. Il s'en approche, enveloppe d'une main les chevilles de l'homme et avec un petit poignard, tranche la cordelette jaune qui le retient au fond. Il le remonte et avec l'aide d'un comparse resté sur le quai et arrivé juste après le départ des voitures des exécuteurs, parvient à sortir le corps de l'eau. Il est aussitôt étendu à même le quai et recouvert d'une couverture chaude. Tout en testant son pouls, le plongeur approche sa joue près de son nez pour savoir s'il respire encore. Eugenio est inconscient et ne respire plus. Le plongeur ne cherche même pas un défibrillateur de premier secours – ils sont tous de l'autre côté de la Marina – et se prépare alors à une réanimation cardio-pulmonaire, alternant les compressions du thorax et l'insufflation d'air par la bouche. La tête d'Eugenio est placée légèrement de côté pour faciliter l'expulsion du liquide qui s'est accumulé dans les poumons et le plongeur commence les gestes de sauvetage. À chaque pression thoracique de l'eau s'échappe de la bouche d'Eugenio. Mais ces mouvements sont rapidement très épuisants et au bout d'une minute, il se fait remplacer par l'homme qui l'a aidé à sortir le corps de l'eau.

— Il n'est pas utile d'aller vite Alex, mais il faut être régulier dans vos mouvements, lui dit-il d'une voix chuchotée.

Les compressions des poumons ne produisent plus maintenant qu'une très faible régurgitation d'eau et tandis que le plongeur maintient son pouce sur le poignet d'Eugenio, soudain il s'exclame :

— Stop ! Le cœur est reparti ! Passez au bouche-à-bouche !

Voyant l'hésitation d'Alex, le plongeur prend sa place et se met à envoyer de grosses goulées d'air dans les bronches d'Eugenio. Au bout de trois mouvements, Eugenio se met à tousser et expulse encore de l'eau. Il finit par ouvrir les yeux et reprendre conscience. Sa respiration se rétablit, il est sauvé.

Le plongeur se penche sur lui avec un sourire éclatant et des yeux attendris. Eugenio croise son regard.

— Qui… Qui êtes-vous ?, demande-t-il.

Le plongeur ôte sa cagoule et secoue la tête pour libérer son épaisse et longue chevelure blonde.

— Je m'appelle Ariana et lui c'est Alex, répond-elle en désignant le jeune homme du doigt.

* * *

C'est avec embarras que la responsable de l'agence

d'intérim en charge du recrutement du nouveau majordome avait pris note de la récente consigne de la riche veuve. Car comment faire pour s'assurer, sans en avoir l'air, des tendances sexuelles d'un jeune homme destiné à la cuisine, au ménage, au repassage et à divers travaux de bricolage d'une maison honnête ? C'est mission impossible, d'autant que la plastique d'Ariana ne laisse indifférent aucun jeune de sept à soixante-dix-sept ans. Aussi ne faut-il pas plus de trois jours en place pour que la distance des corps entre Alex et Ariana se trouve réduite à néant. Ce rapprochement générationnel se fait à l'insu de maman, cela va de soi ; pour sauver les apparences, ils conviennent d'en rester au vouvoiement. Or, entre deux personnes de sexes opposés, normalement constituées, quand la peau se colle, que les langues se déploient en silence et que les pulsations vibrionnent en cadence, il naît une complicité naturelle qui peut favoriser une certaine entraide dans les contingences de la vie quotidienne. C'est donc le plus naturellement du monde qu'Ariana peut obtenir le secours d'Alex dans son entreprise de sauvetage humanitaire.

* * *

— Vous m'avez sauvé la vie… Mais pourquoi ?... Comment avez-vous ?...

— Chaque chose en son temps. Nous avons trouvé des clés d'hôtel dans votre poche, c'est votre hôtel ?, dit-elle en lui montrant les clés.

— Oui… J'ai voulu faire une balade avant de m'endormir et j'ai glissé sur ce quai humide, dit Eugenio en reprenant tous ses esprits.

— ???... Et vos pieds se sont emmêlés dans un bloc de fonte, c'est bien ça ?

— C'est exactement ça !

— Alex, approchez la voiture, nous allons le ramener. Pouvez-vous tenir debout ?

Eugenio se redresse et se lève en titubant à peine.

— Je reviendrai vous voir demain matin pour répondre à vos questions, mais pour l'instant, il vous faut une bonne nuit de récupération.

La voiture arrive et Eugenio est embarqué en direction de son hôtel, de l'autre côté de la Marina, là où les réverbères scintillent toujours. Pendant qu'Alex conduit la petite citadine – c'est la voiture de maman –, avec Eugenio à sa droite, Ariana se contorsionne derrière pour se débarrasser du reste de sa tenue de plongeur contre un jean et un polo. Cette activité dans une Clio, se caractérise par une sollicitation intensive de toutes les articulations, ce qui ne présente aucune difficulté pour la belle quinqua. Elle a pris soin auparavant de neutraliser le rétroviseur intérieur, bien que ce soit inutile car son amant domestique connaît tout ça par cœur. Une fois dans sa chambre, Eugenio parvient avec peine à ôter ses vêtements mouillés et s'enfonce dans ses draps, le sommeil l'emporte aussitôt.

Des draps secs ! Quelle chance !

Alex ramène ensuite Ariana chez elle avant de rentrer discrètement chez sa patronne, sagement cloîtrée dans sa chambre. Avant de le quitter, Ariana le remercie d'un langoureux bécot de lui avoir si obligeamment prêté main forte et lui fait jurer de ne rien dire de tout cela à quiconque. Le jeune homme aurait été bien en peine de raconter quoi que ce soit de compréhensible à propos d'un homme dont il ne connaît même pas le patronyme et encore moins la raison pour laquelle il s'est retrouvé au fond de l'eau. Il en profite toutefois pour tenter une négociation crapuleuse.

— Ah cher Alex, que vous êtes cruel de me tenter dans

l'état où je me trouve, encore toute imbibée de cette saumure ! Que dirait maman ?

Quand elle rentre dans l'appartement de Phileas, elle se retrouve seule. Ravie de ne pas avoir d'explications embarrassantes à fournir, elle se dirige vers le buffet pour se servir un gin bien tassé.

Cela aurait été dommage de ne pas sauver ce brave garçon, il est si craquant !

L'arnaque enchantée (suite)

L'arnaque enchantée (suite)

12 — Une alliée inattendue

— Allo, Ariana ?

— Bonjour maman. Que se passe-t-il donc pour que tu m'appelles de si bon matin ?

— Ton mari !

— Quoi mon mari ?

— Il est mort… cette nuit… d'une apoplexie…

Un silence s'installe à l'autre bout du fil. La mère d'Ariana comprend que sa fille accuse le coup mais ne sait pas quoi lui dire pour la réconforter.

— … On ne dit plus « apoplexie », on dit AVC, maman.

— C'est tout l'effet que ça te fait ?, réplique-t-elle décontenancée par la désinvolture de sa fille.

— Oui. Comment l'as-tu appris ?, répond Ariana visiblement pas encombrée par des états d'âme trop noirs.

— Le père d'Alex est son médecin. Tu vas toucher le gros lot ma chérie.

— Comment ça ?

— Son assurance-vie ! C'est la seule chose de laquelle aucun de ses créanciers n'a songé à le dépouiller. Ses enfants vont en toucher la moitié. Ça leur fera des queues de cerise étant donné la fécondité extravagante de cet homme pas ordinaire. Mais toi, l'autre moitié pour toi toute seule, la dernière épouse en titre, qui a eu la bonne idée de ne pas exiger le divorce, ça va surement te faire un beau paquet.

— Tu as raison, j'avais complètement oublié cette

assurance et je crois même en connaître le montant… Je vais avoir de quoi embaucher Alex.

— Ah non ! Tu me laisses Alex, il est si mignon ce garçon.

— Et à quoi cela te sert-il puisque tu n'y touches pas ?

— Ça me fait du bien aux yeux, si tu veux savoir.

À moi également il me fait du bien aux yeux et ailleurs, aussi !

Coupons court à cette conversation profondément immorale et revenons au pulpeux transfert financier qui s'annonce. Ariana ne se trompe pas, sa part va dépasser les cinquante millions d'euros, ça laisse de quoi voir venir. Ce contrat avait été conclu du temps de la splendeur de la Compagnie maritime Cerapoulos et, fidèle à sa pratique contractuelle du mariage, cet actif financier post-mortem avait clairement été acté devant notaire. En bonne pratiquante expérimentée des hommes et de l'argent, Ariana réalise qu'il est primordial que Phileas ignore ce changement de pied. D'ailleurs, à bien y réfléchir, il a un peu fait son temps Phileas. Et puis son job avec El Major, vient en contradiction majeure avec les tous nouveaux projets qui ont germé dans la jolie tête de la veuve pas trop éplorée.

Il me doit une fière chandelle ce bel Eugenio, il ne refusera sûrement pas mon aide… et ma plus tendre affection.

Ah oui, on peut le dire, ce n'est pas la moralité qui l'encombre, la veuve de Nestor. Après le sauvetage en mer, on va passer à l'opération séduction en chambre d'hôtel, tout en se réservant une poire pour la soif avec le jeune étalon Alex. Phileas qui ne se doute de rien, sera bien mal payé de la révélation qu'il a procurée à sa maîtresse en lui faisant découvrir tous les ressorts de plaisir que recèle le corps féminin. Avant lui, Ariana était une femme rangée même si elle avait tous les atouts pour retenir l'œil du mâle de passage. Le pauvre homme ne va pas comprendre pourquoi il va retrouver son appartement vidé des affaires de sa belle à son retour. Pour l'heure, il doit être à son « travail » car il n'est pas rentré de la nuit, ce qui fait bien l'affaire d'Ariana. En quelques heures, elle rassemble tout ce qu'elle a amené chez son chéri (ce qui tient dans deux grosses valises) et commande un taxi pour emmener tout ça chez maman. C'est encore elle qui fera le tampon en attendant l'acquisition d'une jolie villa sur les hauteurs d'Athènes, dans une zone résidentielle.

Il faudra aussi que je me dote d'un cabriolet. Je crois qu'ils font des choses comme ça, très belles, chez Jaguar !

Il est onze heures quand elle pointe son museau à l'étage de la chambre d'Eugenio. Il a passé une bonne nuit et ne présente aucune séquelle apparente de son aventure sous-marine. Pour s'annoncer, elle produit un grattement de souris en pianotant sur la porte de ses ongles durcis par le vernis tout neuf du matin. Le signal est faible mais suffisant pour alerter l'occupant déjà réveillé et qui vient ouvrir la porte. La dernière vision qu'il a eue d'Ariana avec sa combinaison de plongée en latex noir, est trop vive pour qu'il reconnaisse la *top model* qui est en face de lui. Longue chevelure blonde ondulée, visage d'ange avec des touches de vert et de carmin juste où il faut, des yeux clairs comme une plage des tropiques avec de longs cils noirs pour donner un peu d'ombre, un buste moulé à souhait dans un pull noir dont le col V semble n'avoir pour seule utilité que de servir d'écrin à un délicieux collier d'or et de perles, une poitrine qui affiche sans réserve la promesse de toutes les félicités. Voilà pour le haut, c'est ce qui lui imprime la rétine au premier coup.

— Comment va mon imprudent promeneur nocturne ce matin, lui demande-t-elle avec un sourire d'agent immobilier en pleine négociation.

— Ah, je vous reconnais, entrez, entrez, répond Eugenio en s'effaçant pour lui laisser le passage.

Histoire d'effacer complètement l'austère combinaison de plongée de la veille, il profite de son entrée pour compléter le portrait de la nageuse des grands fonds en ajoutant le bas. Sa démarche, grimpée sur des talons surélevés, fait joliment danser les pans de sa jupe courte et légère, dont le bleu intense produit des jeux d'ombre compliqués. Étant donné la saison, elle a complété sa tenue par des collants noirs *extra-glossy*. Au passage, le parfum qui émane de cette beauté éclatante ne fait pas de doute sur les convictions capiteuses, soyeuses, épicées et pour tout dire, voluptueuses de la coquette. Pour le reste, les dessous, elle a hésité un moment avant de se décider pour un ensemble en soie noir, le haut est sans armature en raison du pull moulant et le bas est un string. Ce n'est pas le sous-vêtement qu'elle préfère (il n'y a rien de plus inconfortable que cette ficelle qui s'insinue outrageusement et avec insistance dans un pli strictement fermé d'ordinaire) mais au cas où le bel homme serait entreprenant, il aurait une surprise agréable, en plus du reste.

Ça y est ! Ça recommence !

Par prudence, Eugenio s'abstient de tout commentaire sur l'ostentation manifeste d'Ariana, ce qui la contrarie secrètement mais elle se garde bien de le montrer. Cacher, ruser, feindre sont des choses qui vont bien aux femmes en général mais pour Ariana c'est un art consommé avec génie. Elle est si convaincante dans sa réserve qu'Eugenio se demande s'il ne s'est pas trompé sur ses intentions de séduction.

— Je vous avoue que je suis impatient de connaître la raison de votre présence dans cette eau salle, à cette heure indue, au moment où je m'y adonnais moi-même à des exercices en apnée, dit-il en lui offrant de s'assoir.

— Vous manquez d'entraînement, il m'a paru naturel de vous aider.

— Soyez-en mille fois remerciée… Ariana ? et permettez-moi de vous inviter au bar pour bavarder tranquillement de tout ça.

— Ce n'est malheureusement pas le bon endroit pour ce que j'ai à vous dire.

Eugenio s'assoit à côté d'elle et écoute le long récit que lui fait la pimpante « quinquagénaire qui ne les fait pas ». Tout y passe. Les quatre mariages de Nestor, son propre mariage, le naufrage de l'entreprise, les manœuvres épouvantables de Svelnia, sa rencontre fortuite avec Phileas, un des lieutenants d'El Major, sa décision de quitter Nestor et de revenir provisoirement chez sa mère et la mort, cette nuit, de l'ancien patron. Eugenio complète les connaissances d'Ariana sur le chantage auquel il n'a pas pu échapper, les intimidations de Faustino et sa pitoyable intervention ratée à Roches sur Loire. Ariana met à jour les siennes sur l'éclosion récente de la Svelnia Shipping Company.

Dans leur échange, la culpabilité intégrale de Svelnia ne fait aucun doute, c'est elle qui est à l'origine du placement catastrophique dans le cérium. La vérité est pourtant un peu différente – cette opération a été montée par Nestor Cerapoulos seul, à l'insu de sa Secrétaire générale – et le seul tort de Svelnia sur le fond, est d'avoir su tirer habilement les marrons du feu. Sur le fond seulement car les méthodes employées sont bel et bien des crapuleries fortement répréhensibles.

— Voilà. Vous savez tout. Je veux vous aider à punir cette furie qui a porté un si grand tort à mon mari.

— Vous aimiez votre mari à ce point ?

— Je n'étais pas amoureuse mais Nestor était un être foncièrement bon, cultivé. Il était très attachant et nous avions un grand respect l'un envers l'autre, avoue-t-elle un peu contrite.

Foncièrement bon, foncièrement bon, elle y va un peu fort la Chimène.

> — Et maintenant, je veux bien vous accompagner au bar, lui dit-elle en se recomposant une mine aussi avenante qu'à son entrée dans la chambre.

Eugenio se trouve dans l'embarras. Il est pratiquement certain que cette femme s'est mise en tête de pousser les confidences jusque sur l'oreiller mais lui, n'en a pas envie. Depuis un moment qu'il l'écoute et la regarde, il s'étonne même de son insensibilité car enfin, cette femme est canon. Il est pourtant libre de tout engagement, en bonne condition physique, mais non, ça ne le fait pas.

* * *

Depuis qu'il a revu Cecilia, il y a une petite voix qui s'est installée dans sa tête et qui ne le quitte guère, pas un jour ne passe sans que son prénom ne vienne chanter dans sa tête. Les retrouvailles avec ce béguin d'ado, lui ont ravivé un souvenir qu'il pensait avoir enfoui sous des tonnes de femelles consommées sans retenue du temps de sa vie à Clamart. Ce souvenir a pris la dimension d'une icône trop sacrée pour être écornée avec des galipettes sans lendemain, fût-ce avec des femmes de la classe d'Ariana. Au fond de lui, et malgré sa révélation soudaine pour un projet aventureux comportant des risques physiques sévères, s'est développée une attirance pour la contemplation et cette découverte a coïncidé avec sa nouvelle vie à La Roglia. Elle se manifeste en particulier dans ses reprises de chant lyrique quand il est seul, sans public, loin de toute oreille identifiable. La maturité inespérée de sa voix, la sûreté retrouvée de son ancrage désormais bien solide dans les aigus autant que la profondeur et la puissance dans les notes basses, constituent un émerveillement propice à la rêverie et aux émotions de toutes sortes. Il a parfois l'impression d'avoir dépassé le statut de chanteur lambda pour arriver dans les hauteurs d'une perfection rare. Cette immodestie est toute relative car il ne l'a partagée avec personne, pas même avec son meilleur ami et cher cousin Pietro et elle est d'autant plus pardonnable qu'elle est fondée sur une réalité objective. Dans sa montagne, il passe de longs moments à observer la beauté et la force de la nature et quand il chante, il a l'impression inexprimable de participer à cette beauté. Au fond, c'est une lente transformation de sa personnalité depuis sa naissance qui l'amène à cet état heureux aujourd'hui. Après avoir souffert d'un décalage incontrôlable avec les autres dans son adolescence, s'être fourvoyé dans une vie dénuée de sens et pleine d'une vaine agitation pour atteindre une ataraxie illusoire, il débouche sur une sublimation de ses peurs. Il sent ses angoisses lourdes se transformer en un souvenir léger et impalpable et ça l'émerveille. Dans son inconscient, Cecilia est la seule personne qui personnifie avec autant d'évidence son aspiration à vivre vraiment, entièrement, avec courage et surtout, à revendiquer d'avoir des sentiments intenses. Cet état d'esprit et cette hauteur de vue ne laissent pas de place aux faux-fuyants, aux succédanés ou au partage des corps sans celui de l'âme. Il est là pour régler un compte d'homme qui a été humilié sans que justice ait été rendue et pour le reste, tout son être, âme et corps, n'appartient plus qu'à celle qui fut le première et qui aurait dû rester la seule.

Qui aurait dû !

* * *

— Mais cet après-midi je devrais vous quitter pour affaire avec mon notaire et ce soir, je vais avoir une grosse explication à fournir à ma mère sur ce qui se passe.

Quelle bonne nouvelle !

— Dans ce cas, ne perdons pas de temps, lui répond-il avec un sourire de circonstance.

Après le cocktail de la maison, malicieusement dénommé « coucher de soleil », sans doute en raison de sa couleur dégradée depuis le jaune orangé de la mangue jusqu'au rouge profond de la griotte, ils déjeunent d'une salade grecque.

— Parlez-moi de la Svelnia Shipping Company, demande Eugenio.

— Je connaissais surtout la Compagnie maritime Cerapoulos mais j'ai eu l'occasion de bavarder un peu de la nouvelle société avec mon mari quand il a été réintégré.

* * *

L'escalier métallique ne chante plus comme avant dans la Svelnia Shipping Company. Depuis son arrivée dans ses nouvelles fonctions, Nestor n'a pas tenté une fois de s'en servir, préférant la lenteur reposante de l'ascenseur, la vigueur de ses mollets ayant fléchi avec l'âge. Ses descentes du deuxième vers le bureau directorial de Svelnia au premier, sont d'ailleurs peu fréquentes ; la nouvelle équipe s'occupe de tout avec un zèle supérieur à celui qui prévalait du temps de la Compagnie maritime Cerapoulos. Il faut dire que même avec la distance physique d'un étage, l'empreinte managériale de la nouvelle patronne sur la trentaine de salariés qui s'occupe des tâches accessoires à l'entreprise, n'a rien à envier d'une chaine de commandement militaire. En revanche, elle continue par nostalgie ou simplement pour se dégourdir les jambes, à tournebouler dans le colimaçon avec une grâce que plus personne ne peut admirer d'en bas. Cette déambulation est toutefois beaucoup moins fréquente que par le passé, la Présidente est très accaparée par les rendez-vous d'affaires qui défilent dans son bureau. Affréteurs et logisticiens de grandes entreprises, assureurs (ceux qui ont remplacé Schweller Assurances), banquiers, juristes, journalistes (il faut soigner la com), la machine à café n'a pas le temps de refroidir. Au début, tous ces visiteurs, masculins dans 95 % des cas, sont intrigués par l'accession d'une femme dans ce corps fermé et très mono-genre des armateurs. L'annonce de la création de la Svelnia Shipping Company a fait l'objet d'une publicité restreinte mais puissante ; tous les anciens clients sont conviés individuellement et sur invitation, à découvrir la nouvelle société dont le slogan pourrait être : « on fait tout comme avant avec plein de services en plus ». La curiosité est vite satisfaite. Les nouveaux services étincèlent par leur évanescence, mais l'interlocutrice compense par des regards profonds de femme initiée à tout. Quand quelques malotrus (il y en a partout) essaient de suborner la belle, pensant qu'elle ne résistera pas à leur charme, Svelnia a une parade qui les laisse cois. Elle envoie un petit code à Faustino qui rapplique. « Je vous présente mon ami, il va vous raccompagner ! », dit-elle alors en se levant pour saluer son visiteur avec un sourire de hyène en parade amoureuse. L'effet produit est glaçant pour le macho prétendant, mortifié de constater qu'il ne fait pas le poids. Pour les clients sérieux, son expertise ne fait pas l'ombre d'un doute : c'est une quinquagénaire qui a consacré sa vie aux affaires maritimes dont elle connaît tous les rouages et toutes les filouteries. Le reste du personnel est constitué pour une bonne part des anciens de la maison, trop heureux de l'aubaine, complétés par quelques pointures dans des domaines-clés comme la finance, le système informatique, le maquis des certifications ou le suivi des navires et la surveillance de leurs capitaines. Le Val-Jus n'a pas été remplacé (l'équipage péruvien non plus), mais tous les autres navires ont repris du service et le premier bilan annuel qui vient de tomber affiche déjà un résultat positif. Chapeau bas s'il vous plaît, devant la dame.

* * *

L'arnaque enchantée (suite)

13 — *Le plan*

La rencontre de l'après-midi entre Ariana et le notaire de feu Nestor Cerapoulos ou plus exactement le pool de ses notaires, révèle une heureuse surprise à la veuve. Pour ses vieux jours, Nestor avait mobilisé une partie de son capital d'assurance vie pour l'achat d'un logement très convenable dans la zone résidentielle de Kifissia, au nord d'Athènes. Sur un peu moins de quatre-cents mètres carré avec terrasse et vue sur mer (des deux côtés), cet appartement se situe dans une zone très verdoyante et jouit de tout ce qu'il faut pour s'y plaire, même la nuit. Ariana tombe des nues en apprenant cette nouvelle, ce qui produit en retour l'ébaudissement des notaires. Un peu gênée, elle informe ses interlocuteurs qu'elle était séparée de corps de son mari et qu'ils ne se voyaient plus souvent. Étant donné les circonstances funèbres et la précipitation de l'épouse chez les notaires, l'explication aurait dû susciter une réserve sur la moralité de la demandeuse, mais en Grèce comme ailleurs, les affaires sont les affaires et les yeux ronds des notaires s'effacent pour laisser place à des sourires consolateurs. Naturellement, l'appartement échoit sans formalité dans l'escarcelle de Madame Cerapoulos.

> — Ce qui avait motivé son choix, explique le notaire qui s'était chargé de la transaction, était la ligne directe du métro pour Le Pirée. Si vous le souhaitez, je pourrai vous le faire visiter après notre réunion.

La suite de son entretien est un chemin bordé de roses où on l'informe qu'elle n'a pas d'autres démarches à faire que d'attendre un virement de 48 989 017 euros. Chez les notaires, la précision tient lieu de vertu, c'est parfois nécessaire pour compenser l'illégalité de certaines opérations. Mais celle-ci est propre comme un alexandrin sans hémistiche. Cette somme sera versée sur son compte, dans le mois qui suivra la réception de l'acte de décès, même les démarches auprès de l'assureur sont prises en charge.

La visite de la dernière résidence de son mari en fin d'après-midi est un enchantement pour Ariana. Cerise sur le gâteau, l'appartement comprend un auditorium de trente places avec scène, coulisses, écran de cinéma et régie sono-vidéo.

— L'ancienne propriétaire était la sœur cadette de Maria Callas, chuchote le notaire à l'oreille attentive de l'heureuse héritière.

Pour le reste, aucun luxe ostentatoire mais des pièces fonctionnelles, spacieuses et claires, dont trois suites (avec salle de bain), et quatre chambres (avec douches), un salon, un fumoir / bibliothèque, une salle de musique (sans son piano) et une salle de sport avec sauna. Dans le garage du rez-de-chaussée, se camoufle une petite Citroën dont les balafres qui la ceinturent, témoignent sans pitié d'une conduite hasardeuse. Du temps de sa splendeur, Nestor ne conduisait jamais ses voitures lui-même.

Il faudra qu'ils me reprennent ça chez Jaguar !

À la fin de la visite, le notaire remet les clés à Ariana.

— Vous trouverez certainement dans le bureau de feu votre mari, le contrat d'entretien du logement que Monsieur Cerapoulos avait conclu avec une société de service.

— Merci. Qui habite au-dessus ?

— Les deux appartements supérieurs sont vides. Avec la crise, ils ne trouvent pas preneur, se lamente l'homme de loi, prenant une mine accablée pour la circonstance.

Après avoir fermé son nouvel appartement et glissé les clés dans son sac-bandoulière, d'un geste précis et avec un air absorbé, elle se dirige chez maman pour lui raconter sa journée. Chemin faisant, une idée de plus en plus prégnante germe en elle : faire de cet appartement inconnu d'El Major, une planque pour le bel Eugenio que tout le monde croit mort ! Un moyen « arianissime » pour joindre le nécessaire au superflu. Kassandra, que la vie facile laisse trop souvent dans l'ennui, se prend de passion pour cette histoire d'appartement ayant appartenu à la sœur d'une célébrité internationale qui en fait nécessairement une célébrité nationale, suivant une logique héréditaire implacable. Mais Ariana passe sous silence sa rencontre sportive avec Eugenio et le projet de le faire habiter chez elle. Cela fait longtemps qu'elle soupçonne sa mère d'être une mangeuse d'hommes malgré l'évidence de ses 70 ans bien marqués dans tous les plis de sa peau, ravagée par une vie entière sous un ensoleillement exagéré.

> — Il faudra que j'aille voir ce petit bijou là-haut, à Kifissia, dit maman avec la bouche aussi gourmande qu'une petite fille devant un pain aux raisins.

> — Euh oui mais pas avant que j'ai terminé mon emménagement, répond sa fille embarrassée par l'idée d'un télescopage avec sa gourmandise à elle.

Après ces confidences familiales mais prudentes, Ariana va retrouver Eugenio à son hôtel. Ses dernières épreuves l'ont un peu secoué, il a passé sa journée à moitié endormi et s'apprête à une nouvelle nuit de sommeil réparateur lorsqu'Ariana s'annonce à la porte de sa chambre.

> — Cher ami, ce soir vous allez dormir dans le lit de M. Nestor Cerapoulos, lui dit-elle tout de go en agitant les clés de sa nouvelle résidence.

> — Quoi ?

> — Vous ne pouvez pas rester ici, c'est trop dangereux. Je viens d'hériter de l'appartement de mon mari dont personne ne connaît l'adresse, là-bas vous serez en sûreté.

— Écoutez, ce n'est pas parce que vous m'avez sauvé la vie que vous pouvez maintenant me la confisquer, s'insurge Eugenio, j'ai à faire certaines choses que je compte entreprendre dès demain.

— Je sais ce que vous voulez faire et je vous propose de le faire à votre place.

— Comment ?, s'exclame Eugenio incrédule.

— Ni Svelnia, ni aucune personne de son entourage ne me connaît. Il me sera bien plus facile qu'à vous de l'approcher et de l'amener chez moi.

— Mais… Vous comptez agir seule ?

— Je pense que oui, sinon j'utiliserai mon chauffeur habituel, Alex.

— Ce gringalet ?

— Sans ce gringalet comme vous dites, je ne vois pas comment j'aurais pu vous hisser seule hors de l'eau hier soir, lui répond-elle pincée.

— Et une fois chez vous, qu'en ferez-vous ?

— Nous la jugerons !, déclare-t-elle avec autorité.

— Qui ça nous ? Vous et moi ?

— Non. Il se trouve que j'ai gardé d'excellentes relations avec les quatre épouses précédentes de Nestor, qui ont exactement le même intérêt que moi à agir. À nous cinq, nous formerons le conseil arbitral et vous, vous serez la partie civile.

— Mais c'est totalement illégal, s'écrie Eugenio.

— Même pas ! Dans la Grèce antique, il existait des tribunaux populaires composés de citoyens élus ou choisis et qui tenaient séance sur l'Agora. Cette exposition sur une place publique ouverte à tous et très fréquentée, fournissait la garantie que le procès n'était pas truqué ou biaisé. Les règles de déroulement étaient très précises. Chaque partie avait droit à la parole pendant un temps identique, contrôlé par l'écoulement d'une clepsydre. Lorsque le défendeur – l'accusé – n'avait pas les compétences pour assurer sa défense, il avait droit à se faire aider par une sorte d'avocat…

— Mais Ariana, vous me parlez de l'antiquité et nous sommes au XXIe siècle. La Grèce est un état de droit et membre de l'Europe de surcroît, vous ne pouvez pas y exercer le droit *ex abrupto*, s'indigne Eugenio.

— Vous avez raison, bien sûr ; mais le clan Cerapoulos fait partie de l'Ordre des armateurs, qui nous lie fortement et nous permet de recourir à cet expédient, dès lors qu'il s'agit de l'honneur de l'un de ses membres. Je précise que les sanctions prononcées ne vont jamais au-delà de l'amende et que celle-ci est toujours proportionnée aux moyens de l'accusé, conclut Ariana.

Il faut très peu de temps à Eugenio pour partir dans un grand éclat de rire. Il vient de comprendre que l'innocuité du stratagème rend l'affaire cocasse tout en étant utile à son projet. Il se range finalement à l'idée d'Ariana non sans avoir souligné sa malice. Dans le taxi qui les emmène à leur nouvelle résidence, Ariana détaille son plan : organiser une planque, puis une filature jusqu'au moment où elle pourra s'emparer de la patronne de la « Svelnia Shipping Company ». C'est très facile pour elle puisqu'elle est parfaitement inconnue de Svelnia et de la bande de miliciens d'El Major, en dehors de Phileas. Le risque est faible cependant de tomber nez-à-nez avec son ancien amant (déjà !) car celui-ci est le plus souvent affecté aux tâches logistiques, d'intendance ou administratives et qu'il est très rarement en première ligne, c'est-à-dire dans les opérations visibles.

Dès le lendemain à 7 h 00, la planque commence, au pied de l'immeuble de la Svelnia Shipping Company, seul endroit connu jusqu'à maintenant où l'on est sûr de la présence de la présumée coupable. Se sentant camouflée par le volant de la petite voiture de location (en attendant mieux chez les anglaises) mais surtout, abritée par son anonymat, Ariana sait que la planque risque de s'éterniser. Pour passer le temps, elle n'a pas hésité longtemps entre un livre bien copieux et bien barbant et sa tablette où elle peut visionner une quantité infinie de films. Ce qu'elle attend, c'est de savoir où réside sa proie car c'est là pense-t-elle, qu'elle aura la meilleure opportunité de s'emparer d'elle. À 8 h 50, garée en face de l'entrée de l'immeuble, elle identifie Svelnia (qu'elle n'a jamais vue) car c'est la seule femme qu'elle voit entrer dans le parking souterrain de l'entreprise, de surcroît au volant d'un coupé Mercedes rouge qui semble neuf.

Aucun danger que je me trompe avec une femme de ménage.

Heureuse de cet acquis, elle commence à entrevoir le plan qui va la faire réussir à coup sûr. Du coup, au diable la tablette et le cinéma non-stop, elle démarre et se dirige vers le supermarché de Kifissia. Il faut avant toute chose, garnir le réfrigérateur et le buffet de son appartement où Eugenio doit errer dans la recherche épuisante d'une casserole pour faire chauffer de l'eau, d'un bocal de café en poudre et d'un bol, ce qui pour un homme doit représenter un travail considérable, imagine-t-elle. Quand elle arrive dans son logement avec les premiers sacs de provision, elle est surprise de n'y trouver personne ni dans la cuisine, ni dans le salon, là où en toute logique son protégé devrait regarder la télévision. Poussée par la curiosité, elle ouvre une à une les portes de la vaste résidence et trouve finalement Eugenio dans la salle de sport, en plein exercice et à peine vêtu de son slip. Elle en reste sans voix mais pas sans ravissement devant ce beau corps d'homme qui se meut avec une magnifique virilité.

— Oh ! bonjour Ariana, la traque est déjà terminée ?, s'enquiert-il sans s'interrompre.

— Mais… Vous avez déjeuné ?, répond-elle pour masquer son trouble.

— Pas encore, j'attends midi pour aller me restaurer à proximité.

— Quoi ? Mais il n'en est pas question ! Je ne veux pas vous voir prendre des risques et mettre tout mon plan par terre, s'emporte-t-elle avec un rouge délicieux qui lui monte aux joues.

— Vous avez donc toujours un plan ?, ironise-t-il.

— Venez m'aider à décharger mon coffre, au lieu de poser des questions idiotes, répond-elle cinglante.

Y a pas à dire, c'est un caractère cette femme et quand la colère l'empourpre on croirait une Espagnole dans un Fandango !

Après une douche rapide pour lui, ils prennent l'ascenseur pour le garage.

Mais même avec cette ardeur craquante et ses cheveux en désordre, elle ne parvient pas à la cheville de Cecilia.

— Mais vous avez prévu un siège, s'exclame-t-il en découvrant les cabas qui envahissent le coffre, la banquette arrière et même le siège passager.

— Figurez-vous que nous allons recevoir du monde.

— Comment ça « nous » ? Comme si j'y étais pour quelque chose !

— Mais oui cher ami, vous y êtes pour quelque chose !

Nous faisons parts égales dans mon plan.

Il faut deux voyages pour vider la voiture et remplir les garde-mangers. Rien ne manque : les poissons, les viandes, les légumes, les boissons, moitié alcool, moitié jus de fruits, les laitages, les fromages, les fruits. Le congélateur et le frigo ronflent à plein régime pour absorber tout ça. Ariana a aussi prévu des réserves pour les salles de bain : savonnettes, gels, eaux de toilettes, literie, peignoirs, serviettes, etc. Pendant qu'elle range tout son fourbi, Eugenio se met en cuisine : carpaccio de bœuf et salade de riz-tomates-olives. Quand Ariana revient pour se mettre à table, un parfum épicé la précède et la suit. Elle a troqué son jean pour une robe légère et transparente, talons hauts, nylon aux jambes, rouge aux lèvres et mascara tout frais. Eugenio sent la menace, il va falloir se tenir sur ses gardes pour éviter la sieste crapuleuse. À la fin du repas, elle commet l'erreur, croit-il, de lui proposer de débarrasser le couvert, il en profite pour s'esquiver vers la salle de sport. Mais peu après elle le rejoint.

— Vous avez l'air d'un connaisseur, je viens prendre quelques conseils, lui susurre-t-elle.

À ce moment, Eugenio en est à des exercices d'haltères, il est allongé sur un banc. Elle s'approche tout près et pour lui laisser toute liberté de voir son feuillage à l'envers, elle lui tourne le dos faisant semblant d'inspecter minutieusement les équipements alentours. Eugenio se laisse aller une fraction de seconde mais dès qu'il comprend son manège et le danger qu'il représente pour lui, il détourne son regard. Trop tard ! Un processus irrépressible s'est mis en marche et ce qu'il ne voit plus, il l'imagine si bien que même les yeux fermés, une dentelle blanche continue d'œuvrer contre son gré sur sa … physiologie. Il survient alors un phénomène courant chez les hommes en pleine possession de tous leurs moyens et qu'ils ne peuvent en aucun cas stopper ni même refreiner. Or Eugenio est un parfait spécimen d'homme qui possède tous ses moyens. C'est une petite chose au début, dont on ne fait pas grand cas, mais qui prend très vite de l'ampleur. D'ordinaire, cette morphogenèse ne se voit pas, les vêtements sont là pour en assurer la discrétion. Mais dans la tenue où se trouve notre sportif, pas moyen de masquer l'évidence, et ça ne rate pas, quand Ariana se retourne, c'est la première chose qu'elle remarque, à croire qu'elle la guettait.

— Je vais vous expliquer la suite de mon plan !, annonce-t-elle avec un sourire conquérant.

Eugenio tente de se relever mais elle place sa main sur sa tête pendant que l'index de l'autre main prend position sur le monticule en cours de formation.

— Je vais me positionner sur un promontoire, de manière à bien voir ce qui se passe, dit-elle en explorant du doigt les contours dudit relief, prête à bondir sur ma proie dès qu'elle sera en vue.

— Mais vous n'êtes même pas armée, fait Eugenio qui tente de reprendre le dessus en feignant l'indifférence.

— Et ça ? Ce n'est pas une arme peut-être ?, renvoie-t-elle en empoignant l'appareil tendu sous le tissu.

— Là … là n'est pas la question, rétorque bêtement Eugenio qui a du mal à suivre.

— Je me suis mal exprimée, pardonnez-moi. En fait, il faut prendre le problème à bras le corps, comme ça !

Ce qui arrive alors est indubitablement le fruit d'une expérience approfondie d'Ariana dans le maniement des armes. Sans qu'Eugenio ait pu anticiper quoi que ce soit, il sent une partie essentielle de sa physionomie engloutie dans une douceur chaude et humide qui lui prodigue de savantes caresses et pourtant, les mains d'Ariana n'y sont pour rien. Pour parfaire l'ouvrage, Ariana se met à califourchon sur le visage d'Eugenio, au risque de froisser sa jolie robe. Sans doute, pense-t-elle à ne pas l'effrayer en le laissant voir ce que fait sa bouche car dans cette position, elle est certaine que ses yeux seront captés par autre chose. Jusque-là, tout était dit et fait en douceur mais de même que chez les hommes, certaines accumulations produisent des phénomènes remarquables, chez les femmes cela déclenche en retour une ouverture accompagnée d'un suintement délicieux. Rapidement, l'explication du plan d'Ariana dérive vers un corps à corps où elle conserve un net avantage de par sa position supérieure. D'un bond, elle se retourne à nouveau sur Eugenio, tout en restant à califourchon sur lui mais maintenant que sa parole est libérée, elle en profite pour reprendre son explication.

> — Vous venez d'être le témoin de ma capacité à bondir. C'est à peu près comme ça que je vais m'emparer d'elle. Quand elle sera coincée comme vous l'êtes entre mes cuisses, il lui sera impossible de se dégager. Circonscrire est tout un art, en réalité. Vous me comprenez bien, là, Eugenio ?

Pour comprendre, il comprend ! Il sent les mêmes sensations que dans la position inverse qui précédait, mais en plus en enveloppant et avec un effet massant encore plus doux. Comme elle le maintient allongé, par ses mains en appui sur ses épaules, il ne peut que prendre acte de la reddition qu'elle lui impose.

> — Vous voyez comme c'est facile, vous n'avez même rien à faire, je m'occupe de tout, poursuit-elle dans un souffle toutefois un peu plus court.

Au bout de quelques minutes de cette danse convulsive, Ariana émet un son qui se situe entre le miaulement du chat et le Kiai du karatéka. C'est une expression moyennement mélodieuse, qui rappelle certaines compositions modernes d'un

Leoš Janáček ou d'un Mikis Theodorákis. On l'entend rarement dans la conversation ordinaire d'une femme. Il signifie, par une sorte d'abréviation convenue : « je suis d'accord pour que nous continuions ensemble cette ascension merveilleuse qui libère en moi des effets remarquables par leur fulgurance et me procure une sensation de grand bien-être ». Il faut s'imprégner avec attention de ce volet de la psychologie féminine car il n'a pas de correspondance chez l'homme. En effet, la seule réponse que le mâle est capable de faire à ce moment, c'est : « Argh ! » et on se perd en conjectures sur la sentence que cette éructation pourrait bien renvoyer. Selon les cultures et les âges, on hésite entre : « Vive De Gaulle, vive la France ! », ou bien, « Isabelle a les yeux bleus, les yeux bleus Isabelle a », ou encore : « T'es ma meuf, j'te kiffe ! ».

Quand la récréation d'Ariana prend fin et qu'elle se dirige vers la cabine de douche pour remettre tout ça au propre et sec, Eugenio plonge dans une grande nostalgie. Il ressent le bien qu'elle a fait à son corps comme un mal infligé à son âme et quand il ferme les yeux, il voit Cecilia se pencher sur lui et peigner ses cheveux de ses doigts, pour les débarrasser des brins d'herbe sèche que les bottes de foin ont laissé filer, sous l'ardeur de leur chevauchement.

— Je me change et je file car je ne veux pas rater mon rendez-vous avec Madame Kakapov.

Vers 17 heures, elle est en place pour attendre la sortie de Svelnia et la filer jusque chez elle. Elle a juste le temps de revoir « Avatar » sur sa tablette que la Mercedes rouge sort du parking. Au passage, Ariana peut remarquer qu'elle est brune avec un beau visage.

Intelligente, friquée et belle femme ! Si je ne venais pas d'hériter de Nestor, je serais sûrement jalouse.

Vingt minutes plus tard, elle est garée devant la résidence où s'est engouffré le coupé allemand. Elle se gare en double file et dès qu'une voiture entre dans le garage souterrain, elle la suit de près, évitant d'avoir à fournir un badge ou un code. Mais dans cette résidence de luxe bien protégée contre les intrus malveillants, les habitants sont avertis et vigilants. Sitôt garé, le conducteur de la voiture qui lui a ouvert la voie s'approche d'elle et lui fait signe d'ouvrir sa vitre :

— Vous êtes de la résidence ?, lui dit l'homme dont le soupçon ne fait pas de doute.

— Non, je viens rendre visite à Madame Kakapov, répond Ariana avec un sourire d'étudiante en première année.

— Madame Kakapov ? Je ne vois pas qui c'est, réplique l'homme sans se laisser distraire.

— C'est la propriétaire de la Mercedes rouge, là-bas.

L'homme se retourne pour vérifier l'assertion de la visiteuse suspecte.

— Ah, je vois. Pardonnez…

— Où les visiteurs peuvent-ils se garer dans ce parking ?, demande Ariana surmontant avec brio le stress qui lui est soudain monté à la gorge.

— Tout au fond, il y a deux places.

— Merci, très aimable, conclut-elle en démarrant vers l'endroit indiqué.

Elle a l'intention de rester cachée dans sa voiture en attendant que Svelnia se montre à nouveau dans le parking, mais elle s'aperçoit que l'homme avec lequel elle s'est entretenue, lui tient la porte de l'ascenseur.

Simple courtoisie ou prudence suspicieuse ?

Elle n'a pas le choix, elle est contrainte d'emprunter l'ascenseur pour un étage qu'elle ignore. Elle s'exécute à contrecœur et entre avec l'homme dans la cabine. La situation devient scabreuse car elle ignore l'étage auquel réside Svelnia et l'homme ne semble pas vouloir l'aider outre mesure. Quand il s'écarte pour lui laisser l'accès au panneau de commande des étages, elle fait mine d'avancer sa main vers un bouton mais se ravise au dernier moment :

— Oh mon Dieu ! J'ai oublié le cadeau dans mon coffre !

Cette prétendue étourderie lui permet de ressortir et de laisser l'homme monter seul vers son étage.

Ouf ! C'était chaud !

14 — Un Conseil rock'n roll

Nous sommes vendredi, elle ne travaille pas demain, espérons qu'elle aura envie de sortir ce soir.

Elle relève le col fourré de son blouson et s'apprête à passer des longues heures d'attente ; la seule compagnie de sa tablette ne suffira pas à la maintenir éveillée. Elle entre-ouvre la vitre de sa voiture pour être sûre d'entendre les allées et venues dans le parking. Par chance, les portes coupe-feu de l'ascenseur font un bruit infernal, aucun danger de rater un passage. Une voiture entre, se gare et un couple en descend, échangeant quelques banalités sur qui prend quoi dans le coffre. Suit un « Bong ! » métallique quelques secondes après. Ce scénario se reproduit plusieurs fois, ponctué par l'inévitable « Bong ! ». Quelques instants plus tard, on entend de nouveau le désagréable « Bong ! » sans qu'il soit précédé par une voiture, c'est un groupe de trois personnes qui sort. Ces logements résidentiels, éloignés de tout dans le but d'assurer leur quiétude, rendent impératif l'usage de la voiture au moindre besoin de se rendre à l'extérieur. C'est une chance pour Ariana.

C'est un peu après vingt heures que les choses vont s'emballer. Alertée par le « Bong ! », Ariana découvre sa brune en tenue de sortie : coiffée d'un majestueux Stenson beige sur une chevelure libre et aérienne, tailleur rouge, tenant un réticule assorti, son regard noir, qu'Ariana voit pour la première fois, est puissamment sensuel. Elle ne distingue pas le bas, mais au tictaquement que produisent ses pas, elle devine qu'il ne s'agit pas de mocassins.

Sans s'embarrasser de précautions inutiles, Ariana sort de sa voiture et se dirige au-devant de Svelnia qui ne se doute pas un instant du danger qui la guette. Arrivée à sa hauteur, elle lui saisit le poignet qu'elle lui tord contre son dos. Anticipant un hurlement d'appel au secours, elle lui plaque son autre main sur la bouche et accentue la pression sur son poignet.

— Si vous souhaitez conserver l'usage de votre bras, je vous conseille de rester silencieuse, d'accord ?

Sous l'effet de la torsion, Svelnia est cambrée au maximum vers l'arrière pour atténuer la douleur, les jambes fléchies, la veste de son tailleur ouverte. Le chemisier tendu suggère une anatomie à faire pâlir d'envie qui que ce soit, homme ou femme, mais pour des raisons différentes. Elle opine de la tête, Ariana ôte la main qui obstrue sa bouche.

— Vous me faites mal !

— Je sais, c'est un mauvais moment à passer. Mettez votre autre main derrière le dos.

Svelnia, on l'a vu, a d'énormes qualités mais elle pêche beaucoup par la culture physique. Elle a toujours considéré que la pratique d'un sport aurait été un temps pris sur ses activités prioritaires, les affaires de transport maritime. Et puis, il faut bien dire que le regard des hommes qu'elle croise, ne révèlent nullement l'urgence de remédier à quoi que ce soit dans son apparence. Face à la force brutale, elle a appris dès sa jeunesse à filouter plutôt qu'à affronter. Dans la situation désavantageuse qui est la sienne en ce moment, elle décide de se laisser faire et de remettre à plus tard de se débarrasser de cette inconnue qui la domine.

Ariana attrape alors une corde dans la poche de son blouson et ligote Svelnia d'un geste rapide et précis. Puis elle récupère le réticule.

— On va prendre la voiture blanche là-bas.

Elle fait monter Svelnia à l'arrière et lui entrave les pieds à l'aide d'une corde en attente sur la banquette tout en lui rappelant la consigne de silence faute de quoi, les sévices reprendront. Elle s'installe au volant, fouille le réticule de sa prisonnière, trouve le badge de la barrière du parking et démarre.

— Qui êtes-vous ? Où m'emmenez-vous ? Que voulez-vous de moi ?, demande Svelnia d'une voix déformée, hésitant entre la peur et la colère.

— Je vous le fais dans l'ordre : Ariana, chez moi, la justice !, réplique-t-elle. Puis laissant s'écouler quelques secondes, elle reprend : mon nom ne vous dit rien ?

— Non, il devrait ?

Ariana ne répond pas. Elle note que Nestor était discret, ce qui ne la surprend pas. Il avait toujours pris soin de laisser étanche l'interface entre ses affaires et sa famille, ou plutôt, ses familles.

Sur le chemin, elle questionne Svelnia :

— Je suppose que vous n'avez pas diné ?

— Non, j'y allais justement !

Ariana sélectionne le contact d'Eugenio sur son mobile.

— Pouvez-vous préparer un plateau repas pour une personne dans la chambre bleue ?

— …

— Mais bien sûr cher ami, en doutiez-vous ?

Elle coupe la communication mais en rangeant son mobile dans la poche de son blouson, un grand sourire de satisfaction éclaire son beau visage ; elle est ravie de faire jeu égal avec son amant.

Durant le trajet, Svelnia ne manque pas d'observer minutieusement les voies empruntées. Quand la voiture stoppe devant la porte du garage dont l'ouverture est déclenchée par une télécommande, elle reconnait le quartier de Kifissia, même si elle n'y a aucune relation. Une fois la voiture garée et le garage refermé, Ariana descend, ouvre la porte arrière, dénoue les chevilles de Svelnia et l'emmène dans une des chambres de sa demeure où elle a déjà pris soin d'ôter la poignée de la fenêtre.

— Ce n'est pas que je craigne que vous passiez par-là, dit-elle en montrant la fenêtre condamnée, la marche fait plus de trois mètres, mais je ne veux pas que vous attrapiez un rhume. Vous avez tout ce qu'il faut, même la télévision. On se retrouvera demain matin, passez une bonne nuit.

— Vous êtes folle ! Vous ignorez ce à quoi vous vous exposez, je…

Elle n'a pas le temps d'achever sa protestation, la porte se referme et elle entend le cliquetis d'une clé qui la verrouille à double tour. Désemparée, elle se rue en vain vers la fenêtre. Elle regarde autour d'elle, cherchant un impossible moyen de fuir ou de prévenir Faustino. Elle se précipite sur une porte intérieure, c'est une salle de bain, sans fenêtre. Elle se met à inspecter la chambre du sol au plafond, ouvre les placards, les tiroirs, regarde sous le lit, elle ne trouve rien qui puisse lui fournir un secours. Elle retourne dans la salle de bain et fait l'inventaire des objets qui s'y trouvent : des serviettes, des gants, deux brosses à dents dans leurs verres, du gel douche, une savonnette, du shampoing, une boîte de mouchoirs. Dans un petit meuble, au-dessus du lavabo, elle découvre avec étonnement un sèche-cheveux, des peignes, un lait démaquillant avec ses disques de coton et un nécessaire de maquillage, rudimentaire mais complet avec plusieurs teintes de rouge à lèvres et de vernis à ongles. Deux sorties de bain sont accrochées derrière la porte, il ne manque rien au confort des locataires. Svelnia revient dans la chambre et ouvre à nouveau le placard. Y sont rangés une couverture, des oreillers, des chaussons et deux pyjamas. Sur la table qui complète le mobilier, elle aperçoit un plateau repas sous une cloche. Purée de pomme de terre encore fumante, friand chaud, deux tranches de jambon, une crème à la vanille, une pomme et une grande bouteille d'eau minérale.

Il ne manque plus que le questionnaire de satisfaction ! Mais elle a beau être douillette, cette chambre est ma prison.

Mais elle n'est pas en appétit. Elle se penche sur les draps dont le léger parfum de lavande la laisse indifférente et s'assoit sur le lit, toute songeuse. Qui est cette Ariana ? Quelle est cette histoire de justice ? Son tempérament lui épargne un accablement dépressif. Elle est certaine que Faustino va remuer ciel et terre pour la retrouver et là, sa vengeance sera terrible.

Du temps où elle n'était que Secrétaire générale, très dévouée à Nestor Cerapoulos, elle était déjà combative, intelligente et disposait d'un pouvoir considérable sur la marche des affaires. Mais depuis que son destin lui a permis de prendre les rênes de l'entreprise, elle a épousé une posture d'invincibilité à toute épreuve. Là où quelques entourloupes suffisaient à maintenir le vaisseau à flot, elle n'hésite plus maintenant à utiliser la violence pour parvenir à ses fins. Elle n'ignore rien des agissements de son garde du corps, elle en est même souvent l'instigatrice. Elle ne surmonte plus les obstacles, elle les élimine.

Dans un vague espoir de trouver une explication de son infortune dans les informations, elle attrape la pomme de son plateau repas, se calle sur le lit, toujours habillée et allume la télévision. Toutes les chaînes qu'elle balaye ne lui offre que le reflet des banalités ordinaires. Au bout de plusieurs heures, la fatigue venant, elle opte pour une douche puis se glisse sans enthousiasme dans le lit, pas certaine de trouver le sommeil tant elle est assaillie de questions.

Pendant ce temps, Ariana a rameuté la troupe des ex par téléphone. Toutes acceptent avec une joie malsaine de se retrouver le lendemain matin pour assister au briefing d'Ariana.

La nuit passe calmement dans la résidence de Kifissia, Eugenio ayant choisi de regagner ses quartiers de bonne heure, pour ne pas prêter le flanc à un nouvel excès sportif.

La première de ces dames à se présenter à 8 h 30 se nomme Eudoxia. Vêtue sobrement mais avec goût, elle porte magnifiquement ses 68 ans malgré une arthrose féroce qui lui dévore les articulations. C'est elle qui a présidé à la fondation du cheptel Cerapoulos en offrant trois filles au monde. Son union avec Nestor n'aura pas dépassé cinq ans et elle n'a pas éprouvé le besoin de le remplacer par la suite – elle n'a pourtant pas manqué de prétendants –. La plus menue des trois donzelles se trouve être la plus courageuse. Ayant épousé un viticulteur, elle s'est donnée à fond dans le dur travail de la vigne et a fondé une jolie famille, elle aussi. Les deux autres ont eu plus de mal avec leurs conjoints : l'un « foirinait » un peu beaucoup, l'autre manquait de fidélité sauf pour les courses dont il était féru au point d'entamer le panier de sa ménagère. Extérieurement, Eudoxia semble une femme mature très digne. Elle ne se prélasse pas des heures devant son miroir mais présente toujours un visage avenant, par un maquillage très délicat. Elle a gardé une fraîcheur et un sourire qu'elle affiche comme un emblème de jeunesse et auquel on souscrit sans réserve. Ce que tout le monde sait d'elle se résume à son engagement chrétien assidu et éclairé. Elle fréquente les églises et œuvre dans nombre d'associations d'obédience orthodoxe mais cela n'en fait pas une bigote pour autant. Sa pratique spirituelle n'est pas plus intense que sa soif de culture ; elle est réellement trop intelligente pour se laisser berner par la symbolique rituelle surabondante chez ces chrétiens de Constantinople. Eudoxia est profondément portée par sa foi mais c'est une foi d'affranchie, la plupart du temps. Pas toujours en effet, car il lui arrive de débiter des sornettes sur la résurrection des morts, le paradis terrestre ou la vertu de l'eucharistie. On pourrait croire qu'elle s'aveugle de naïveté mais en réalité, c'est sa manière à elle de cultiver une humilité d'âme devant les mystères de la foi, comme pour contrebalancer son esprit trop vif par un mea culpa. À sa décharge, il faut reconnaître que la chrétienté orientale recèle des légendes encore plus merveilleuses qu'ailleurs, même si notre temps ne leur fait pas de cadeau. Voilà ce que tout le monde sait sur Eudoxia. Ce que peu de gens savent, c'est qu'Eudoxia est une gourmande insatiable. C'est même la seule raison de son célibat prolongé : elle consomme ses amants jusqu'à ce qu'elle leur trouve un remplaçant et les enchaînements dépassent rarement six mois. C'est donc en toute lucidité qu'elle a compris et accepté de ne plus s'engager pour la vie avec un homme : il y en a toujours un nouveau à essayer. Mais qu'on ne se méprenne pas, elle débute toujours une nouvelle relation avec la certitude que ce sera la dernière. D'ailleurs, elle attache un grand soin à la sélection de ses étalons. Outre la dimension de leur arsenal et l'art de s'en servir, il faut que l'homme soit un haut gradé de l'intellect et un fervent chrétien. Et elle en trouve plus qu'on ne pourrait l'imaginer dans ce milieu pourtant voué aux culs bénis et aux calotins. De son côté, elle possède tout ce qu'il faut pour leur faire plaisir. Ce paradoxe entre son image et sa vie intime est l'effet d'une perturbation constante des sens entre ceux dont le siège se situe en bas du corps, l'incitant à d'incessantes chevauchées et ceux qui résident dans sa tête, pétrie de lectures édifiantes, de broderies des après-midi entiers ou d'apprentissage des scoubidous à ses petits-enfants. Le hiatus est patent et son passé cache pas mal de meurtrissures chez les ex-conquérants, dont certains se sont même usés dans un désespoir définitif. Pour bien comprendre cette femme exceptionnelle, il faut que l'impétrant soit lui-même doté de qualités rares. Cette face cachée de la première femme de Nestor Cerapoulos n'est connue que d'Ariana qui présente à peu près les mêmes prédispositions, la foi religieuse en moins.

La suivante à entrer dans la demeure d'Ariana est Zenaïs mais comme c'est la troisième épouse de Nestor, nous y reviendrons plus tard.

La deuxième épouse est Erina. C'est la seule qui arrive à l'heure fixée la veille par Ariana (9 h 00). Quand on a vu Eudoxia, on a du mal à comprendre comment Nestor a pu succomber à une telle pauvrette. Physiquement, elle n'est pas mal faite mais on lit toute la misère du monde sur son visage, aggravé par une absence obstinée de tout maquillage. Son visage est d'ailleurs très étonnant. Il semble avoir été compressé dans le sens vertical, l'espace entre le front et le menton est nettement trop court. Ses yeux, très enfoncés dans leurs orbites, ne manquent pourtant pas de charme, mais seulement par intermittence, cela sauve à peu près l'apparence de l'ensemble. Son tailleur pantalon gris perle trop strict et sans fantaisie, dont un ou deux fils pendent de l'ourlet de la veste, annonce son absence de couleur et de personnalité. Dans la tribu Cerapoulos, c'est elle qui tient le record avec sept enfants (en treize ans de mariage) sur les quinze que Nestor a engendré, faut-il le rappeler. Peut-être que cette abondante progéniture est la cause de l'atonie quasi permanente de son regard ? Comme Eudoxia, elle est âgée de 68 ans mais elle est déjà voutée comme si le poids des ans avait compté double pour elle. Lorsqu'elle parle, ce qui n'est pas fréquent, il faut tendre l'oreille tant sa voix est faible. Ses gestes sont empreints d'une lenteur qu'on pourrait prendre pour de la douceur, mais l'absence de tout sourire invite plutôt à imaginer une sècheresse de cœur ou une économie maladive. Pourtant, comme toutes les femmes du magnat, sa vie a été facile, elle ne vaquait que dans les loisirs, même l'éducation des enfants était confiée à des nurses et des précepteurs. Avec un tel manque d'allant, il n'est pas étonnant qu'Erina soit restée seule après son divorce. Elle a bien tenté plusieurs fois de se passionner pour des divertissements élégants dans la lecture, la danse ou les arts floraux mais malgré une certaine assiduité, elle n'y trouvait jamais son compte. Une fois, elle a décidé de se mettre au bridge mais elle n'a réussi qu'à lasser tous ses partenaires par son asthénie et sa tristesse. Même ses enfants répugnent à la côtoyer et la prive indirectement de la joie de pouponner ses nombreux petits-enfants, ce qui n'arrange pas son état. Ses expressions favorites illustrent de manière accablante son manque d'entrain. Elle répète à l'envi des poncifs comme : « Que voulez-vous, c'est la vie. », « Vous verrez, ça finira mal. », « Tant qu'on a la santé… », « Voilà ce qui arrive quand on joue avec le feu. », « J'ai toujours peur quand je ne conduis pas. ». L'inviter à sa table est le meilleur moyen de gâcher le repas. Rien ne semble lui convenir même si elle n'émet aucune critique, elle picore sans appétit, ne boit jamais de vin et n'entreprend aucune discussion. Un jour, une des convives lui demande si elle est végétarienne. Erina ouvre de grands yeux et répond : « Oh non, bien sûr que non ! », comme si cette pratique avait été une hérésie ou une tache dans une vie lissée jusqu'à l'usure. Elle est ainsi faite qu'elle pousse son manque de personnalité jusqu'au refus de toute originalité, il ne faut pas qu'un seul cheveu dépasse la platitude de son existence. Même son ralliement au projet d'Ariana a été sans enthousiasme, elle a accepté d'y participer uniquement pour ne pas se différencier des autres. Ariana connaît tout cela et s'en accommode, comme les autres ex d'ailleurs.

Zenaïs, la troisième épouse, qui arrive juste avant Erina, est aussi la plus jeune, elle a un an de moins qu'Ariana. Après la désolante Erina, on comprend que Nestor ait voulu passer à quelque chose de plus frais. C'est la seule qui se soit remariée après cinq ans de mariage et trois nouveaux enfants dans la descendance Cerapoulos. Les deux ainés sont dans les chiffres (un conseiller en placements et une comptable) mais le dernier est un écrivain qui attend toujours de trouver un éditeur. C'est aussi un homosexuel, mais il n'a pas eu à faire son come-back puisqu'il s'en est affranchi dès son adolescence. Et c'est passé comme une lettre à la poste car dans ce milieu favorisé on a les idées larges, du moins en ce qui concerne les mœurs, car pour le reste, c'est le conservatisme le plus radical qui règne. Le second mari de Zenaïs est un notaire sorti du rang qui a lui-même deux enfants d'un premier mariage. Son métier en a fait la pièce rapportée la plus chouchoutée du clan Cerapoulos. Dans cette fratrie aisée où toutes les conversations aboutissent à des questions d'intérêts immobiliers, de rapports de placements, d'héritages à partager ou d'usufruits à exploiter, les conseils d'un professionnel qui a rejoint la famille sont pain béni. Zenaïs est une femme pétillante sans être assommante, elle est même charmante quoique pas spécialement belle. Toujours habillée en jean pour masquer ses jambes qu'elle ne trouve pas gracieuses, elle donne l'image d'une femme d'action et ça lui va très bien. Elle a même tenu à reprendre un travail après son divorce d'avec Nestor et c'est d'ailleurs ainsi qu'elle a connu son nouveau mari ; elle était secrétaire dans l'étude où il travaillait. Depuis, pour sauvegarder la paix du ménage, elle a trouvé de l'embauche dans une autre étude. C'est sans doute le trait le plus marquant de sa personnalité. Elle refuse de se laisser porter par le confort que lui procure le généreux pactole de Nestor et tient à se réaliser elle-même par un travail ordinaire qui l'empêche de tourner en rond à en devenir maboule selon son expression. Son statut de femme active serait sans charme s'il ne se complétait pas d'une futilité rafraichissante :

— Hier à la radio, j'ai entendu *Sur un marché persan* de Ketèlbey et j'ai appris à cette occasion qu'il se prénommait Albert alors que toute ma vie j'ai cru que c'était Joseph. N'est-ce pas étonnant ?

Après ça, toute la difficulté pour ses auditeurs consiste à trouver sur quoi rebondir, mais au moins ce n'est pas par ce genre de conversation que pourraient naître des bisbilles.

Et nous arrivons à Kleoniki la dernière épouse. Dernière épouse et dernière arrivée, avec un retard de vingt minutes, « comme d'habitude » songe Ariana en lui ouvrant la porte. Elle a pourtant la mine souriante, ce n'est pas si fréquent, mais l'idée de juger celle qui fût une rivale putative, l'a ravie immédiatement. Sa veste en laine avec des poches boursoufflées par son trousseau de clés et des paquets de mouchoirs est parfaitement raccord avec sa jupe en tweed qui lui arrive juste sous le genou ; l'élégance n'est pas son truc. Dès la porte franchie, elle claque une bise superficielle à Ariana sans s'excuser de son retard, passe devant elle en trombe pour rejoindre les autres dans le salon et jette sans précaution son sac à main sur la table en acajou verni au tampon. Elle fait ensuite protocolairement le tour d'Eudoxia, d'Erina et de Zenaïs sans avoir un mot particulier à leur dire, puis s'assoit dans un fauteuil et lance :

— Alors, où en sommes-nous ?

Kleoniki est une petite boulotte et un paquet de nerfs. Ses cheveux coupés courts et coiffés aux doigts même pas mouillés, encadrent un visage sévère au point d'en être masculin. Tous ces traits n'ont aucun charme mais ils n'étaient pas aussi marqués du temps de ses quatre ans de mariage avec Nestor. À l'époque, elle pouvait encore faire illusion au point d'accorder deux maternités à un homme qui était déjà grand-père de ses premiers enfants. De ce complément familial – qui par chance, sera le dernier –, on ne peut pas dire grand-chose puisqu'ils sont encore dans leurs études, mais l'écart générationnel avec leurs demi-frères et sœurs ainés se traduit par un fossé socio-culturel navrant. Depuis qu'elle s'est mise en ménage avec un homme, sans en faire son mari, l'éducation des deux marmots a été délaissée et elle se retrouve avec des gamins un peu délurés. Le pauvre homme n'y est pas pour grand-chose cependant. Ingénieur aéronautique dans un pays où l'on ne construit que des bateaux, ça présente quelques difficultés de positionnement. Du coup, il est obligé de travailler à l'étranger, quelque part entre la France et la Grande-Bretagne. Mais ni elle ni lui ne s'en plaignent car on se demande comment le ménage aurait pu durer, s'il avait été exposé à la promiscuité des couples ordinaires.

> — Toujours aussi expéditive Kleoniki, lui répond Ariana et de poursuivre sans lui laisser le temps de répliquer ce qui n'aurait pu être qu'une petite vacherie, puisque nous somme toutes réunies pour le projet dont je vous ai parlé hier soir, je vous propose de me suivre dans l'auditorium qui tiendra lieu de Salle de conseil et où vous serez mes assesseurs.

Installés sur la scène, ces dames attendent la suite.

15 — Un lion en cage

Les bons soins d'Alex sont mobilisés par Ariana pour s'occuper de la prisonnière. À 9 h 00, lui apportant son petit déjeuner, il trouve la chambre vide et entend couler l'eau de la douche. Il va toquer à la porte pour être certain qu'elle entend ce qu'il a à lui dire et il l'informe de se préparer à comparaître dans une heure. Svelnia ne répond pas, elle déverrouille la porte et se présente à Alex en sortie de bain dont elle a à peine terminé de nouer la ceinture.

— Que dites-vous ? Comparaître ? Mais devant qui ? De quoi m'accuse-t-on enfin ?, éructe-t-elle en colère.

— Vous aurez les réponses à toutes ces questions tout à l'heure. Je viendrai vous chercher à 10 h 00, répond Alex avec grand calme.

— Quand mon ami va vous mettre la main dessus, vous allez regretter…

Ne lui laissant pas le temps de continuer, il quitte la chambre mais entend Svelnia lui crier à travers la porte :

— Et je veux un fer à repasser !

* * *

Son ami justement, avait rendez-vous avec elle, la veille au soir dans un restaurant huppé, pour fêter la disparition d'Eugenio.

Arrivé à 21 h 00, il refuse la table qu'on lui propose, la jugeant trop proche d'oreilles indésirables. Le chef de rang ne discute pas et lui offre une table un peu plus isolée, au fond de la salle. Quand Faustino lui fait signe qu'il est d'accord, il se fend d'un sourire obséquieux. Installé avec une carte en mains,

Faustino en a déjà lu l'intégralité quand il regarde sa montre : 21 h 20 ! Il sort son téléphone de sa poche et compose le numéro de Svelnia qui le déroute au bout de cinq sonneries sur sa boîte vocale. Il laisse un message bref lui disant de le rappeler si elle a un souci. La salle de restaurant est maintenant complètement remplie et le ballet des serveurs va bon train. Faustino reconnaît deux ou trois visages un peu connus d'hommes politiques et de patrons d'envergure mais ceux-ci prennent grand soin de ne pas croiser son regard. Lui aussi est connu mais il ne draine pas la sympathie de ces cols blancs qui tiennent à sauvegarder les apparences. Leurs épouses (ou leurs maitresses) ne partagent pas cet avis ; elles trouvent que cet homme est décidément bien agréable à regarder à côté du leur. Cette faute de goût, car c'en est une, ne se fonde que sur la différence d'âge et l'apparence de virilité d'un gorille en costume à la riquimpette.

21 h 30

Toujours pas de Svelnia et pas d'appel de sa part. Faustino contacte alors un de ses acolytes et lui demande de remonter le chemin depuis le restaurant jusqu'à son domicile, à la recherche d'un coupé Mercedes rouge. Trente minutes plus tard, il reçoit un appel de son limier qui lui indique que ladite voiture est toujours dans le parking et que l'appartement de Madame semble vide de tout occupant. Faustino termine sa bouteille de San Pellegrino et quitte le restaurant. Il vient de comprendre que sa protégée a été enlevée et décide de se rendre chez Svelnia pour comprendre comment cela a pu se passer. Il fait un détour par chez lui pour prendre un double de la clé de l'appartement de sa maîtresse et patronne et se rend chez elle. Il entre et inspecte l'appartement minutieusement. Dans la salle de bains, il remarque une grande serviette encore humide, il en déduit qu'elle a pris une douche avant de partir, ce qui lui semble logique. Il constate aussi l'absence de son réticule, de son téléphone et des clés de sa voiture et il comprend qu'elle est normalement sortie de son appartement pour aller au restaurant. Il se rend dans le parking du sous-sol, fait le tour de sa voiture, à la recherche de traces anormales. Rien. Il met sa main sur le capot et se rend compte que le moteur est presque froid. C'est le signe que la dernière fois que sa voiture a été utilisée devait être en rentrant de son travail. Aucun autre indice dans le parking ne vient l'éclairer. Pas d'objet à terre, pas de trace au sol, la barrière et normalement fermée et quand il actionne le double de la télécommande joint à la clé de l'appartement, il constate son bon fonctionnement.

L'enlèvement a eu lieu sans violence, signe qu'il a été préparé.

En rentrant chez lui, Faustino est persuadé qu'il s'agit d'un acte crapuleux visant à une demande de rançon. Demain matin il faudra être prêt au siège et il envoie une série de SMS à ses principaux bras droits - si l'on peut accepter l'idée qu'un homme puisse avoir plusieurs bras droits - pour les convoquer de bonne heure. Puis, comme il sait qu'il ne parviendra pas à dormir, il s'installe confortablement dans son canapé et allume la télé pour se distraire. Il espère sans trop y croire que la vacuité des programmes viendra à bout de son inquiétude.

Le lien qui l'unit à Svelnia est si particulier qu'il mérite quelques explications. Angelino Faustino a une peur traumatique des femmes, cela vient de sa mère. Depuis sa naissance – non désirée –, elle l'a maltraité soit par un cruel délaissement le privant de toute affection, soit par des coups de pieds quand elle avait trop bu et qu'il commettait une maladresse dans ses tâches domestiques. Son père était souvent absent, absorbé dans d'interminables parties de cartes avec des copains. Le pauvre gamin a passé ainsi toute son enfance dans les souffrances de son corps et de son âme. Il en a conçu une crainte irrépressible contre les femmes puisque sa mère était la seule représentante de cette gente dans son entourage. C'est d'ailleurs en raison de cette gigantesque peur qu'il a tué une prostituée dans sa jeunesse, par réflexe d'auto-défense quand elle a manifesté quelques velléités tarifaires. C'est toujours à cause de cette terreur des femmes qu'il s'est mis au body-building comme pour contrebalancer une faille dans sa virilité. Quand Svelnia a fait sa connaissance alors qu'ils étaient voisins de palier, elle a tout de suite senti cette fragilité. Pour cette femme, qui détestait les hommes comme nous le savons, ce défaut sous la cuirasse l'a rassurée. Du « Bonjour, bonsoir », on est passé au « Comment allez-vous ? », puis au « Je vous offre un café ? ». Mais avant d'en arriver à la visite de la chambre à coucher, il s'est passé de longs mois de conversation anodine. Svelnia a peu à peu imaginé tout ce qu'elle pouvait obtenir d'un réserviste de la police aussi professionnel. Faustino, de son côté, était enchanté de rencontrer une femme qui n'avait aucun intérêt à lui mettre le grappin dessus puisque la situation de sa voisine était meilleure que la sienne. Au début, Faustino a rendu quelques services à Svelnia pour sa voiture, pour surveiller les artisans qui intervenaient dans son appartement ou pour « convaincre » des commerçants d'être plus compréhensifs. Svelnia le rémunérait et puis finalement la nature a imposé ses lois. Depuis qu'elle avait quitté sa Roumanie natale, elle n'avait qu'un homme dans sa vie, c'était le paternel Nestor, mais quand la quarantaine sonna, Faustino devint son amant, ce qu'elle prit soin de cacher à Nestor, de peur de le blesser ou de l'inquiéter. C'est ainsi que depuis une dizaine d'années, ils forment un couple parfait. Jamais un mot plus haut que l'autre, toujours complices pour le travail comme pour les loisirs, ils ont développé entre eux un sentiment profond de respect et d'attirance mutuelle, même si pour des raisons stratégiques liées à la Compagnie maritime Cerapoulos puis à la Svelnia Shipping Company, ils ont préféré que leur couple reste dans l'ombre.

Le lendemain du triste constat de la disparition de sa

maîtresse, El Major fait le débriefing à son staff de gros bras en costumes-cravates et demande au Directeur Financier de surveiller tous les mouvements des comptes de la société. Au fur et à mesure que les heures s'écoulent sans nouvelle, le dépit de s'être fait avoir par surprise se transforme en rage de ne pouvoir agir.

* * *

— Madame Svelnia-Maria Kakapov, vous êtes inculpée de complot visant à déchoir Monsieur Nestor Cerapoulos de la Présidence de la Compagnie maritime Cerapoulos afin de prendre sa place. Le Conseil de l'Ordre des Armateurs que vous avez devant vous se compose des quatre ex-épouses de Nestor, Eudoxia, Erina, Zenaïs et Kleoniki et de moi-même, Ariana, sa veuve.

Svelnia, assise à une table située en face de celle du Conseil, ne bronche pas, même à l'annonce du veuvage d'Ariana, qui signifie la mort de Nestor, ce dont elle n'était pas encore informée. Derrière elle se tient Alex, debout et prêt à intervenir au moindre mouvement indésirable de l'inculpée. Elle porte le même tailleur que lors de son enlèvement et semble fraiche comme une rose. Les jambes repliées sous sa chaise, les mains posées sur la table, son regard est dur. Maintenant qu'elle sait de quoi on l'accuse, elle réfléchit à toute vitesse pour construire sa stratégie.

— Je veux un avocat !, déclare-t-elle d'une voix forte.

Un peu surprise, Ariana consulte ses assesseures d'un regard. Personne ne sait quoi répondre. Svelnia a marqué un point, elle poursuit.

— Je veux que Monsieur Ahmed Rheddin[12], inspecteur de

police de son état, soit mon avocat, assène-t-elle avec aplomb, c'est lui qui m'avait interrogée par deux fois dans l'ancienne Compagnie.

— Et où peut-on le trouver cet inspecteur ?, demande Ariana.

— Auprès du Commissaire Leonis.

Suit un échange de SMS entre Ariana et Eugenio, resté dans les coulisses.

— Nous allons chercher cette personne. L'audience est suspendue, Alex, veuillez raccompagner Madame à sa chambre.

Tandis que Svelnia quitte l'auditorium, Ariana se précipite dans les coulisses, retrouver Eugenio.

— Comment allez-vous faire ? Vous ne connaissez ni ce Rheddin, ni le Commissaire Leonis, s'inquiète-t-elle.

— Rheddin, non, mais le Commissaire Leonis, oui, c'est même un ami, lui rétorque Eugenio avec une ironie digne d'un Tartarin.

Ariana n'en revient pas. Elle va pour le questionner mais Eugenio coupe court en lui rappelant qu'elle a des hôtes à s'occuper. Il lui demande les clés de sa voiture et file à la recherche de l'inspecteur Ahmed Rheddin. Pendant ce temps, Alex prépare un thé impromptu pour ces dames, y compris Svelnia trop heureuse d'avoir remis en cause le déroulement prévu par ce tribunal de pacotille. Elle ne se fait aucune illusion sur l'utilité « juridique » de cet avocat d'occasion mais elle est certaine qu'en prenant une mimique de femme éplorée comme

---

[12] L'inspecteur Rheddin était intervenu lors de l'enquête suite au naufrage du Val-Jus puis lors de la posée des scellés, au moment de la faillite de la Compagnie maritime Cerapoulos

elle sait si bien la faire, l'inspecteur mettra un point d'honneur à prendre sa défense. Cela contribuera à perturber ses juges, c'est tout ce qu'elle souhaite.

Quand le Conseil se retrouve dans le salon, Alex n'a pas le temps de poser le plateau des tasses et de la théière sur la table basse que les commentaires des matrones volètent déjà à tue-tête. C'est Kleoniki qui pérore le plus haut :

— Non mais vous avez vu avec quel regard méprisant elle nous toisait ?

— Elle est dans son rôle et je trouve qu'elle a du cran, enchaîne Eudoxia.

— Moi je n'appelle pas ça du cran mais de l'effronterie mais elle ne perd rien pour attendre. Pas vrai Ariana ?, demande Kleoniki.

— Laissons-la d'abord s'expliquer, on avisera ensuite, répond Ariana.

— Avez-vous remarqué sa tenue ? Impeccable, rien à dire, elle sait se mettre en valeur malgré l'inconfort de sa situation, observe Zenaïs fidèle à son babillage habituel.

— Inconfort, inconfort, vous y allez un peu fort, reprend Ariana. La chambre dans laquelle elle se trouve dispose de tout ce qu'il faut pour s'arranger.

— Ça ne doit quand même pas être drôle pour elle, soupire Erina avec sa petite voix brisée.

— Oh écoutez Erina, avec tout ce qu'elle gagne, elle n'est pas à plaindre, s'insurge Kleoniki dont l'animosité épidermique envers Erina est connue de toutes.

Arrivé au Commissariat, Eugenio se fait immédiatement recevoir par le Commissaire Leonis. Il lui fait la narration de sa rencontre avec Faustino.

— Félicitations, il n'y en a pas beaucoup qui peuvent mettre une trempe à ce gredin, mais entre nous, l'histoire des Horaces et des Curiaces a dû lui passer au-dessus de la tête, plaisante le policier dont l'œil droit se teinte d'une ironie vibrante tandis que le gauche demeure impassible.

Puis, Eugenio explique la raison de sa présence, sans en révéler le but exact, ce procès n'étant pas d'une orthodoxie irréprochable.

— Cet inspecteur a été suspendu pour plusieurs mois, essayez de voir chez lui, voici son adresse, répond Leonis en griffonnant un bout de papier.

Eugenio se rend à l'adresse indiquée, c'est un appartement dans un quartier populaire où le folklore et l'art de vivre grecs sont totalement absents. Il se retrouve malheureusement devant une porte qui ne s'ouvre pas, l'oiseau n'est pas dans sa cage. En redescendant l'escalier, il rencontre une femme qui passe le balai à la manière d'une concierge. Il lui demande si elle a une idée où l'on pourrait Ahmed Rheddin.

— Ah ne parlez pas de cet individu, plus il est loin de moi, mieux je me porte.

* * *

Svelnia, fine mouche, ne se trompe pas quand elle pense que l'inspecteur Rheddin n'est pas insensible à son charme. Ce qu'elle ne peut pas savoir, c'est qu'il est sensible à tout ce qui porte une jupe et qui a moins de cinquante ans. Cette attirance dépasse même les limites du convenable pour les moins de vingt ans. En réalité, il s'appelle Jésus mais ce prénom ne lui a jamais convenu et il opté pour Ahmed dès sa majorité. Fort de son statut de policier, Ahmed pousse même son avantage dans les harcèlements sexuels, les abus d'autorité et pour tout dire, les viols. Si les méditerranéens sont connus pour être des gaillards flamboyants auprès des femmes, Ahmed se classe dans la catégorie des hyper-méditerranéens. Ses derniers exploits sont particulièrement gratinés et la réaction de la concierge n'est pas sans raisons.

Depuis plusieurs mois, avec un collègue complice affecté à la circulation et réglementairement vêtu d'un uniforme, il guettait les véhicules conduits par des femmes et se trouvant en infraction bénigne, tel un stop « glissé » ou un stationnement hors limite autorisée. Si la contrevenante était à son goût, quand le fonctionnaire en uniforme avait ses papiers en mains, il faisait mine de passer par hasard, sortait sa carte d'inspecteur à l'agent verbalisateur et intervenait en faveur de la victime.

— Laissez Bonifatios, c'est une amie.

Devant l'injonction du plus gradé que lui, l'agent faisait mine d'obtempérer avec une réplique du genre :

— Dans ce cas, c'est différent.

Mais avant de rendre ses papiers à la conductrice et de la « libérer », il les montrait à l'inspecteur qui s'empressait de repérer l'adresse. Le soir même, à l'heure du repas, Ahmed Rheddin se présentait au domicile de son « amie » pour obtenir la rétribution du service rendu. Quelquefois il se cassait le nez sur une porte qui ne s'ouvrait pas au-delà du mince espace autorisé par une chaine de sûreté, certaines femmes étant plus prudentes que d'autres. D'autres fois la dame était confiante car elle n'était pas seule, il se contentait alors d'un billet de dix euros. Mais si par malchance il n'y avait ni chaîne à la porte, ni enfant ni mari à la maison, il faisait monter les enchères. Après être entré dans le domicile, il s'assurait que personne n'était attendu en observant par exemple le nombre de couverts disposés sur la table ou en posant directement la question. Il se mettait alors à la baratiner. Cela ne durait pas longtemps –

Ahmed est toujours pressé au contraire d'un vrai séducteur –. Ça se terminait par une partie de jambes en l'air dont l'infortunée était rarement ravie. Quand elle opposait une résistance trop forte, Rheddin n'hésitait pas à lui balancer quelques torgnoles persuasives et à la contraindre à un rapport non consenti. Ces saloperies duraient déjà depuis quelques mois, les pauvres femmes n'osant pas aller porter plainte, ce que Rheddin savait parfaitement. Mais un soir, il fut surpris par un ami de la dame, qui passait sans avoir prévenu. En entendant le remue-ménage dans l'appartement, l'homme entra sans frapper et découvrit l'inspecteur Rheddin dans un exercice qui n'était pas celui de sa fonction. Forte de ce témoignage, la dame osa porter plainte. Bonifatios, le collègue complice, fut rapidement identifié et devant les enquêteurs, terrifié à l'idée de perdre l'exercice de son papillonnage quotidien, il lâcha le morceau et raconta tout le manège depuis le début. On retrouva un bon nombre des autres victimes (42 au total) et l'inspecteur fut inculpé. En attendant son procès, il écopa d'une assignation à résidence avec bracelet électronique.

Il n'est pas anormal qu'il soit absent de son domicile malgré une assignation à résidence et Eugenio le sait. Sous l'impulsion des associations pour les droits de l'homme, la notion de « résidence » a récemment été élargie à la ville et pas seulement au domicile que le suspect n'est tenu d'occuper que quelques heures par jour. Cette souplesse permet à Eugenio d'espérer pouvoir l'emmener chez Ariana. Si la sanction préventive paraît légère, eu égard aux risques encourus par la gente féminine, c'est que l'enquête s'est avérée très vite compliquée. Le vice et la lâcheté n'étant pas un apanage exclusivement masculin, il se trouve que trois de ces donzelles déclarent avoir été comblées par leur rencontre avec ce policier dévoyé. Quelques autres encore, sans aller jusqu'à le remercier, refusent de porter plainte. Du coup, le juge d'instruction s'est laissé instiller un doute quant à la dangerosité du suspect, qui pourrait, peut-être, n'être qu'un dragueur malicieux. Cette ignominie ne manquera pas d'être rattrapée dans les réseaux sociaux, grâce au #metoo, mais ceci est une autre histoire.

* * *

Sur le palier de l'immeuble où réside Ahmed Rheddin, Eugenio n'a pas d'autre choix que d'attendre le retour obligé du détraqué sexuel, sous peine de complications très embêtantes pour l'intéressé. Et ça ne traîne pas, moins d'une heure après, les mains sales du violeur en série farfouille sa poche à la recherche de clés.

— Monsieur Rheddin ?, demande Eugenio en se rapprochant.

— Qui êtes-vous ?, répond Ahmed sur la défensive.

Sûr de son coup, Eugenio a préparé d'avance la présentation de son affaire.

— Vous souvenez-vous de Svelnia ?

— Euh… non, pourquoi ?

— La Secrétaire générale de la Compagnie maritime Cerapoulos…

— Ah oui, je l'ai interrogée une fois ou deux, une femme magnifique !, ne peut-il s'empêcher de dire.

— Eh bien, elle a besoin de vous, elle est dans une mauvaise situation et réclame votre aide.

Pour un homme obsédé par la domination qu'il peut exercer sur une femme en état d'infériorité, c'est fascinant. Rien de plus docile qu'une femme apeurée, qui cherche une épaule où se réconforter. Ahmed imagine déjà tout ce que ses mains vont pouvoir faire, pour prendre possession de ce corps excitant, offert à tous ses caprices. Il en a l'eau à la bouche. Eugenio qui a tout de suite compris le phénomène à qui il a affaire, en rajoute une couche :

— Mais attention, vous allez vous confronter avec l'intimité de la dame, cela demande du doigté. Allez, on y va.

— Où m'emmenez-vous ?

— Dans une magnifique résidence, répond Eugenio avec amusement.

16 — Le jugement

Sur le chemin qui l'amène en compagnie d'Ahmed Rheddin vers la résidence de Kifissia, il fait un temps d'entre deux. Autrefois, on aurait pu dire qu'un orage se préparait mais depuis que le climat est déréglé, les repères locaux de tout un chacun ne valent plus tripette ; seule la météo nationale est digne de foi, quoiqu'en pensent des esprits chagrins. Eugenio se livre à un débriefing, histoire de préparer au mieux les évènements qui vont suivre. Le visage d'Ahmed, jusque-là sévère et grave, à l'écoute des explications d'Eugenio, s'éclaire soudain d'un inquiétant sourire complotiste quand il comprend les dessous de l'affaire et le chantage auquel il va pouvoir se livrer en cas de besoin.

Quand il entre dans la résidence, Eugenio lui présente Ariana et ses comparses, puis Alex l'emmène dans la chambre où Svelnia est retenue prisonnière.

— Madame, voici la personne que vous avez demandée. Je vous laisse organiser votre défense avec lui, l'audience reprend dans une heure, déclare le jeune homme.

Ahmed entre et va saluer Svelnia, qui se redresse de son fauteuil en éteignant le téléviseur. Elle tend une main presque tremblante à l'inspecteur de police déchu, son visage est composé par la mine triste de la femme maltraitée, celle-là même qu'elle avait présentée lors de ses interrogatoires. Dans son jeu de comédienne, elle intègre même une respiration rapide qui fait se dilater ses narines et gonfler sa poitrine. Irrésistible. Sa mise est toujours la même que celle qu'elle avait choisie pour son rendez-vous amoureux avec Faustino et ce mélange de chic et de tristesse, de rigueur et de faiblesse, la rend encore plus désirable.

— Madame, on m'a parlé de votre affaire et je suis venu immédiatement vous prêter mon secours, dit Ahmed en posant déjà les deux mains sur ses épaules, comme pour l'inviter à venir se blottir dans ses bras.

Mais Svelnia n'a pas l'intention de pousser la mascarade au-delà d'une discussion courtoise sur son affaire. Sa haine atavique des hommes est un obstacle définitif à tout débordement du code de bonne conduite. Délicatement, sans changer son air éploré, elle se dégage des mains aventureuses. Ahmed Rheddin, qui n'a rien compris à la délicatesse des relations entre un homme bien éduqué et une femme élégante, s'imagine qu'on l'a conduit ici pour mener une vie de sybarite. Si l'endroit s'y prête un peu, sa belle occupante n'a pourtant rien d'une demi-mondaine. Par sa main droite, il s'empare illico de la taille de Svelnia, la serre contre lui et se met à lui mouiller le cou de sa bouche écumante. Ses pulsations cardiaques sont montées en régime, sa respiration produit des souffles qui agitent la belle chevelure brune de Svelnia. Des mots obscènes sont lâchés d'une voix qui se veut rauque, mais qui évoque davantage l'éructation du crapaud que le brame du cerf. C'est au moment où sa main gauche accroche la jupe pour dégager les cuisses si attirantes, que Svelnia décoche un coup de genou fatal entre les jambes du mal élevé. Dans l'anatomie de l'homme, il existe un organe qui est un point faible notable. En définitive, la nature est bien faite, car elle a placé ces choses fripées et ridicules, à proximité immédiate du point focal de la pensée masculine. Pour le mâle ainsi conçu, la fière exhibition de l'un ne va pas sans exposer la vulnérabilité de l'autre. C'est pourquoi, et depuis la préhistoire, les femmes ont la possibilité de neutraliser leurs assaillants quand bon leur semble. En un éclair, grâce à un genou bien placé et sans avoir à fournir un grand effort, les mains qui tripotent outrageusement leur intimité se placent sur l'organe vivement endolori, le corps viril dressé contre elle, se plie en deux et les mots salaces deviennent de pitoyables « ouille, ouille, ouille ! ». Évidemment, après ça, la conversation risque d'être moins fluide, il faut que la dame passe rapidement à un plan B. Mais si le coup a été octroyé avec suffisamment de persuasion, elle a amplement le temps de faire appel à un ami ou d'entreprendre les courses de la semaine dans un espace commercial archibondé.

En l'occurrence, Svelnia n'a la possibilité ni de l'un ni de l'autre, mais elle dispose d'une force de conviction exceptionnelle :

— Que les choses soient claires, Monsieur Rheddin, ce n'est pas pour ça que je vous ai fait venir, mais pour témoigner des deux interrogatoires que vous avez eus avec moi, assène-t-elle, les deux mains sur les hanches, le visage marqué par des mâchoires serrées et des yeux noirs glaçants comme des lames ; en échange vous serez rémunéré au tarif d'un avocat, ce qui doit représenter quatre ou cinq fois votre salaire d'inspecteur.

Vaincu, Ahmed Rheddin s'assoit sur une chaise, seule position praticable dans son état. Il va pour lui répondre qu'il a les moyens de la dénoncer juste avant de réaliser qu'elle n'est pour rien dans la mise en scène de ce procès puisqu'elle en est la victime. Si le policier est un chaud lapin, il ne brille pas par un esprit très affûté et dans l'exercice de son métier d'inspecteur cette carence est patente. Même s'il n'avait pas été un dévoyé des bonnes mœurs, il n'aurait jamais été commissaire.

— D'accord, d'accord, je vais témoigner pour vous. Mais que vous reproche-t-on au juste ?

Svelnia lui fait le topo en lui recommandant de bien mettre en évidence que la faillite de la Compagnie maritime Cerapoulos est bien le fait de Nestor et non le sien, ce qui est à peu près conforme à la réalité. Pendant qu'elle raconte les détails de cette malheureuse affaire, elle réajuste sa mise, brosse ses cheveux et retouche son maquillage. Toute absorbée par son reflet dans le miroir de la salle de bains, elle a laissé la porte ouverte pour que son « avocat » saisisse bien ses paroles. Ahmed la regarde en songeant au corps à corps inachevé, où il est passé d'un début de bandaison prometteuse à un repli brutal. De profil, affairée par le soin de sa beauté, il la trouve encore plus belle et son excitation le reprend.

Pendant ce temps, les dames sirotent leurs infusions, sans cesser de babiller.

— Je me demande ce qu'ils peuvent faire en ce moment, tous les deux, dans cette chambre confortable, dit Zenaïs frustrée de ne pas être derrière le trou de la serrure à jouer les sycophantes – et quoi de plus naturel pour une hellène ? –.

Mais on toque à la porte, une saccade virile, c'est Alex qui vient chercher les hôtes d'Ariana, l'audience va reprendre incessamment. Avant de quitter la chambre geôlière, Alex est surpris par l'obscurité qui engloutit la pièce alors que nous sommes au beau milieu de l'après-midi. Il ne peut s'empêcher de regarder au dehors pour comprendre que le temps maussade qui régnait jusqu'alors est devenu d'un sombre funéraire. Impossible de ne pas penser à un orage imminent.

Durant le trajet qui sépare la chambre de l'auditorium, Alex remarque la curieuse façon de marcher d'Ahmed Rheddin, ses pas manquent de linéarité. En y regardant plus attentivement, il s'aperçoit que ses jambes, au lieu de faire un mouvement de balancement rectiligne, décrivent des arcs des cercles, un peu comme si Ahmed voulait danser.

Placé entre Svelnia et ses juges, Ahmed Rheddin n'a pas besoin de forcer le trait pour relater ses interrogatoires. C'est surtout le dernier qui intéresse le Conseil.

— En compagnie du Commissaire Leonis, nous avons

trouvé Nestor Cerapoulos complètement effondré. Le choc de l'annonce de la mise sous scellé de son entreprise était bien compréhensible pour cet homme qui avait consacré toute sa vie au développement de la Compagnie maritime Cerapoulos.

— Monsieur Rheddin. Selon vous, qu'elles étaient les responsabilités respectives de Monsieur Cerapoulos et de Madame Kakapov dans la faillite de l'entreprise ?, interrompt Kleoniki avec vivacité.

— Incontestablement, la faute résultait d'une mauvaise décision de Monsieur Cerapoulos qui avait investi une énorme somme dans un stock de terre rare, le cérium, dont le cours était en train de s'écrouler en bourse.

— Et quel a été le rôle de Madame Kakapov dans cette opération ?, poursuit Kleoniki.

— Aucun, d'après ce que j'ai pu comprendre. Dans cette entreprise, les fonctions du Président et de la Secrétaire générale étaient clairement distinctes. Toutes les décisions concernant le choix du fret relevaient exclusivement de Monsieur Cerapoulos.

— Nous vous remercions Monsieur Rheddin, ce sera tout pour le moment. Alex, faites entrer le témoin Trevissolo, ordonne la « Présidente ».

Svelnia ne réagit pas outre mesure en entendant le nom de Trevissolo qu'elle ne connaît pas. Faustino lui a pourtant expliqué le double patronyme de Frédéric Bouchay, mais cela ne l'a pas marquée sur le moment. Son regard est empreint de curiosité quand il se tourne vers la porte d'entrée de l'auditorium. Quand Eugenio se présente, elle est stupéfaite et se fige dans une raideur à en faire trembler tous ses muscles. Elle reconnaît immédiatement Frédéric Bouchay dont elle était persuadée de la disparition définitive par la diligence de

Faustino. Elle fait le lien en un instant, mais depuis près de deux ans qu'elle ne l'a pas vu, elle remarque le changement physique de l'homme qu'elle avait choisi pour trafiquer le contrat d'assurance de Schweller. Et la transformation est saisissante. Elle a l'impression qu'il est passé de grand dadais à homme accompli. Elle ignore encore que cette mutation dans son apparence, s'est accompagnée d'une transformation encore plus grande de son mental – Faustino ne s'est pas vanté d'avoir reçu une correction de sa part dans le village d'Astyros –. Tandis qu'Eugenio s'avance, elle repense à toute vitesse à ce qu'il sait de toute l'affaire mais elle n'est certaine de rien. Elle se souvient que Nestor avait envoyé Maximo, le capitaine désœuvré suite au naufrage de son navire, le Val-Jus, prêter main forte à Eugenio Trevissolo, alias Frédéric Bouchay. C'était une très mauvaise idée et elle s'était emportée contre Nestor. Mettre une tierce personne au courant de cette filouterie de plusieurs milliards était le plus sûr moyen de fabriquer un maître chanteur par la suite. Elle avait donc été obligée d'envoyer Faustino pour qu'il supprime Maximo. À son retour son amant très dévoué lui avait raconté qu'il avait surpris Maximo en pleine discussion avec Frédéric Bouchay et qu'il y avait un cadavre imprévu au programme[13]. Svelnia ignore ce qu'ils ont pu se dire mais elle redoute le pire.

— Monsieur Trevissolo, qu'avez-vous à nous dire sur Madame Kakapov, demande Ariana.

— Madame la Présidente, Mesdames les Assesseures, commence Eugenio forçant un peu sur le cérémonial, j'ignore les origines exactes de cette affaire et la répartition des rôles entre le Président et la Secrétaire générale de la Compagnie maritime Cerapoulos. Mon

---

[13] Johann Klauss a été tué par Gabriel Baret à la suite d'une querelle qui portait sur un différend professionnel.

intervention se situe entre l'effondrement du cours du cérium et la faillite de la Compagnie. Sous la menace d'un chantage…

Et Eugenio raconte tout ce qui lui est arrivé. L'appât du juteux contrat informatique perdu, constituant un grave préjudice, la rencontre de Svelnia dans le train, le stratagème du sachet de cocaïne glissé dans son sac, les manœuvres d'intimidation de Faustino, l'intrusion dans la salle informatique de Schweller Assurances et l'assassinat inexplicable d'un envoyé de la Compagnie pour le protéger, un nommé Maximo, se souvient-il.

Cette dernière révélation provoque un incident. Ahmed Rheddin se tourne vers Svelnia, cherchant dans son regard une explication à ce volet inattendu qui émoustille sa fibre policière. Mais Ariana intervient en précisant qu'un Conseil arbitral n'est pas en mesure de juger un crime mais seulement des fautes professionnelles. Sans sa présence d'esprit, on peine à imaginer dans quels délires on aurait pu sombrer.

Eugenio poursuit son histoire en s'appliquant à faire comprendre comment il est terrorisé à l'époque par la perspective de passer par la case prison. Toute sa vie en est bouleversée, l'horreur a succédé à l'humiliation, même sa voix en a subi un dommage dramatique. Sur ce point, il est particulièrement prolixe, se risquant à une époustouflante démonstration vocale. Il puise son exemple dans une réplique à Violetta[14], où les premières notes qui emplissent l'auditorium sont un pur ravissement pour les auditrices de la « Cour ». Puis, il reproduit le pitoyable décrochement typique des yodleurs bavarois, avant de s'interrompre, tête basse. Dans tous les artistes, il y a un cabot qui sommeille. Grosse impression dans

---

[14] *La Traviata*, Guiseppe Verdi, 1853

l'auditoire où les « oh ! » d'indignation se mélangent avec les « heu ! » de consternation.

Mais à ce point de son récit, il se retourne vivement vers Svelnia :

— Par chance, mon intervention a raté grâce à la vigilance des employés de Schweller. Mais si elle avait réussi, soyez certaine Madame que je vous aurais dénoncé aujourd'hui même. La faillite de votre entreprise aurait de toute façon bel et bien eu lieu.

En entendant ces paroles, prononcées avec une vigueur qui ne laisse aucune place au doute, Svelnia est interloquée. Comment cet homme qu'elle a connu si veule a-t-il pu devenir aussi autoritaire ? Que s'est-il donc passé durant ces deux années pour qu'une telle transformation ait été possible ?

Sous ses dehors glaçants d'indomptable matrone et à défaut de toute sensibilité – synonyme pour elle de faiblesse –, Svelnia cache une finesse psychologique aigüe. On ne réussit pas un parcours aussi étonnant, même s'il ne brille pas par la vertu, sans quelques hautes qualités. Elle ne peut pas deviner le processus qui a mu Eugenio mais elle est assez fine mouche pour en observer le résultat. Elle se dit aussitôt qu'elle aurait peut-être gagné au change, si au lieu d'en faire un pion servile et docile, elle avait tenté d'en faire un allié. Bien sûr, il aurait fallu l'initier, le désinhiber même, mais elle avait de quoi espérer réussir. Pour une fois, elle ressent le regret d'avoir mal fait quelque chose. Le plan était bon, la personne était capable mais la stratégie n'était pas adaptée. Dans la précipitation d'un jugement trop hâtif, elle ne peut pas concevoir que le Frédéric Bouchay de l'époque, avec son air de chien battu, n'aurait jamais pu accepter de rentrer dans une telle combine de son plein gré. Il a été éduqué dans une famille d'ouvriers où la seule richesse est celle de l'honnêteté. Cette vertu est ancrée dans ses gènes plus fortement qu'une religion et c'est en prenant conscience de la transgression que Svelnia l'a obligé à commettre, qu'il a eu ce sursaut magnifique. Imaginer qu'elle aurait pu le soudoyer est une profonde erreur, mais à sa décharge, Svelnia ne connaît pas l'histoire d'Eugenio.

Autant le témoignage de l'inspecteur Rheddin a surpris le Conseil en innocentant Svelnia, autant celui d'Eugenio le frappe par l'éclairage sordide qu'il fait retomber sur la fière accusée. Les propos d'Eugenio l'ont ému et en particulier sa démonstration d'homme blessé dans ce qu'il a de plus pur et beau.

Mais Svelnia n'est pas décidée à lâcher prise. Elle demande que l'on fasse auditionner Antonines Makis, le responsable informatique de l'époque, toujours en place aujourd'hui même s'il est chapeauté par un nouvel arrivant Albanais, qui expliquera qu'il y avait bien un projet de développement d'un logiciel.

— Les motivations réelles de Monsieur Trevissolo ne sont dictées que par le dépit d'avoir été refusé dans mon lit !, affirme-t-elle sur un ton empreint d'une fierté de femme d'honneur assez bien imitée.

Un souvenir douloureux remonte dans la mémoire d'Eugenio. Il se souvient très précisément de sa réaction à l'époque, quand elle l'avait laissé choir au profit de Faustino. Il mesure le chemin parcouru depuis. Une telle situation n'aurait aucune chance de se reproduire ; la vénalité d'une femme lui paraît si odieuse qu'il n'hésiterait pas à la gifler au lieu de ruminer sa malchance comme il le faisait avant.

Immédiatement, Alex sollicite Ariana d'un geste.

— Non pas vous Alex, j'ai besoin de vous pour surveiller Madame Kakapov, répond Ariana. Puis, regardant Eugenio : pourriez-vous vous charger de nous ramener cet Antonines Makis, Monsieur Trevissolo ?

Parvenu à l'adresse de la Svelnia Shipping Company, il ne peut pas prétendre à parquer sa voiture au parking du sous-sol de l'entreprise. Mais il regrette profondément de ne pas faire partie du personnel autorisé car la place qu'il a trouvée pour se garer lui laisse 300 m à faire à pied et il pleut. Il tombe même des cordes que les caniveaux ne parviennent pas à drainer, l'orage qui menaçait a tenu sa promesse. Mais, comme c'est une voiture de femme, un secourable parapluie est à sa disposition. En faisant le chemin qui le sépare de l'entrée de l'immeuble, il se dit qu'il aurait quand même préféré quelque chose de plus sobre, les grosses fleurs roses imprimées sur la toile transparente ne lui conviennent pas du tout.

— Bonjour. Je voudrais parler à Monsieur Antonines Makis, dit-il à l'hôtesse qui scrute les visiteurs dès leur entrée.

— Bonjour Monsieur. C'est de la part de qui ?, chuchote la toute jeune fille dont seule la frimousse dépasse à peine le haut de la monumentale banque d'accueil.

Aïe ! Si je m'annonce au nom de Svelnia, je déclenche illico les sirènes d'alarme et je me retrouve nez-à-nez avec le gugusse qui m'avait fait ouvrir mon sac il y a deux ans !

— Mon nom ne lui dira rien, je suis le représentant de la Microsoft Company.

La mignonne est trop jeune pour être là depuis longtemps et se souvenir de moi.

— Puis-je avoir une pièce d'identité ?

Eugenio fournit sa carte d'identité qui montre qu'il est Italien, ce qui peut aller avec le « représentant de la Microsoft Company ». La demoiselle compose un numéro de téléphone, puis annonce la visite d'une manière étrange. Bien qu'il ne comprenne pas le Grec, Eugenio trouve que la formulation est un peu longue. Quand, au bout de quelques secondes, il voit la stupeur s'emparer du ravissant minois, il comprend tout de suite que l'appel n'est pas destiné au responsable informatique mais à quelqu'un extrêmement surpris de le savoir encore vivant.

— Je vous prie de patienter, dit-elle en lui désignant les fauteuils d'attente, nous allons venir vous chercher.

Ben voyons ! Je vais attendre que Faustino déboule avec une escouade pour venir me féliciter d'être un nageur exceptionnel, capable de flotter avec un poids de 50 kg aux pieds.

— Où sont les toilettes, je vous prie, réagit immédiatement Eugenio.

Il n'a que quelques secondes pour organiser sa défense, mais ses dernières aventures helléniques lui ont conféré une vivacité d'esprit à toute épreuve.

L'arnaque enchantée (suite)

17 — *Jeux dangereux*

Caché derrière la porte des toilettes pour dames, laissée ouverte, Eugenio perçoit un bruit de pas se rapprocher vivement mais trop indistinctement pour deviner le nombre de personnes qui le cherchent. Puis il entend quelqu'un ouvrir la porte des toilettes pour homme. C'était bien le but de sa petite mise en scène, égarer ses poursuivants dans un premier temps, ça lui permet de savoir qu'ils sont trois. Dans l'instant qui suit, croyant avoir compris son stratagème, un des poursuivants va pour se précipiter dans les toilettes des dames, révolver à silencieux au poing. Il commet l'erreur attendue par Eugenio qui lui balance si violemment la porte dans le nez que l'homme s'écroule assommé. Quand il se réveillera en s'apercevant que son nez lui est un peu rentré dans la figure, il sera trop tard pour regretter son orientation professionnelle. Eugenio n'attend pas pour enchaîner le coup suivant. Le deuxième poursuivant qui pénètre dans les toilettes, également armé d'un révolver, se voit attrapé par le col. Les deux mains d'Eugenio tirent l'homme vers l'avant, décuplant son élan initial, et le projettent tête la première dans la lunette du WC. Comme celle-ci est rabattue, elle se brise et l'on entend un « tonk ! », indiquant très nettement la rencontre du crâne avec la faïence de la cuvette. Il valait mieux qu'Ariana n'ait pas pu assister à cette scène, car si le premier sbire lui est inconnu, le deuxième est son amant répudié de fraîche date, Phileas. Le pauvre garçon n'a encore jamais participé à un pugilat, c'est plutôt une tête pensante dans la sphère de Faustino. Son baptême est cruel. Le voir ainsi, à genoux devant une cuvette de WC, les bras ballants de chaque côté et la tête enfoncée, on pourrait croire à un homme lamentablement ivre-mort, en train d'expier ses abus. Or, s'il n'est pas ivre du tout, il est bien à demi-mort et Ariana aurait pu en être émue. Quand on voit les scènes de bagarre dans les films d'action, on trouve presque naturel que les protagonistes puissent échanger des coups violents, sans discontinuer, pendant plusieurs minutes. On ne devrait pourtant pas perdre de vue que c'est du cinéma, avec des cascades réglées au millimètre, car dans la vraie vie, comme ici, un seul coup peut suffire pour occire définitivement un combattant. Le choc frontal avec un mur à la vitesse d'un marcheur à pied, est déjà extrêmement douloureux, alors s'il y va en courant, il ne faut pas s'étonner de le retrouver *ad patres*. Phileas s'en tirera de peu, avec une belle fracture du crâne et lui aussi regrettera sa reconversion professionnelle. Il gagnait chichement sa vie quand il était comptable mais ses contacts avec les cuvettes de WC étaient beaucoup moins cérébraux.

Faustino entre alors, sans se précipiter, les yeux comme des soucoupes, ne parvenant pas à croire qu'Eugenio est toujours vivant. Sans se soucier le moins du monde de ses deux compagnons étendus devant lui, il scrute celui qu'il a fait plonger dans la mer Égée avec un bloc de fonte aux pieds, lié par une cordelette jaune.

La cordelette jaune !

— Tu as eu beaucoup de chance que la cordelette ait rompu avant l'heure, mais pourquoi être venu te jeter dans la gueule du loup ?, demande-t-il en tapotant une matraque dans la paume de sa main.

Incapable de concevoir sa libération par une tierce personne, une femme de surcroît, Faustino est persuadé que c'est une rupture prématurée de la corde qui est à l'origine de la survie de son ennemi. Eugenio n'est pas impressionné par la matraque, il quitte sa veste qu'il bouchonne autour de son bras.

— Tu ne réfléchis pas assez Faustino. Tu commets deux erreurs en même temps. La première c'est que la corde n'y est pour rien dans mon sauvetage. La deuxième c'est que c'est toi qui viens de te jeter dans la gueule du loup.

D'un bond, il s'élance alors sur Faustino, le bras entouré de sa veste en avant, comme pour le frapper. Le bandit croyant avoir prévu le coup, leurré par le tire-bouchonnage de la veste, brandit sa matraque pour détourner le bras menaçant et blesser son adversaire. Mais Eugenio a parfaitement anticipé la manœuvre et au moment où la matraque va s'abattre sur lui, il se détourne d'un quart de tour, propulsant son autre bras vers le visage de Faustino. Il échappe au coup de matraque mais Faustino écope d'un poing bien noueux juste entre la pommette et l'arcade sourcilière. Le choc le fait reculer, le sang coule aussitôt, mais il se reprend. Il tente de bondir sur Eugenio, la matraque en l'air pour l'assommer. Le berger de Moncalieri attrape alors le haut de la porte de ses deux mains, se soulève et projette ses pieds dans le ventre du matraqueur. Comme il l'avait déjà constaté, Faustino souffre d'un régime trop gras, son ventre manque de fermeté, son diaphragme encaisse très mal la paire de taille 44 qui lui est assénée. Faustino a le souffle coupé net et Eugenio en profite pour récupérer une des deux armes à feu laissées vacantes par les gisants. Il ne lui faut qu'une seconde ensuite, pour trouver les menottes dans la poche arrière de Faustino (la présence de cet ustensile fétiche sur El Major ne faisait aucun doute dans son esprit). Il se menotte une main et passe l'autre boucle au poignet de Faustino. Il récupère aussi la clé des bracelets qu'il met dans sa poche. Puis, il reprend sa veste qu'il enroule autour de sa main libre tenant le révolver, masquant ainsi son arme.

— Redresse-toi Angelino, tu viens de m'arrêter et tu vas me conduire au Commissariat, chuchote-t-il à l'oreille du gorille encore plié en deux.

— Mais, je…

— Si, si si ! J'insiste pour que justice soit faite. Allez, on fait comme d'habitude, dit Eugenio en faisant jouer le bout du silencieux dans l'estomac fortement endolori de

Faustino.

El Major regarde Eugenio incrédule, le visage encore crispé par la douleur.

— Et quand on va passer devant l'hôtesse, tu lui dis que tu vas faire une course et que tu reviens aussitôt. Elle est jeune mais je suis certain qu'elle ne sera pas étonnée.

Effectivement, la jeune fille en fleur ayant vu débouler les trois lascars vers les toilettes et entendu leur ramdam, trouve parfaitement logique de voir Eugenio, l'air accablé, menotté par le chef des vigiles de l'entreprise et emmené chez les flics. Tout au plus marque-t-elle un écarquillement de ses yeux ravissants en voyant la blessure à l'arcade de Faustino. Elle songe un instant à sortir la trousse de premier secours qui se trouve non loin dans un placard, mais c'est déjà trop tard, les deux hommes ont franchi le sas d'entrée.

— Prends le volant, j'ai les deux mains occupées, fait Eugenio en montant côté passager, à la suite de Faustino dans la voiture.

Puis il prend la clé des menottes et se déverrouille le poignet entravé, laissant pendre les bracelets au bras de Faustino.

— Où m'emmènes-tu ?

— Décidément ce doit être une manie chez les Grecs. Démarre et prend la première à droite.

Arrivé à destination, Eugenio boucle à nouveau les menottes à Faustino, les mains derrière le dos. Il est accueilli par Ariana.

— Ce n'est pas Antonines Makis, mais vous ne perdez pas au change. Je vous présente Angelino Faustino, dit El Major, annonce Eugenio enthousiaste.

Ariana observe le célèbre Faustino qu'elle ne connaît que de réputation.

— C'est vous qui lui avez fait ça ?, dit-elle en remarquant l'arcade blessée.

— Oui mais rassurez-vous, ma main n'a rien, répond ironiquement Eugenio.

Avant de l'introduire dans la « salle du Conseil » où tout le monde est dans l'attente, Ariana emmène le blessé dans une salle de bain pour arranger son arcade. Après un nettoyage au désinfectant, un joli pansement compressif est appliqué sur la blessure.

— Qui êtes-vous ?, demande Faustino.

— Ariana Cerapoulos, la veuve.

— Il est mort ?

— C'est tout récent, AVC, répond sèchement Ariana.

— Mais pourquoi …

— Tut, tut, tut ! Vous êtes dans sa dernière résidence. Vous allez voir, c'est coquet.

Précédé par Eugenio et suivi par Ariana, Faustino pénètre dans l'auditorium et découvre la présence de Svelnia. Il se retourne vers Eugenio resté sur le pas de la porte.

— Je sens que tu vas encore dire une bêtise, alors je t'arrête tout de suite. Ce n'est pas moi qui ai invité ta fiancée ici. Son amenée a été réalisée sous la responsabilité du Conseil arbitral de l'Ordre des Armateurs que tu vois là. Mais je laisse la Présidente te faire le topo, moi je file me changer car je ne supporte pas de garder les vêtements dans lesquels j'ai fait du sport.

Faustino en reste bouche ouverte, il se tourne maintenant vers ces femmes qui le toisent comme il ne l'a plus été depuis son enfance et cela le rend très mal à l'aise. Ajouté à son œil poché et surtout à ses côtes, dont quelques-unes doivent être fêlées, El Major est vraiment mal en point. Svelnia, voyant son protecteur dans un état si piteux, elle qui rêvait d'être sauvée par lui, accuse le coup. Si fière et droite jusque-là, on la voit se recroqueviller comme une petite fille prise la main dans la boîte à gâteaux. Ariana rappelle alors le chef d'inculpation et présente le Conseil.

Mais Faustino n'a pas passé pour rien sa vie en forfanteries, tripatouillages, mensonges et tricheries. Les menottes qu'il porte ont un défaut, ou plus exactement une fonction supplémentaire. Une pression particulière sur la charnière des anneaux permet leur déverrouillage, il suffit d'avoir les doigts un peu agiles. Or Faustino est encore trop jeune pour être menacé par une arthrose et pendant que l'attention de l'assemblée est captée par les paroles d'Ariana, ses doigts s'activent avec application sur ses bracelets. Quand le deuxième est ouvert, il se rue sur Alex, placé derrière lui, et lui décroche une série de ramponneaux qui laissent l'infortuné jeune homme tout ébaubi. Il s'y attendait si peu qu'il s'éteint comme une chandelle, sans dégager de fumeroles toutefois. Aussitôt, Ahmed Rheddin, jusque-là paisiblement assis à l'écart, se met debout dans l'idée d'aller prêter main forte au révolté, non pas qu'ils soient particulièrement copains, mais simplement parce que l'ennemi de ses ennemis est forcément son ami. Cependant, les cinq ex-épouses ne restent pas les bras ballants. Mues par un instinct familial archaïque mais très présent chez les Cerapoulos, elles font corps et encerclent Faustino. Sur leurs visages, on lit une détermination farouche, certaines qu'elles sont de faire plier le rebelle déjà amoché. On assiste alors à une réaction surprenante chez Faustino. Surprenante pour qui ne connaît pas son histoire d'enfant maltraité par sa mère. Le combattant s'est arrêté net dans son élan et observe une à une les cinq femmes qui l'entourent. Son visage est pâle comme une féta sans sel, ses jambes se mettent imperceptiblement à trembler, il est tétanisé. Il se sent pris en faute par ces femmes qui lui font remonter en mémoire le cauchemar de sa mère se préparant à le bourrer de coups. Quand de telles situations se sont présentées plus tard, dans sa vie d'adulte, il avait acquis une assurance suffisante pour y faire face. Mais là, elles sont cinq !

C'est Eudoxia, la fine mouche, qui comprend la première ce qui se passe dans la tête du garde du corps, qui protège si mal le sien propre.

— Savez-vous ce qu'il vous en coûterait de porter la main sur des femmes, Angelino Faustino ?, dit-elle d'une voix forte, ayant deviné qu'il faut imiter une mère courroucée.

La peur panique qui a gagné Faustino ne parvient pas à lui laisser dire quoi que ce soit. C'est Kleoniki, la revêche qui ne peut s'empêcher d'enchaîner sur une pique.

— Qu'il essaie seulement, pour voir, fait-elle sans desserrer les dents.

Des cinq femmes qui le scrutent, c'est elle, Kleoniki, qui a l'air la plus féroce. Mais elle ne se force même pas, la méchanceté est une seconde nature chez elle, pour ne pas dire la première. Erina en revanche, doit faire de gros efforts pour surmonter son inexpressivité habituelle, elle imite les mimiques des quatre autres en espérant qu'on ne verra pas le faux-semblant dans le nombre.

Par chance, Eugenio revient à ce moment.

— Il s'est libéré de ses menottes et a assommé Alex, lui dit Ariana

— Libéré de ses menottes ?, reprend Eugenio interdit.

Il se saisit de l'objet et, l'inspectant avec le plus grand soin, découvre le petit mécanisme libérateur.

— Oh, oh ! Mais c'est un malin ce filou-là. Alex, pouvez-vous allez chercher du sparadrap ou de l'adhésif ?

— Dans ma salle de bain Alex, fait Ariana au garçon qui se remet à peine de son initiation au punching-ball.

Dès le revirement de la situation provoqué par l'initiative du groupe féminin, Ahmed Rheddin s'était interrompu dans son élan pour aider Faustino. Mais à l'entrée d'Eugenio, dont il a bien saisi toute l'envergure, il se rassoit sans faire de bruit, courageux mais pas téméraire en somme. Quand Alex revient, Eugenio repasse les menottes à Faustino et lui scotche les doigts. À voir la manœuvre on pourrait presque croire que Faustino aide Eugenio à l'entraver tant il est soulagé d'échapper aux foudres de ces femmes aux figures d'horribles marâtres. Svelnia qui assiste impuissante à toute cette pantalonnade en est effondrée. Jamais elle n'aurait pu soupçonner que le malabar qu'elle a choisi pour la protection de sa personne, se montre aussi pitoyable.

Plus jamais tu ne te glisseras sous mes draps, Faustino, j'en fais le serment.

Sa déception est d'autant plus marquée que c'est son premier échec depuis qu'elle a quitté sa Roumanie natale pour prendre pied en Grèce. Elle se sent trahie par le seul homme en qui elle avait pu croire. Il avait toute sa confiance, il était le seul à qui elle accordait ses faveurs et quelles faveurs ! Faustino a un penchant pour les vêtements de petite fille. Ce n'est pas par goût morbide pour les nubiles, c'est seulement le déguisement qui l'attire. C'est pour lui une façon d'exorciser la terreur que lui inspirait sa mère. Peut-être aussi se fabrique-t-il une petite sœur qu'il n'a jamais eue ? Il adore que Svelnia se travestisse pour lui avec une jupe plissée, des socquettes blanches, des escarpins sans talon et des couettes. Pour le reste, l'expérience que procure la maturité chez les femmes fait entièrement son affaire. Svelnia se prêtait souvent à ces jeux anodins pour elle, sans comprendre la complexité de leurs ressorts, car évidemment, il ne s'est jamais épanché sur son enfance, ni à elle, ni à personne d'autre, pas même à son père. C'est sans doute une circonstance atténuante dans le délaissement qu'il lui a infligé par la suite.

Mais le spectacle qu'il vient d'offrir à Svelnia, a brutalement rompu le charme. Quand elle apprendra plus tard, qu'ils étaient à trois contre un dans les toilettes du hall d'accueil de la Svelnia Shipping Company, elle rougira de honte à l'idée de s'être autant leurrée.

Quand tout est rentré dans l'ordre, le procès reprend son cours. On interroge Faustino pour la défense de Svelnia mais il est aussi sec que le temps qu'il fait maintenant dehors. L'orage a lavé le ciel de tout soupçon de nuages et il fait dorénavant frais, comme si les foudres du ciel avaient sonné la fin de l'été. Dans l'auditorium sans fenêtre, on ne sait pas encore que la saison vient de basculer. Un observateur très attentif pourrait remarquer cependant que le murmure de la climatisation a cessé. Mais l'ambiance qui règne dans ce « tribunal » rocambolesque a également basculé dans une autre atmosphère. Alex se remet bien de son assaut par le gorille déchaîné, il n'a heureusement pas été blessé. Mais il reste malgré tout avec l'impression d'avoir été pris pour le jouet un peu trop facile d'une histoire qui n'est pas la sienne ; son contrat avec Kassandra a été largement dévoyé. Eugenio s'est assis au fond de la salle, non loin d'Ahmed Rheddin qui savoure sa joie intérieure d'avoir choisi la neutralité. Pour un peu, il se sentirait presque dans le camp des vainqueurs car le revirement de Svelnia ne lui a pas échappé. Dans sa pauvre tête d'obsédé sexuel, sa convoitise pour la belle Svelnia est en train de devenir démesurée. Cette femme inaccessible qui se retrouve sans protecteur, le fait fantasmer. Du côté des femmes, on a repris place sur les chaises des juges avec des mines revigorées. La confrontation avec le mastodonte ayant tourné à une infantilisation risible leur a procuré une joie intérieure à peine dissimulée.

Placé devant l'inutilité du témoignage de Faustino, le Conseil décide de mettre en délibéré. Svelnia est reconduite dans sa chambre geôlière. Entre deux portes, Ariana et Eugenio ont opté pour une libération de Faustino sous condition qu'Ahmed Rheddin le conduise à la police aux fins d'être interrogé sur le meurtre de Maximo. L'inspecteur, jusque-là en désamour avec son administration, y voit un moyen de redorer son blason. Les dames étant occupées à décider du sort de l'inculpée, Eugenio se retrouve avec Alex dans le salon.

— Alex, que faites-vous dans la vie à part le service de Madame Kassandra et subir les ruades de Faustino, s'enquiert-il bon enfant.

— Je suis doctorant en psychosociologie, répond le jeune homme non sans fierté.

— Diable ! Mais c'est tout un programme ça ! Quel est le sujet de votre thèse ?

— La rémanence des caractères de l'Homme à travers les âges et les civilisations.

Eugenio reste sans voix devant ce frêle garçon qui se révèle à lui. Il sait qu'il est l'amant occasionnel d'Ariana et se demande si leurs confidences ont pu porter sur cet aspect très sérieux de sa personnalité. Piqué de curiosité, il tente sa chance.

— Oh, oh ! Quel beau sujet ! Avez-vous eu l'occasion d'en parler avec notre hôtesse ?

— Bien sûr, mais je n'ai pas le sentiment qu'elle y a porté une grande attention, contrairement à sa mère.

— Tiens donc. Expliquez-moi-ça !

— Je soutiens que le signe le plus parlant de la dimension

morale d'une femme, se lit sur son maquillage. Il varie du plus vulgaire, celui de la femme au maquillage outrancier, au plus pur, celui de l'intellectuelle qui ne se maquille pas. Mais ce qui est fascinant à mes yeux, c'est l'entre-deux, celui que porte la très grande majorité des femmes ordinaires et qui ne se dément pas à travers les âges. Parmi celles-ci, il en est qui cultivent un maquillage ultra léger que l'on perçoit à peine. Ces femmes sont les plus équilibrées et les plus charmantes à mon sens et il est remarquable de les trouver dans les grandes figures célèbres pour leur talent ou leur génie. Je pourrais citer comme exemples Simone Weil, Marie Curie, Michèle Obama, Jane Fonda ou Joan Baez.

Immédiatement, Eugenio revoit Cecilia, son trait noir si fin autour de ses yeux noisette, son rouge à lèvres dans le ton exact de ses lèvres, et son fond de teint sans couleur visible mais qui rend juste l'éclat de la peau du visage. Il a envie de la rajouter à la liste prestigieuse qu'il vient d'entendre mais n'en fait rien de vive voix, par réserve, pour préserver le secret de son attirance indicible.

— Bravo ! Impressionnant ! Et dans quelle catégorie placez-vous Ariana ?

Alex ne répond pas immédiatement, il semble chercher ses mots quand la porte du salon s'ouvre vivement sur les cinq femmes.

— Nous avons statué, pépient-elles toutes ensembles.

L'arnaque enchantée (suite)

18 — *Le verdict*

C'est Ariana qui explique la sentence décidée pour Svelnia.

— Nous n'avons pas retenu sa culpabilité dans la faillite de la Compagnie maritime Cerapoulos, nous sommes convaincues que c'est bien Nestor seul qui est à l'origine de cette spéculation trop dangereuse – il commençait à se faire vieux et son flair légendaire était émoussé –. Mais qui pouvait prévoir le « dieselgate » aux États-Unis ?[15] En revanche nous l'avons condamnée à vous payer dix millions d'euros en réparation du préjudice moral. Pour ce qui est du crime de Faustino, la justice régulière s'en occupera, il est actuellement en garde à vue.

Eugenio reçoit ces informations avec circonspection. Évidemment, l'indemnité qui lui échoit le satisfait mais il se demande quelle contrepartie Ariana va lui réclamer. Son penchant secret pour Cecilia lui ôte toute envie de jouer les gigolos avec cette cougar.

— Comment va se passer la transaction ?

— Madame Kakapov vous attend dans la chambre d'amis pour régler cette affaire. Elle dispose d'un ordinateur et d'une connexion que j'activerai dès que vous…

À ce moment, on entend des bruits sourds et des appels au secours à l'étage. Cela vient de la chambre de Svelnia, Eugenio se précipite. Quand il arrive à la porte, celle-ci est fermée mais

---

[15] PM : Nestor Cerapoulos avait investi une somme colossale dans le cérium, terre rare utilisée dans les pots catalytiques des moteurs diesel, dont le cours s'est effondré dès la révélation du scandale Volkswagen ; ce constructeur avait intégré dans ses voitures diesel, un logiciel qui truquait les valeurs d'émission de CO_2 lors des contrôles techniques.

les cris continuent.

— Non, non ! Salaud, ordure… Non, non… Au secours, au secours !

* * *

Ahmed Rheddin arrive au Commissariat avec son encombrant colis et demande à parler au Commissaire Leonis.

— Je sais que je suis suspendu mais je n'ai pas pu résister à vous faire une commission de la part de Madame veuve Cerapoulos. Vous souvenez-vous du Capitaine Maximo, celui du Val-Jus, ce minéralier qui a coulé au large du Sri-Lanka. Nous étions sans nouvelle de ce Capitaine et pour cause. Voici son assassin, annonce fièrement Ahmed au Commissaire franchement surpris.

Connaissant son lascar, Leonis a un gros doute sur la véracité de son histoire, d'autant qu'il n'a jamais entendu parler de la veuve Cerapoulos. Voyant l'incrédulité prendre place dans la tête de son Commissaire et craignant d'aggraver son cas, Ahmed s'empresse de poursuivre :

— Nous avons un témoin direct en la personne d'un certain Eugenio Trevissolo, Italien de son état et qui a assisté au meurtre en France en Juillet 2017 ; il pourra même nous indiquer où se trouve le corps.

La lanterne de Leonis s'allume d'un coup, ce qui se voit nettement dans son œil droit. Le criminel est placé en garde à vue. Il va rejoindre un studio que nous connaissons bien : la cellule de dégrisement, au fond d'un couloir, sans fenêtre et avec des WC à la turque. Par chance pour Faustino, il est le seul locataire, excepté les cafards et araignées qui prolifèrent avec délice des régurgitations laissées par les avinés de passage.

Après s'être acquitté de sa mission et alors que personne ne l'attend, Ahmed Rheddin décide de revenir à la villa de Kifissia. Il a un compte à régler avec la belle prisonnière qui lui a montré une résistance inattendue en maltraitant ses gonades, point focal de toute son identité, faut-il le rappeler. Il se faufile comme un voleur et parvient sans se faire remarquer, à pénétrer dans la chambre de Svelnia qu'il trouve en train de feuilleter une revue musicale. C'est sans aucun intérêt pour elle, mais il faut bien passer le temps en attendant d'effectuer le paiement de son amende.

Elle est saisie de peur en découvrant toute la concupiscence qui se lit si bien dans le regard d'Ahmed Rheddin, d'autant qu'elle s'attendait à une autre visite.

— Mon témoignage vous a permis d'échapper au principal chef d'inculpation, j'estime que ça mérite un bonus en sus de mes « honoraires », annonce-t-il avec un sourire sadique qui lui déforme le visage.

Svelnia est désarmée. Le coup du genou par surprise dans les joyeuses, n'est pas une arme à répétition sans fin.

— Je vous interdis de me toucher, déclame-t-elle effrayée, craignant le pire.

La peur n'évite hélas pas le danger et le pire ne côtoie pas toujours le meilleur. Ahmed se jette sur elle et la fait s'écrouler à plat dos sur le lit. Un combat s'engage alors contre les habits de Svelnia qui deviennent rapidement des chiffons déchirés. Son chemisier n'a plus de bouton, son soutien-gorge à moitié défait laisse voir un sein, sa jupe est remontée à la ceinture, son collant déchiré, sa culotte écartée. Mais la difficulté pour Ahmed n'est pas dans le déshabillage forcé de sa proie, mais dans le sien propre. Il ne parvient pas d'une seule main à ôter son pantalon. Il entreprend alors de lui asséner une série de gifles dans l'espoir de la réduire à l'impuissance. Quand il parvient enfin à libérer son membre tendu, il ne lui reste plus qu'à lui écarter les cuisses pour s'enfoncer en elle.

* * *

La porte cède sous les coups de pieds d'Eugenio. Il a déjà compris ce qui se passe et se rue sur Ahmed. Le violeur est si excité qu'il ne s'interrompt même pas dans son ignominieuse besogne. Eugenio lui accroche ses deux mains sur les épaules et le tire violemment vers l'arrière. Debout face à lui, Ahmed a les chevilles entravées par son pantalon ; son sexe dressé parait une incongruité pitoyable dans cette humiliante posture. Eugenio s'en empare alors et le tord sans pitié. Ahmed hurle sous la douleur de son organe plié en deux, il tombe à genoux. Eugenio n'a même pas eu besoin de le frapper pour le réduire à néant. Il regarde Svelnia à moitié nue sur le lit, les mains en vaine protection contre ses attributs intimes.

— J'ai cassé son jouet. Il va mettre longtemps à pouvoir s'en resservir.

Svelnia ne dit rien. Elle se lève et pour cacher son humiliation, s'enveloppe du couvre-lit et se dirige vers la salle de bain. Sa douche dure longtemps. Ariana, qui est arrivée à la suite d'Eugenio, va chercher une tenue complète qu'elle met à la disposition de Svelnia.

— Alex, même si ce n'est pas le jour de passage de la benne, il y a ici un encombrant à mettre à la poubelle. Pouvez-vous vous en charger ?, demande Eugenio à l'adresse du jeune homme resté sur le pas de la porte.

Quelques temps plus tard, l'indésirable Rheddin ayant débarrassé le plancher et Svelnia s'étant recomposée une frimousse de Lady, Eugenio fait son entrée pour réaliser la transaction à l'issue de laquelle Madame Kakapov pourra de nouveau vaquer aux destinées de la Svelnia Shipping Company et jouir de toute sa liberté.

— Vu ce que je dois vous verser, vous me permettrez de m'abstenir de remerciements pour votre intervention, lui envoie-t-elle en guise de préambule.

Eugenio encaisse cette gracieuseté sans rien dire. La tenue fournie par Ariana lui va à ravir. C'est un ensemble pull beige et pantalon gris, agrémenté d'un boléro aux passementeries compliquées et chatoyantes. Pour qui connaît un peu les deux femmes, il est saisissant de constater une telle interchangeabilité dans l'élégance. Elles sont pourtant bien différentes, voire diamétralement opposées. Mais Eugenio ne fait aucun commentaire, conscient du jeu trompeur des apparences. Et puis, l'entrée en matière de Svelnia ne l'invite pas à se lancer dans la courtoisie.

L'opération se déroule aussi normalement qu'Eugenio peut en juger. Ils sont côte-à-côte devant l'ordinateur afin que chaque option choisie par Svelnia dans les pages de son site bancaire, soit vue et comprise par Eugenio. Au passage, il découvre le solde bancaire du compte personnel de la patronne.

Effectivement, l'amende est proportionnée aux moyens de l'inculpée. Elle pourra encore aller faire ses courses en sortant d'ici.

— C'est un compte-dépôt, il faudra attendre cinq jours que l'argent arrive sur votre compte, explique Svelnia.

Cela ne fait pas l'affaire d'Eugenio qui comptait bien consulter son solde pour confirmer la transaction avant de libérer la prisonnière.

— Et quelle garantie puis-je avoir contre une annulation de l'ordre de votre part d'ici cinq jours ?

— Aucune, répond Svelnia sans s'embarrasser

d'explications et encore moins de promesses.

— Dans ce cas, je pourrais décider de vous garder ici jusqu'au constat de bon déroulement de l'opération, mais j'ai une meilleure idée, annonce le créditeur en sursis avec un léger sourire satisfait que Svelnia prend comme une menace.

— Ah oui ?, fait-elle sur la défensive.

— Donnez-moi vos clés, ordonne-t-il péremptoire.

— Mes clés ? Quelles clés ?

— Les clés de votre appartement. Je vais m'installer chez vous en attendant que vous teniez votre promesse.

— Mais il n'en est pas question, s'insurge Svelnia.

— Si, si ! Votre appartement devient la caution de notre arrangement. Mais rassurez-vous, vous n'avez à craindre aucune « rhedinnerie » de ma part.

Svelnia l'observe avec méfiance. Elle se souvient parfaitement de l'impression qu'elle lui avait faite deux ans plus tôt et peine à croire à une asthénie subite de la part de ce jeune homme. Placée devant l'incertitude – elle a aussi été étonnée par son changement physique et même mental –, elle se résout et lui confie les clés de son appartement. Ironie du sort, ce sont celles de Faustino qu'elle lui remet, ayant exigé qu'il les lui rende juste avant son départ chez les flics avec Rheddin. Cette scène n'avait pas échappé à Eugenio, ni le regard méprisant de la fière Svelnia à ce moment, ni celui honteux de son garde du corps. Il avait trouvé cela si cocasse que l'idée d'une caution immobilière avait germé dans son esprit à ce moment.

Cet arrangement un peu forcé est aussi un bon moyen pour Eugenio de mettre un peu de distance avec Ariana. Quand il lui explique la nécessité de s'assurer du virement et le moyen qu'il a trouvé pour y parvenir, Ariana fait une moue qui lui confirme que ses intentions n'étaient pas pures.

> — Je reviendrai vous saluer avant mon départ pour l'Italie, c'est promis et je sais qu'Alex sera ravi de vous tenir compagnie. C'est un garçon qui mérite votre attention. Il est plein de certaines théories très amusantes sur les femmes, demandez-les lui, vous verrez, dit-il en se dirigeant vers le taxi qui attend à la porte.

Juste après son départ, toutes les ex de Nestor se congratulent sans modération et s'en retournent chez elles. À voir leur frou-frou et à entendre le frémissement de leurs jupes dans le vestibule, on a l'impression d'assister à un envol de passereaux pour une migration vers des terres ancestrales. Elles vont rejoindre des pénates où des bonnes copines les attendent pour piailler sur leur escapade.

Le taxi dépose Svelnia à son domicile pour qu'elle récupère son coupé Mercedes et se rende à son entreprise et Eugenio à son hôtel. Il s'agit de régler sa note et de trouver une nouvelle voiture pour remplacer l'épave en cours de lente désintégration dans le ravin d'un col touristique. Quand il arrive à l'accueil pour demander ses clés, le réceptionniste n'a même pas l'air surpris de le voir alors qu'il a été absent plusieurs jours. Il semble même ne pas le reconnaître, c'est pourtant celui qui l'a accueilli la première fois. À croire qu'avec sa mine de vieux barbon, plus rien ne peut l'étonner.

Un mauvais point pour la personnalisation de l'accueil.

Une fois toutes les formalités réglées, il se rend chez Svelnia, animé par une curiosité enfantine de découvrir le repère intime de la responsable de tant de désagrément. Il s'amuse à l'idée qu'il est en train de finir son périple par là où il aurait dû le commencer. Mais cette inversion du scénario est le fait d'un diable de Tasmanie. Il est bien obligé de reconnaître que Faustino lui a donné beaucoup de fil à retordre. Quel délice d'avoir le champ libre maintenant et bientôt un compte en banque garni à souhait.

Il va y avoir du changement dans la bergerie de Moncalieri !

Quand il pénètre dans le parking souterrain, il ne trouve que des places numérotées. Qu'à cela ne tienne, il se gare à la place de Svelnia.

Ça lui fera un beau sujet de conversation quand elle rentrera !

L'appartement qu'il découvre est étonnant de similitude avec celui qu'il a connu il y a deux ans. La première sensation qu'il reçoit est celle de ce parfum si particulier qui l'avait marqué à l'époque. C'est quelque chose de suave et doux qui ne colle pas du tout à la personnalité brusque de la maîtresse des lieux. Il remarque ensuite les même couleurs rose pâle et crème, les meubles impersonnels, les pastels, la collection de bibelots flashis. Cette fois, il prend le temps de les regarder de plus près et trouve une signature illisible sur chacun d'eux. L'appartement est nettement plus spacieux et des nouveaux meubles l'ont enrichi mais ils restent d'un style passe-partout. Sur une étagère, il retrouve le livre français qu'elle lui avait indiqué. Machinalement, il le feuillette, à la recherche de la page restée en suspens. Curieusement, il s'agit d'un polar anglais, de Phyllis Dorothy James, datant des années 80. Alors qu'il peine à retrouver la page en cours de lecture deux ans plus tôt, il songe à cette femme déroutante. Elle manque de classe dans son intérieur et pourtant, elle ne manque pas d'une féminité exquise et d'un gout très sûr pour se vêtir… ou se travestir pense-t-il en se remémorant la femme en rouge dans ce train aux compartiments invitant à l'intimité. D'ailleurs, ce n'est pas la féminité qui manque à l'endroit mais plutôt un style en accord avec sa trempe exceptionnelle. Les statuettes aux formes contemporaines, posées çà et là, présupposent un goût pour l'abstrait qui ne lui correspond pas du tout. De même, la persistance des couleurs pastel d'un appartement à l'autre, dénotent un manque de fantaisie qui ne colle pas avec sa féminité affichée. La bonne éducation d'Eugenio lui évite d'inspecter la garde-robe de la dame mais il aurait eu la confirmation qu'il n'avait pas à faire à une femme négligée ou fade.

La journée se passe ainsi pour lui, plongé dans une lecture attractive quand un déclic dans la serrure de la porte d'entrée signale l'arrivée de la principale occupante du domicile. Elle daigne lui dire « Bonsoir » et file se changer dans sa chambre. Quand elle ressort, elle l'informe qu'elle dîne à l'extérieur et qu'il trouvera bien de quoi se sustenter dans la cuisine.

Évidemment, elle n'est pas ravie de cohabiter avec son créancier et cela peut se comprendre.

L'arnaque enchantée (suite)

19 — *La poudre d'escampette*

— El Major !, Vous ici ? Que se passe-t-il donc ?

L'ancien collègue de Faustino n'en revient pas de voir le redoutable auxiliaire placé en garde à vue, avec un cocard de surcroît.

> — J'ai éliminé un malfaisant Maltais qui représentait une menace pour la sécurité intérieure de la Grèce et voilà où cela me mène, Barnabas. Je suis victime de mon devoir, déclare Faustino. C'est un dénommé Trevissolo, un nouvel ennemi de notre pays, qui m'a dénoncé. Si tu le vois, change de trottoir. C'est un étranger de la pire espèce.

Évidemment, on peut toujours présenter les choses sous un angle favorable. Barnabas est un sans grade et malgré ses vingt ans de service, ce n'est pas un hasard. D'un esprit limité, sans formation (il n'a même pas achevé le premier cycle du secondaire), il est affublé de quelques vices bien connus de sa hiérarchie tels que la paresse ou l'ivrognerie, sans parler de l'abandon de sa femme et de ses enfants l'année dernière. Il n'y a plus guère qu'une seule chose qui le motive : le port de l'uniforme et la vie de caserne. Les paroles lénifiantes de Faustino atteignent leur cible du premier coup, d'autant qu'il lui voue une admiration sans borne pour être sorti du rang avec une telle maestria. Faustino lui demande de se mettre en rapport avec Phileas.

Quand le demeuré arrive à l'appartement de Phileas, il trouve celui-ci affalé dans son canapé, un énorme bandage enserrant sa tête. Phileas lui explique avec difficulté ce qu'il lui est arrivé – le simple fait de bouger la mâchoire pour parler, lui cause des douleurs épouvantables –. Quand Barnabas apprend que c'est Eugenio Trevissolo qui est à l'origine de ce résultat affligeant, il lui faut quelques secondes pour faire le lien avec les bobards de Faustino. Il informe Phileas de la mauvaise posture dans laquelle se trouve son patron.

— Peut-on compter sur toi pour aider notre ami, Barnabas ? questionne Phileas.

— Bien sûr !, répond le fonctionnaire sans envisager les risques que cela pourrait représenter pour son job.

— Parfait ! Tu es un bon citoyen, El Major ne l'oubliera pas. Dis-lui qu'il se tienne prêt. Nous allons le faire sortir de là.

— Mais comment faire ? Il n'y a pas d'autre issue que la salle de garde dans laquelle il y a au moins vingt collègues en permanence.

— Ne t'inquiète pas pour ça, termine Phileas en raccompagnant le messager à la porte.

Le malchanceux en convalescence après son exploration de la cuvette des toilettes des dames, se retrouve avec les os de la tête en peu en vrac, mais ses neurones n'ont pas trop souffert. Il gamberge un plan sophistiqué pour faire évader El Major de sa cellule.

Le soir, à 23 heures, 33 minutes et 44 secondes, un homme manipule un smartphone qui déclenche une retentissante explosion devant le commissariat, provoquant la mise en alerte des policiers d'astreinte à l'intérieur du bâtiment. Une voiture est en flammes, le long du trottoir. En moins de trente secondes, une escouade de militaires, armes au poing et képis vissés sur la tête, se trouvent sur le trottoir quand à ce moment précis, une seconde explosion survient. C'est une voiture de l'autre côté du boulevard.

Exactement simultanément, derrière le bâtiment, un tractopelle vient d'ouvrir une brèche dans le mur en parpaing qui constitue le fond de la cellule de dégrisement. Le bruit de ce fracas se confond si bien avec celui de la deuxième explosion, que personne n'y prend garde. La concomitance de ces deux évènements est parfaite car elle est commandée par une seule et même personne : le conducteur du tractopelle. C'est lui qui tient le smartphone à partir duquel le détonateur a été déclenché, faisant exploser une bouteille de gaz dans le coffre d'une deuxième voiture sacrifiée pour la cause.Un seul élan a suffi pour créer une brèche suffisante à l'exfiltration d'un homme. Dès que le tractopelle recule, Faustino émerge d'un nuage de poussière. Il est pris en charge par un de ses hommes qui l'emmène dans une voiture garée à proximité. Ils sont rejoints par le chauffeur de l'engin de travaux publics. C'est un emprunt d'un chantier voisin que le propriétaire sera ravi de récupérer, si toutefois il est en mesure de fournir un bon alibi quant à son emploi du temps ce soir, aux alentours de 23 h 30. La voiture démarre à une allure normale, inutile de se faire bêtement repérer.

— On vous emmène chez Lucia à Astyros, El Major, dit l'un des occupants.

— Astyros ? Je n'ai pas que des amis là-bas, répond Faustino.

— Elle est prévenue, on vous dépose incognito et on file.

Lucia et Faustino c'est une histoire qui remonte à l'école primaire. En ce temps-là, la famille Faustino vivait encore à Astyros et les enfants fréquentaient l'école du village. Étant donné le jeune âge des écoliers et les faibles moyens de la commune, l'école était mixte. C'est là que Lucia et Angelino se sont connus. Ils n'étaient qu'une petite trentaine de gamins et de gamines à se partager un seul instituteur, qui avait le plus grand mal à gérer cette marmaille qui allait de cinq à dix ans. Heureusement que les travaux des champs accaparaient souvent les plus grands, laissant un peu de temps pour s'occuper des plus petits. L'enseignement était des plus rudimentaires : lire, écrire et compter tenaient lieu de programme de base, auxquels on adjoignait quelques notions sur les choses, l'histoire et la géographie. Si la relation entre Lucia et Angelino ne dépassa jamais le stade de la camaraderie, ils gardèrent un contact plus ou moins distendu mais ne se perdirent jamais de vue.

Lucia connaît le parcours atypique de Faustino et sa position actuelle. Sans en partager les implications scélérates, elle se félicite tout de même de le compter parmi ses relations. Dans ces temps troublés que traverse le pays, il est prudent d'avoir un soutien du bon côté du manche, c'est-à-dire celui qui protège contre les quémandeurs de toute sorte, y compris les fonctionnaires qui sont en charge des règlements fiscaux ou sanitaires. Faustino, lui, n'attend rien d'autre de Lucia que ses fromages et occasionnellement, qu'elle lui offre une planque pour ses amis. Car il n'a jamais songé qu'il pourrait se retrouver un jour concerné personnellement par le besoin de se soustraire un temps aux regards assermentés des policiers ou des juges. Jusque-là, le refuge d'Astyros est mis à profit lorsqu'un os survient dans une expédition. Il arrive qu'un témoin imprévisible, un indice oublié ou une fausse manœuvre, justifient la mise à l'abri d'un des acteurs de basses besognes. Ce camouflage du brigand dure le temps nécessaire avant qu'on puisse lui refaire une identité toute neuve où que l'on trouve le moyen de le rapatrier dans son pays d'origine, lorsqu'il s'agit d'un mercenaire étranger. Il va sans dire que Lucia y trouve son compte, en sus des indemnités pour frais de bouche et d'hébergement.

Quand l'équipée arrive à destination, il fait nuit noire, le village est endormi. La voiture dépose Faustino à l'entrée de la ferme et s'esquive en prenant soin de ne pas faire ronfler le moteur. Faustino connaît bien les lieux, si d'aventure Lucia était absente, il sait qu'il peut trouver un refuge douillet dans la bergerie. Il va tapoter directement le volet de sa chambre. Aussitôt, il voit la lumière s'allumer, puis entend la fenêtre s'ouvrir. Il se fait reconnaître à voix basse

— Entre, la porte est ouverte, répond Lucia en chuchotant

Lucia est étonnée de le voir débarquer en pleine nuit, même si elle a été prévenue. Sa surprise tourne à l'inquiétude quand Faustino lui confirme que c'est lui qu'elle doit cacher. Si c'est le patron lui-même qui est en délicatesse avec les autorités, c'est qu'il n'est plus en mesure de la protéger. En somme, les rôles sont inversés. Faustino lui explique la raison de cette erreur d'aiguillage et là, l'inquiétude de Lucia se transforme en une peur incontrôlable.

— Tu veux dire qu'Eugenio Trevissolo est toujours vivant ?... Alors que tu m'avais assurée que tu t'en débarrasserais ?... Comment est-ce possible ?

— Il a eu beaucoup de chance, c'est certain.

— Mais tu te rends compte que si le village apprend que je l'ai donné, je n'ai plus qu'à faire ma valise et m'émigrer. C'est une catastrophe, dit-elle en proie à la panique.

— Calme-toi, calme toi, il n'y a aucune raison pour que cela se sache et d'ailleurs dans quelques jours, il sera reparti en Italie.

— Comment ça ?

— Il est en passe d'avoir ce qu'il voulait de Svelnia et en plus il me fait passer pour un couillon ! À propos, j'aimerais bien savoir comment ce village a été informé de ma dernière expédition, le comité d'accueil n'était pas prévu au programme ni la présence de mon oncle.

— Le cafetier Vassili a reçu un appel de Cythère pour Trevissolo, c'est ça qui a tout déclenché ici, je pense qu'il doit avoir un ami bien informé là-bas, raconte Lucia, en tout cas ils ont parlé en italien.

— Un ami ? de Cythère ?, fait Faustino avec un œil en soucoupe, l'autre étant encore trop amoché pour s'ouvrir complètement.

Il a beau avoir eu une éducation lacunaire et passer plus de temps à sa culture physique qu'à sa culture générale, Faustino n'en garde pas moins un esprit affuté. Il est particulièrement doué pour comprendre les méandres de la vie de ses contemporains, en particulier lorsque ceux-ci évoluent dans le pervers, l'abject ou l'ignominieux. Il excelle même à monter des scénarios dont la fourberie le dispute à l'imposture. Combien de fois n'a-t-il pas usé de ses anciens galons pour manipuler, extorquer ou corrompre des congénères ? Certains ne sont pas plus honnêtes que lui mais plus polis et moins violents. En côtoyant simultanément la vertu policière et la dépravation des délinquants, il s'est forgé une sorte de maxime qu'on pourrait résumer par : peu importe la cause que tu défends, l'important est d'être le plus fort. L'information qu'il vient d'entendre de la bouche de Lucia tourne à cent à l'heure dans sa tête. Il tombe vite sur une évidence : les seuls Italiens, à Cythère, au courant de son projet à Astyros, sont Armando et Luigi.

Mais pour quelle raison auraient-ils pu me trahir ?

Ne pouvant rien entreprendre à cette heure tardive, Faustino décide d'aller dormir. Lucia l'installe dans une chambre libre à l'extrémité de la maison. Ce n'est pas parce qu'ils ont dépassé l'âge de jouer aux billes, qu'ils doivent sacrifier leur camaraderie d'écoliers par un mélange des corps sans issue. D'ailleurs, tous deux sont trop préoccupés pour penser à autre chose. Le lendemain matin, Faustino envoie Lucia aux nouvelles. Il s'agit de savoir d'où et de qui provenait l'appel reçu par Vassili. Ce n'est pas de gaieté de cœur que la perfide Lucia s'en va s'acquitter de sa mission. Il va lui falloir du doigté pour ne pas éveiller des soupçons. Chemin faisant, elle trouve le bon prétexte.

— Bonjour Vassili.

— Bonjour Lucia, tu es bien matinale, répond le cafetier, un torchon déjà sur l'épaule.

— La traite est terminée et pour une fois je fais une pause. Je voudrais un grand café avec une de tes pâtisseries, demande Lucia avec un sourire enfantin.

Quand Vassili revient avec la commande, elle s'adresse à lui d'une voix confidentielle, profitant qu'ils sont encore seuls dans l'établissement.

— As-tu des nouvelles de cet Italien qui nous a si bien défendu ?

— Aucune, répond Vassili d'un air indifférent, mais s'il revient ici, il sera bien reçu, tu peux me croire.

— Quand je pense que tout ça est parti d'un coup de fil de Cythère…

— Eh oui !

— Mais pourquoi Cythère ? Tu connais du monde là-bas ?

— Personne, jusqu'à ce coup de téléphone… C'est le patron d'un hôtel restaurant à Diakofti qui m'a demandé un certain Trevissolo pour un de ses clients.

— Ah bon ! Délicieux ton feuilleté, répond Lucia en finissant son petit déjeuner.

Quand Faustino apprend le résultat de l'enquête de Lucia, il décide d'appeler ses deux hommes mais se retrouve devant un sérieux problème : les numéros des mobiles d'Armando et de Luigi sont dans la mémoire de son smartphone, lequel est resté dans un tiroir du Commissariat du Pirée.

Qu'à cela ne tienne, ce bon Barnabas va être mis à

contribution. Il appelle Phileas et lui demande de contacter Barnabas pour récupérer son téléphone. Deux heures après, Phileas rappelle Faustino, son mobile en main. Une fois les numéros des vadrouilleurs italiens récupérés, Faustino peut enfin les avoir en ligne, via le téléphone fixe de Lucia. Il apprend qu'ils ne sont pas logés à l'hôtel de Diakofti puisqu'ils sont hébergés chez l'habitant dans une bourgade voisine.

Donc, ce n'est pas eux qui m'ont vendu !

— J'ai une mission pour vous, déclare-t-il.

Quand il raccroche, il a la mine satisfaite.

— Les affaires reprennent Lucia. Je ne vais pas rester longtemps ici. J'ai quelques planques en ville mais je veux m'assurer que les flics les ignorent vraiment. Je vais donc laisser passer quelques jours pour être sûr qu'ils ne viennent pas y mettre leur nez. En attendant, je ne bouge pas d'ici, fais comme si je n'étais pas là.

— Si quelqu'un vient, grimpe dans le grenier, il y a une trappe avec une échelle escamotable au fond du couloir, juste devant la porte de ta chambre.

— Et ton père ?

— Peu importe ce qu'il verra, il ne peut plus parler.

Bien que cette nouvelle ne soit pas joyeuse pour Lucia, Faustino ne peut s'empêcher de répondre par un lapidaire « Tant mieux ! », sans même avoir la délicatesse de se reprendre.

* * *

Après le ramdam dans le Commissariat, tout le monde se retrouve le lendemain matin avec une impression de gueule de bois. Le Commissaire Leonis a tout de suite compris la manœuvre, les explosions par devant étaient une diversion pour faire sortir les hommes d'abord, et masquer la démolition par derrière ensuite. Les voitures qui ont fait les frais de ce gentil son et lumière n'ont même pas été volées ; elles ont été achetées dans une casse et payées par un chèque tiré sur le compte d'Angelino Faustino. Le tractopelle appartient à un loueur de matériel et l'entreprise locataire a vite été mise hors de cause. Toute l'opération a été menée de main de maître, aucune victime n'est à déplorer. Quant aux complices, l'enquête, qui démarre aussitôt, démontrera que tous les amis connus de Faustino ont un alibi. Ce que le Commissaire ne peut pas savoir, c'est que tous les acteurs de cette spectaculaire évasion, ont été choisis parmi les dernières recrues italiennes d'El Major. Et tout comme Armando et Luigi, ils disposent d'une couverture d'étudiants, dûment inscrits dans des universités d'Athènes, même si la plupart le sont en candidats libres, faute du diplôme minimum d'accès à l'enseignement supérieur. Même la suspicion d'une complicité interne est écartée, les enquêteurs sont persuadés qu'elle aurait été inutile.

La première réaction concrète des policiers, est la construction d'un bardage provisoire du mur de la cellule de dégrisement, en attendant la réparation en dur ; elle prendra plusieurs semaines en raison des règles administratives de consultation des entreprises et d'une restriction budgétaire délicate à contourner. Dans ce branle-bas, il n'a pas été bien compliqué pour Barnabas d'opérer un emprunt de quelques heures à l'insu de tous. C'est une chance, car sans cette circonstance favorable on aurait pu craindre que le pauvre homme ait été dépassé par la subtilité de l'opération.

Faustino, pour Leonis, c'est une déconvenue qui s'ajoute aux autres. De retour à son bureau, on trouve le Commissaire assis, les bras croisés sur son sous-main. Aucun dossier n'est ouvert devant lui, il est songeur, l'œil gauche dans le vague le plus profond. Il doit prévenir le Procureur, lancer un mandat d'arrêt, répondre à la presse qui ne va pas manquer de se jeter sur ce scandale : un ancien policier, accusé d'un crime, qui s'évade avec de tels moyens, c'est pain béni pour des journalistes qui pédalent de plus en plus souvent derrière les écervelés des réseaux sociaux. Pour autant il n'est pas accablé car il voit une avancée dans son combat pour l'éradication des malfaisants de la société. D'ennemi personnel, Faustino devient ennemi public et ça, c'est bon pour agir au grand jour et non plus en catimini. Il sait que l'impunité de Faustino vient de tomber et il voit dans cette évasion le tournant décisif qui va lui permettre de mettre un terme définitif à ses mauvaises manières.

En fin de journée, il réunit ses inspecteurs et leur demande de surveiller tous les endroits connus où Faustino est susceptible de se réfugier. Son appartement a déjà été visité et mis sous scellés.

— L'homme est rusé, il a de l'argent et il n'est pas seul. Nous connaissons trois adresses où il pourrait trouver refuge, mais il y en a sûrement d'autres, sans compter les amis qui pourraient l'héberger sans nous en parler.

Les quatre inspecteurs qui l'écoutent ont du mal à soutenir son regard autoritaire. Ils savent que même au sein du commissariat, El Major compte de nombreux sympathisants. La quasi-totalité de ceux de sa génération sont pleins de mansuétude quand on leur parle des travers de leur ancien collègue. Pour eux, comme pour Barnabas, c'est le seul qui soit sorti du rang et ils le voient comme un exemple à suivre et même, comme un profitable débouché dans leur carrière soumise à une austérité salariale exemplaire et promise à une retraite faite de privations. Pas facile de mobiliser les volontés dans ces conditions. Leonis n'ignore pas cette déplorable attitude et pour parer à de mauvaises combines, il constitue toujours des binômes jeunes / anciens dans les équipes qu'il envoie faire la surveillance des endroits stratégiques où

Faustino serait susceptible de vouloir se cacher. L'inconvénient de cette tactique, c'est que ces unions contre nature les rendent facilement repérables, même habillés en civil. Chaque fois qu'on croise un jeune homme en compagnie d'un quadra, on sait immédiatement à qui l'on a à faire.

C'est ainsi que deux jours après l'évasion à coup d'engin de travaux publics, Phileas est en mesure d'informer Faustino des planques qui sont repérées et de celles qui ne le sont pas. Il le met à jour aussi sur le détail de la transaction financière au profit de l'Italien et sur l'occupation du logement de Svelnia par Eugenio, en attendant le bon achèvement du virement de dix millions d'euros.

Il ne faut pas être surpris de la loyauté persistante de Phileas envers El Major. Si c'est bien grâce à ses confidences auprès d'Ariana qu'Eugenio a pu être secouru à temps, il n'en a jamais rien su, de même qu'il n'a rien compris à la désertion subite de son appartement par sa pimpante maîtresse. Sous son air d'homme rangé et propre sur lui, Phileas est l'archétype de ce qu'on appelle trivialement un grand con. C'est pénible à dire, mais aucune autre expression ne lui correspond mieux. Dans l'entourage d'El Major, il fait figure de cadre à manchettes mais quoi de plus naturel, parmi cette équipée de brutes épaisses. *Sic transit gloria mundi*[16] comme disait le moine au nouveau Pape et *Beati monoculi in terra cœcorum*[17], lui répondait le Saint Père.

---

[16] Ainsi passe la gloire du monde.

[17] Les borgnes sont heureux au pays des aveugles.

L'arnaque enchantée (suite)

20 — *Des dangers du tourisme en terre étrangère.*

— Es-tu prête Antia ?

— Juste un petit pipi avant de partir, répond l'épouse de Pietro.

Levés de bonne heure, les Trevissolo ont décidé de faire une excursion à Chora, la capitale de Cythère, qui recèle des ruines datant de près de trois mille ans, une paille. Pour effectuer les trente kilomètres qui les séparent du Sud de l'île, ils ont opté pour le bus. C'est un grand mot pour désigner la camionnette vitrée comportant une quinzaine de sièges, mais à l'image de l'endroit, les transports collectifs sont modestes. Sur place, ils loueront des vélos. Le voyage dure à peine moins de temps qu'en bicyclette en raison des nombreux arrêts de la ligne, mais il leur évite tout de même quelques grimpettes, leurs mollets resteront d'attaque pour arpenter les vieilles pierres.

Arrivés à Chora, ils ont une bonne heure avant d'aller déjeuner, pour découvrir les vestiges d'une civilisation si ancienne qu'elle est largement méconnue. La seule documentation qu'ils ont trouvée dans un kiosque de la gare routière est en anglais. Pour Pietro et Antonella, la traduction est un peu laborieuse et les ruines sont décevantes. Elles sont situées en hauteur et offrent un point de vue appréciable sur le port, mais il ne reste que de vagues mamelons un peu alignés, coincés entre des oliviers sauvages et pris dans des herbes folles totalement desséchées en cette période de l'année.

* * *

Tout à leur tentative de reconstitution imaginaire de ce qui fut sans doute une fortification contre des envahisseurs venus de la mer, ils ne remarquent pas deux silhouettes à une centaine de mètres d'eux. Ils sont pourtant seuls, mais ces deux visiteurs semblent plus préoccupés de se cacher derrière des élévations que de contempler le panorama.

* * *

Finalement, leurs estomacs leur rappellent qu'il est l'heure de passer à table. Ils reviennent en centre-ville et s'installent en terrasse d'un restaurant sur le port. En fait de port, c'est plutôt une baie naturelle, dans laquelle clapote une dizaine de petites embarcations de pêcheurs. Le tourisme à Cythère (c'est l'autre nom de Chora, qui se confond avec celui de l'île) est des plus discrets, surtout vers ce début d'octobre et malgré un soleil qui chatouille encore bien l'épiderme.

Après le déjeuner, ils décident de visiter la cathédrale qui se trouve à deux pas – dans une ville de moins de quatre mille habitants, aux rues si étroites que le double sens de circulation y est impossible, tout est à deux pas –. Quelle surprise de découvrir une bâtisse flambant le ravalement neuf et dont l'architecture typique du XXe siècle n'évoque rien de l'antiquité ! Une fois à l'intérieur, ils sont baignés par les multiples couleurs que diffuse un vitrail qui ne semble pas non plus avoir trop souffert du temps qui passe. L'intérieur de l'église est garni à souhait de mobilier et de petites œuvres en bois précieux, en pierre de marbre, en métal doré ou en verre avec des filaments de couleurs. C'est une profusion d'objets de piété, enveloppés des mystères du rite orthodoxe, dans laquelle se noie leurs regards. Si l'extérieur ne paie pas de mine, l'intérieur vaut le détour, Pietro et Antonella ne se lassent pas et vont de surprises en étonnements.

— Oh, regarde Pietro, un escalier qui descend… C'est éclairé, on y va ? Il doit y avoir une crypte là-dessous, chuchote Antonella.

S'ils avaient poussé un peu la traduction de leur guide, ils auraient su que cette église a été reconstruite sur les ruines d'un véritable monument antique, dévasté par un des nombreux séismes qui s'en prend régulièrement à cette région du monde.

— Mais ce n'est peut-être pas autorisé, répond Pietro.

— Je ne vois rien qui indique que ce soit interdit et puis il n'y a personne. Allez, viens !

Quand ils ont avalé la volée d'une vingtaine de marches et trouvé l'interrupteur, ils se retrouvent dans un endroit étrange, comme une sorte d'église souterraine. Toutes les ouvertures sont murées, il ne reste que les ogives romanes, le sol est dallé et des bancs avec prie-Dieu sont alignés. Immédiatement à la sortie des marches, se trouve un bénitier qui n'est pas sec, signe qui ne trompe pas sur la rémanence de cérémonies religieuses dans cette enceinte. Au fond, sur une surélévation, un autel nu derrière lequel une petite boîte vitrée est posée sur un piédestal.

— On dirait un tabernacle, fait Pietro, pas certain de sa supposition.

En avançant, ils s'aperçoivent de l'existence d'un transept qui offre deux petits renfoncements dépouillés de tout mobilier, hormis une étagère garnie de livres dans l'un d'eux. La seule fausse note du lieu saint est son plafond. Les arches d'origine ont été remplacées par des ourdis en béton, concession moderne inévitable dans une reconstruction à la hâte. Antonella s'approche des livres. Ce sont des missels brochés et par curiosité, elle en choisit un au hasard. Ce n'est pas la lecture qui l'intéresse – il est écrit en alphabet cyrillique, ce qui en soi est un anachronisme qui aurait pu attirer son attention –, mais les illustrations. Il n'y en a pas, elle est déçue. Elle en prend un deuxième, puis un troisième, puis encore et tombe pour finir, sur une enveloppe jaunie, qui se trouvait cachée derrière les livres et portant la mention manuscrite en français : « Pour Pierre Bernac, de la part de F. P. ». Pour une femme comme

Antonella qui fréquente depuis peu un monde dont elle ignorait tout et qui se révèle sous des aspects si pittoresques, cette missive est un comble d'excitation. Elle fait signe à son mari de s'approcher mais sans attendre, elle se saisit de l'enveloppe et, constatant qu'elle n'est pas cachetée, l'ouvre avec une gourmandise de petite fille. Elle en sort quatre feuillets d'une partition musicale entièrement manuscrite qui porte pour titre, en français : « Souvenirs de Cythère ». Interloquée, elle explique à Pietro comment elle a trouvé cette lettre et lui montre ce qu'elle contient.

Le premier réflexe de Pietro est celui d'un homme qui vient malencontreusement d'ouvrir la mauvaise porte d'une chambre d'hôtel et qui se trouve en présence d'un couple en pleine séance amoureuse.

— Antonella, tu es incorrigible ! Nous ne sommes pas chez nous ! Remet tout cela en place et quittons cet endroit.

— Pas question ! Cette lettre est destinée à Pierre Bernac, il faut la faire suivre, répond la curieuse, avec détermination.

Une église n'étant pas un endroit pour entamer une dispute conjugale, Pietro accepte à contrecœur le diktat de sa femme, mais lui demande de laisser la lettre à sa place en attendant de savoir où l'on peut trouver ce Monsieur Bernac. Sitôt sortis, ils se mettent à la recherche de ce qui pourrait être un presbytère et trouvent une habitation mitoyenne à l'église, portant une croix sur le linteau de la porte d'entrée. Antonella frappe à la porte et une vieille femme vient lui ouvrir. Elles n'ont pas un mot d'échange possible entre elles, aussi la vieille femme appelle-t-elle quelqu'un à l'intérieur. Un homme portant une belle barbe blanche se présente. Il possède des rudiments d'italien suffisants pour permettre à ses visiteurs de comprendre que c'est bien un religieux, en charge de cette église. Antonella lui fait signe de le suivre dans l'église et le pope comprend aussitôt qu'il y a quelque chose de particulier à voir, craignant quelque profanation sacrilège. Quand il est devant l'étagère contenant l'enveloppe, son regard trahit son étonnement. Il s'en saisit, chausse ses lunettes, lit l'adresse, ouvre l'enveloppe et en tire les quatre feuillets. Il est si stupéfait qu'il en oublie son italien maigrelet et prononce des mots incompréhensibles pour Pietro et Antonella mais qui semblent être des exclamations. Aussitôt, il fait demi-tour en invitant le couple d'italiens à le suivre. Il entre chez lui, les Trevissolo à sa suite, se dirige vers une pièce où se trouve un piano droit et s'installe pour déchiffrer la partition. Rapidement, on entend les premières mesures d'un air très entraînant. Le prêtre s'interrompt, lance des exclamations à n'en plus finir, répétant souvent les mêmes, levant les bras au ciel. Puis, il examine plus en détails les feuillets qu'il tient en main et soudain, il tend le dernier feuillet sous les yeux d'Antonella et de Pietro et montre du doigt les derniers signes de la partition : « F. P. (1950) ». Ses mains tremblent quand il se dresse précipitamment pour aller chercher quelque chose dans les rayonnages situés derrière le piano. Il revient, la barbe plus frémissante que jamais, tenant à la main une partition qu'il montre fébrilement au couple fort intrigué par toute cette agitation, à laquelle il ne comprend rien.

— Regardez ! « *Embarquement pour Cythère* » ! F. P., Francis Poulenc ! Partition pour deux pianos ! Regardez ! Mêmes notes – celle – trouvée – crypte. Date ! 1951 ! Celle crypte, un piano seul, 1950. Première …

Il bondit à nouveau comme un ressort vers les rayonnages, sort un dictionnaire gréco-italien, le feuillette et s'exclame :

— Ébauche ! Première ébauche ! Révolution – histoire ! Cythère célèbre maintenant ! Merci ! Merci beaucoup, Italiens !

Pietro et Antonella subodorent qu'ils viennent de mettre la

main sur quelque chose de rare, mais ne connaissant ni Francis Poulenc, ni l'air de sa valse musette, ils en restent cois.

Dans le microcosme des musiciens, et particulièrement chez les Français, cette découverte est assurément extraordinaire. On savait que Francis Poulenc avait visité Cythère, ce qui lui avait inspiré cette fameuse pièce pleine d'une nostalgie enjouée. On savait aussi qu'il était ami avec le baryton léger Pierre Bernac. Mais on ignorait que son voyage avait eu lieu en 1950, et non 1951, et qu'il avait composé un premier jet de son morceau pour 1 piano, à cette occasion. C'est donc l'année suivante qu'il peaufina son ouvrage pour donner naissance à la nouvelle version pour 2 pianos, seule connue jusqu'à ce jour et dont tout un chacun, parmi les mélomanes, garde un souvenir joyeux dans un recoin de sa mémoire.

Cythère allait connaître son heure de gloire en effet, voir débarquer une horde de reporters et faire la une de tous les journaux du monde pendant au moins deux ou trois jours. Puis, les médias plus spécialisés dans les choses culturelles prendront un relai plus doctoral, qui servira de base à la mise à jour de sites, de brochures, de dictionnaires et de programmes de formation musicale. Pendant ce temps, des tour-operators inscriront cette destination dans leurs catalogues, ce qui produira la venue de nouveaux touristes en masse. Cythère redeviendra alors cette destination élitiste qu'elle fut au temps où le transport aérien n'existait pas encore ou si peu. Sur l'île, les commerçants seront ravis mais pour tous les autres, ce sera une invasion qui bousculera leur quotidien. Pour les autorités en charge de la destinée des iliens, une question perfide les taraudera longtemps : faut-il accompagner le mouvement ou attendre qu'il passe ?

En regagnant la gare routière pour rejoindre leur hôtel, Pietro et Antonella ont la tête un peu dans les nuages. L'exubérance du vieux pope, l'air entêtant de la valse de Francis Poulenc resservie moult fois et la fraicheur répétée de l'ouzo, les ont laissés dans une rêverie qui enchante leur journée.

Alors qu'ils sont à deux pas de leur station, ils voient un homme qui vient au-devant d'eux en leur faisant des signes désespérés, montrant du doigt une ruelle adjacente. À quelques mètres, un homme est étendu à terre. À l'invite du premier homme, le couple s'approche pour lui porter secours. Dans l'affolement, les Trevissolo n'ont pas prêté attention à une chose très étrange : l'homme leur parle italien ! Pietro n'a pas non plus reconnu l'un des deux hommes qui parlait d'Eugenio, dans ce café où il était venu se reposer de sa balade la semaine dernière. Quand ils arrivent tout près de l'homme allongé, celui-ci se redresse vivement et avec le premier, ils se saisissent de Pietro et Antonella qu'ils neutralisent en leur faisant respirer du chloroforme imbibé dans des mouchoirs. Le couple inconscient est alors bâillonné, ligoté et placé à l'arrière d'une camionnette qui s'ébranle en direction du port de Diakofti. Heureusement, le plancher du véhicule est garni d'un matelas, ce qui adoucit l'inconfort de leur délicate situation.

C'est quand ils embarquent sur le ferry qui les emmène à Athènes que le tangage réveille Pietro, suivi d'Antonella. L'anesthésique n'avait pas été très puissant, juste assez pour annihiler leur résistance le temps de leur enlèvement. Le véhicule qui les retient prisonniers est immobile, stationné dans le pont garage du bateau. Antonella regarde son mari avec des yeux effarouchés, Pietro lui fait un signe d'apaisement et entreprend de cogner ses pieds contre la tôle du fourgon. À ce moment la porte arrière s'ouvre sur Armando et Luigi que Pietro reconnaît pour de bon. En un éclair, il saisit qu'il est la proie de l'ennemi de son cousin, ce diable de Faustino dont Eugenio lui a parlé en confidence, quand il était encore dans sa montagne de La Roglia.

— Bon. Alors vous avez le choix. Ou bien vous vous tenez

tranquille ou bien on vous remet une dose de somnifère. Que préférez-vous ?, fait Luigi en ricanant.

Pietro fait un signe d'acquiescement.

— Je sais que vous mourez d'envie de savoir ce que nous allons faire de vous mais la seule chose que je puis vous dire c'est que nous vous emmenons dans un endroit secret où vous ne serez pas maltraités.

Au bout de quelques heures, le tangage cesse, le fourgon est remis en route et parvient en moins d'une heure dans un endroit désert, en pleine nuit, un peu à l'écart de la ville. Quand le fourgon stoppe et que son moteur s'éteint, les portes arrière s'ouvrent.

— Si vous nous promettez de rester tranquilles, on va vous déficeler et vous allez pouvoir marcher un peu.

Fortement endoloris par leur épreuve, ils ne peuvent tenir debout en sortant du véhicule. S'accrochant comme ils peuvent à la carrosserie, ils parviennent à articuler « À boire ! » à leurs ravisseurs. L'un d'eux va chercher une bouteille d'eau à l'avant du véhicule et la leur tend. Antonella avale quelques goulées puis passe la bouteille à son mari qui en fait autant. Après plusieurs échanges qui laissent la bouteille vide, Pietro retrouve un peu de vigueur. Il regarde autour de lui. L'endroit ressemble à une zone industrielle désertée. C'est un terrain vague, une sorte de grand parking, jonché de morceaux d'engins de chantier rouillés, de carcasses de voitures cabossées, de palettes, de citernes et d'un pylône de ligne électrique abattu. C'est en effet l'endroit de sinistre mémoire, où Eugenio fut retenu prisonnier, livré par Lucia, en vue de son exécution. Sans connaître cette péripétie dramatique qui avait accablé leur cousin, Pietro et Antonella ont un désagréable pressentiment.

— Allez ! Maintenant, direction la porte verte devant vous. Vous allez être présentés à El Major, lance Armando en leur faisant une invitation de la main.

Ils entrent dans une pièce aux ouvertures sans fenêtres, au milieu de laquelle ils voient El Major assis à une table. Il leur fait signe de s'assoir en face de lui, Pietro devine immédiatement que c'est Faustino.

— Votre ami Eugenio Trevissolo, alias Frédéric Bouchay…

— Ce n'est pas un ami, c'est notre cousin, s'emporte Antonella…

— Pourquoi nous avez-vous enlevés ?, renchérit Pietro.

— Oh là, du calme ! Alors comme ça vous êtes en famille ? C'est encore mieux. Eh bien vous allez pouvoir lui donner de vos nouvelles, énonce tranquillement Faustino.

Il compose le numéro de téléphone de l'appartement de Svelnia sur son mobile. Bien sûr, Eugenio ne décroche pas, la boîte vocale entre en activation et Faustino passe son téléphone à Pietro.

— Allo ?... Allo ?, lance Pietro dans le vide sans bien comprendre ce que ce satané El Major est en train de tramer.

Faustino reprend alors son mobile et poursuit le monologue en direction de la messagerie.

— Bonjour cher ami. Je pense que vous avez reconnu la voix de votre cousin qui est ici en ma compagnie avec son épouse. Rappelez-moi donc pour qu'on convienne des conditions de leur remise en liberté, dit-il en laissant son numéro de mobile.

Il coupe la communication et remet son téléphone en poche.

— Votre cousin donc, m'a causé de graves ennuis, à moi et

à d'autres. Vous comprendrez donc que je m'attache à rétablir certaines choses dans l'ordre qu'elles n'auraient jamais dû cesser d'avoir. J'espère pour vous qu'il ne va pas tarder à me rappeler, conclut le bandit en prenant soin de parler lentement pour faciliter la compréhension de ses propos.

Bien que n'étant pas féru d'anglais, Pietro n'a aucun mal à comprendre qu'ils viennent de devenir des otages. Il l'explique à Antonella. Puis, ils sont poussés dans une autre pièce où ils sont enfermés. Sa seule ouverture sur l'extérieur est un soupirail mais elle est dotée d'un ameublement sommaire, c'est celle-là même où Eugenio fut retenu prisonnier. Mais l'ordinaire de l'endroit s'est un peu amélioré grâce à une étagère qui contient une bouteille d'eau, du pain et des tranches de jambon sec. Sur la table, au milieu de la pièce, est posée une corbeille chargée de grappes de raisin.

À l'autre bout de la ville, si Eugenio s'est prudemment abstenu de décrocher le téléphone, il n'en a pas moins entendu le message et reconnu les voix de Pietro et de Faustino.

Comment se salopard peut-il se trouver en liberté alors qu'il est censé être sous les verrous ?

Il rappelle immédiatement Faustino.

— Où sont-ils ?, lâche-t-il sans attendre le « allo » conventionnel.

— Tut, tut, tut ! Si mes informations sont exactes, dans quelques jours, tu vas recevoir sur ton compte, la somme de dix millions. Tu as une semaine pour faire le virement inverse, si tu veux revoir tes cousins. Je doute qu'ils soient aussi bon nageurs que toi, grasseille Faustino dans un rire de contentement.

Le plan de Faustino est double. Il veut se venger de celui qui est la cause de tant de désagrément et, en sauvant la mise de

Svelnia, il espère regagner son estime. C'est une bonne idée, en apparence, car il n'est pas certain que ce geste suffira à le rabibocher avec sa protectrice. Et puis, là où le bât blesse vraiment, c'est qu'il n'a pas encore pris toute la mesure de son statut de criminel recherché. Seule à la tête d'une brillante affaire, il est probable que Svelnia, même réconciliée, n'ira pas jusqu'à se rendre coupable d'un recel de malfaiteur. Ce serait une pure folie de risquer de flanquer parterre sa belle réussite, pour un homme qui a prouvé qu'il n'était pas infaillible. Elle serait même capable de le livrer elle-même à la police car après tout, l'ordre de tuer Maximo n'a jamais été écrit, ni même prononcé, tout juste suggéré. Et le jour du procès, Faustino aura beau dire qu'elle a voulu trafiquer un contrat d'assurance, dont l'histoire ne retient que l'intention, Svelnia sera très à l'aise pour rappeler que c'est feu Nestor Cerapoulos qui dirigeait l'entreprise à l'époque. Le drame de Faustino c'est que s'il percute vite, ce n'est jamais à longue portée. On ne peut être à la fois au four des coups sous la ceinture dans les ruelles obscures et au moulin des réflexions stratégiques à long terme.

Dans le salon cossu de Svelnia, Eugenio médite cette nouvelle donne. En écoutant Faustino durant sa conversation téléphonique, il a été surpris par le son caverneux de sa voix, comme s'il parlait depuis une pièce vide. Il ne lui faut pas longtemps pour comprendre. Il revoit le *no man's land* dans lequel Lucia l'avait livré et imagine Pietro et Antonella aux mains de ces mercenaires sans foi ni loi. Il se souvient de la morgue de ceux de Palerme, avec qui il avait vainement tenté un retournement. À ce triste souvenir, il se sent accablé et responsable du sort de son cousin et de sa femme. Il ne peut pas rester sans rien faire mais il réalise aussitôt que cette information ne lui servira à rien s'il reste seul contre toute une bande. Il a eu beaucoup de chance de s'en tirer à trois contre un au siège de la Svelnia Shipping Company et ne souhaite pas tenter le diable. D'autant que dans ce lieu loin de tout, ils peuvent être plus nombreux et qu'on n'hésitera pas à défourailler. Il lui faut du renfort et dans ce pays où il ne connaît presque personne, comment faire ?

Il songe au Commissaire Leonis, mais un gros doute l'envahit aussitôt. Ignorant tout de l'évasion spectaculaire du criminel, il se demande si le Commissaire n'est pas de mèche. Après tout, lui aussi doit avoir un maigre salaire et peut-être a-t-il été acheté ?

21 — Un recrutement délicat

Dès le lendemain matin, Eugenio ressent le besoin de prendre l'air de bonne heure, ses varappes montagnardes lui manquent un peu et surtout, sa glaciale cohabitation forcée avec Svelnia se révèle assez difficile à supporter. Partagé entre le respect attentionné normalement dû à son hôtesse et l'antipathie qu'elle lui inspire, il ronge son frein. Il sort avant même qu'elle ne soit levée, heureux de cette échappatoire. Dans le petit matin frisquet de ce début d'automne, les rues sont encore peu animées, il en profite pour se diriger à pied vers le centre-ville, où il compte s'offrir un café et s'imprégner de l'éveil de la ville.

J'ai envie de voir si ici comme à Paris :

« Les camions sont pleins de lait

Les balayeurs pleins d'balais. »[18]

Chemin faisant il passe devant l'opéra d'Athènes. C'est une architecture gigantesque – elle regroupe plusieurs institutions culturelles, dont la bibliothèque nationale – et flambant neuve, qui fleure bon les dogmes esthétiques occidentaux. Il faut un peu d'imagination pour y trouver des réminiscences monumentales de la Grèce antique, celle qui vit naître tous les arts, dont celui de l'architecture. Mais taisons-nous, car ceux qui émettent des critiques contre le modernisme outrancier sont rangés vite fait sur l'étagère du classicisme poussiéreux, quand il n'est pas rétrograde. Comme par atavisme, il ne peut s'empêcher de s'approcher de l'entrée, histoire de consulter le programme. Rien que pour le dernier semestre, l'affiche est surabondante : *La bohème* de Puccini, *Faust* de Gounod,

---

[18]Extrait de « Il est cinq heures, Paris s'éveille », Anne Segalen / Jacques Dutronc / Jacques Lanzmann.

Nabucco de Verdi, *Norma* de Bellini et l'universel et indémodable *Carmen* de Bizet. On y trouve même un mystérieux *Ōgon no Kuni*, d'Hiroshi Aoshima, parfaitement inconnu de notre basse lyrique, ce qui l'agace un peu. Les yeux d'Eugenio brillent à lire tous ces titres dont il connaît la plupart des airs et dont il a même été l'interprète pour certains. Il se laisse emporter dans la lecture de la distribution où il reconnaît des noms de metteurs en scène ou de chefs d'orchestre connus. Son regard est ensuite attiré par un post'it fluo sur lequel il est écrit en grec et en anglais que l'on recherche une basse d'urgence pour « *a lifted replacement* ». Sans exactement comprendre ce que vient faire un « *lift* » tennistique dans un recrutement d'opéra (il apprendra plus tard que cela signifie un remplacement au pied levé), il note que les services administratifs ouvrent à 9 h 00, ce qui lui laisse le temps d'aller déguster son café.

Après tout, si je suis obligé de céder au chantage de Faustino, il me faudra bien un moyen de subsistance et pourquoi ne pas repartir d'un bon pied dans cet endroit où je ne suis pas connu, maintenant que ma voix est rétablie ?

L'urgence affichée sur le post'it devait vraiment l'être car il est reçu immédiatement par le directeur artistique. Pour ce qui est de son cursus, il joue franc-jeu sur sa formation à Milan, mais omet sciemment son passage désastreux dans le *Falstaff*. Il suppose avec raison, qu'avec le temps et la distance, son accroc est totalement méconnu du jeune directeur qui se tient en face de lui. Ensuite, il brode un peu, beaucoup, sur son expérience française, expliquant qu'il était obligé d'avoir un second métier. À la demande du directeur, qui souhaite avoir un échantillon vivant de sa voix, il choisit un air de Wotan, le rôle-titre de *L'or du Rhin* de Wagner. Le petit bureau est alors rempli par le tonnerre d'une basse puissante qui laisse pantois le directeur. Il est enthousiasmé au point de se demander s'il n'est pas tombé sur une perle rare. Il se trouve que par un mauvais hasard (ou en raison d'une gestion imparfaite des ressources humaines), tous les chanteurs de sa troupe ont moins de trente ans, ce qui n'est pas un âge idéal pour jouir de toute la maturité nécessaire aux voix les plus remarquables. Disposer d'une basse de plus de quarante ans avec la belle stature et le séduisant visage d'Eugenio, est inappréciable. Pour les rôles de grands nobles autoritaires ou de séducteur dans la force de l'âge, il pressent qu'Eugenio pourrait faire un carton.

— Malheureusement, la rémunération de nos artistes ici en Grèce, est deux à trois fois moins élevée qu'en France ou en Italie, expose le directeur avec appréhension.

— Si vous m'aidez à trouver un gite et un couvert corrects pour deux ou trois fois moins chers que chez moi, je n'aurai aucune raison de refuser votre offre, répond Eugenio avec une mine réjouie.

C'est ainsi que l'après-midi même, il est présenté à l'ensemble du corps des chanteurs de l'opéra d'Athènes. Il est accueilli avec un énorme soulagement de tous car c'est grâce à lui que les représentations vont pouvoir se poursuivre. Il remplace une basse qui vient d'avoir un accident de moto assez sérieux et sans lui, la troupe risquait de se retrouver au chômage technique. Le problème de la langue ne se pose même pas car en raison d'un certain éclectisme dans les nationalités des chanteurs, l'Anglais est de rigueur à tous les étages. Les premières répétitions commencent dans la bonne humeur. Eugenio reprend le rôle d'Oroveso, père de Norma et chef des druides et d'emblée, le personnage qu'il campe emporte l'adhésion de tous par son authenticité ; il faut préciser qu'il n'en est pas à son coup d'essai dans ce rôle. *Norma* est une œuvre particulièrement chérie à la Scala de Milan.

En fin de journée, alors qu'Eugenio s'apprête à regagner son domicile provisoire chez Svelnia, il tombe nez à nez avec Ariana.

— *What are you doing here* ?[19] s'exclament-ils tous deux en même temps, avant d'éclater de rire.

Ariana explique qu'elle vient répéter un chœur de *Carmen*, rappelant à Eugenio qu'elle fait partie des extras de l'opéra. Eugenio l'informe à son tour de sa récente embauche et du malheureux coup du sort auquel il doit faire face.

— Ma répétition ne dure qu'une petite heure, voulez-vous attendre ? Nous irons boire un verre et vous m'expliquerez tout ça, dit Ariana en s'éclipsant vers une salle réservée pour son groupe.

Quand ils se retrouvent, Ariana déclare à Eugenio qu'elle a de bons amis au sein de l'opéra et qu'elle se fait fort de ne pas laisser les choses en l'état. Le soir même, ils se retrouvent chez elle, Alex est sur le point d'arriver.

— Vous aviez raison sur Alex. Je n'y avais pas prêté attention jusqu'à maintenant, mais ce garçon est brillant, dit Ariana.

— Ce qui n'est pas pour vous déplaire, je présume, réplique Eugenio, un peu étonné par cette confidence.

Ariana n'a pas le temps de répondre qu'on sonne à sa porte.

— C'est sûrement Alex.

Tandis qu'elle se dirige vers la porte pour ouvrir Eugenio observe avec soin la manière avec laquelle elle reçoit le beau jeune homme. Malgré près de trente ans d'écart d'âge, il est curieux de voir quel type de code relationnel ils entretiennent.

Façon vieux couple, avec un bisou convenu sur les lèvres ou jeunes décontractés avec un chaleureux enlacement ?

Ses réflexions, juste avant qu'Ariana n'ouvre la porte,

---

[19] Que faites-vous ici ?

tombent complètement à plat. Ni bisou vite fait, ni accolade amoureuse, tout juste une petite caresse d'Alex sur l'épaule de sa maîtresse pendant qu'ils se serrent la main.

Évidemment, ils restent habitués à la surveillance de Madame Mère, qui ne verrait sans doute pas d'un très bon œil une liaison entre son mignon domestique et sa fille.

Juste après l'arrivée d'Alex, vers 22 h 00, arrive Georgios, qu'Ariana a rameuté. Dès son entrée, il embrasse amicalement sa collègue, le tutoiement est de rigueur. Pendant qu'elle fait les présentations, il serre la main des hommes avec un franc sourire. Une fois tous les quatre installés autour de la table basse du salon, Eugenio expose succinctement la prise d'otage de ses cousins. Curieusement, son histoire ne semble pas surprendre Georgios.

Cet homme porte magnifiquement sa trentaine. C'est le Papa d'un petit garçon de trois ans et déjà divorcé ; la libération des mœurs a aussi son mauvais côté. Physiquement, il est de taille moyenne, bien bâti et malgré une petite tendance à loucher, son visage laisse une impression de bonhomie. Peut-être cela est-il dû à sa coiffure ébouriffée ou à sa barbe fournie ? En plus de sa pratique régulière de ténor à l'opéra, c'est un remarquable guitariste en picking, les chokes, hammer-on et pull-off[20] n'ont aucun secret pour lui. Comme la plupart des chanteurs d'opéra, il est plutôt mal payé et se sert de ce talent additionnel pour égayer les terrasses des cafés et des restaurants d'Athènes. Au début, il y a une dizaine d'années, il arrondissait sensiblement ses fins de mois grâce à ces prestations mais depuis la crise, seuls les étrangers lui octroient quelques piécettes. Il a aussi essayé de donner des cours particuliers de solfège, mais il s'est heurté à des élèves qui voulaient courir avant de savoir

---

[20] Techniques de guitare picking.

marcher. Aujourd'hui, l'enseignement classique qui seul permet d'acquérir les fondamentaux préalables à toute pratique musicale, est jugé bien trop rébarbatif et décourage très vite les ardeurs illusoires des jeunes apprenants. Il est d'ailleurs bien placé pour savoir qu'avec les tablatures dans le domaine de la guitare, on s'affranchit aisément du solfège. Mais pour ceux qui veulent utiliser un instrument à clavier par exemple, pas de salut possible sans solfège. Las. Son avenir est donc limité par sa passion de chanter, car il ne fait pas partie des quelques grands qui touchent le jackpot à chaque voyage. Dans le domaine artistique, c'est en effet une constante effrayante : ils sont un tout petit nombre à rafler une grosse partie du gâteau, ne laissant que des miettes à ceux qui ne déplacent pas les foules. C'est cruel et cette règle semble immuable, mais elle est nécessaire à l'éclosion des virtuoses et des prodiges qui nous fascinent. Mais Georgios s'est fait une raison. Lucide et positif, il se contente de ce qu'il a, de sa coloc avec un garçon de café pas mieux loti et de repas frugaux qui lui maintiennent un estomac plat car souvent vide.

Pour l'instant, la question qui préoccupe Eugenio est celle de savoir pourquoi Ariana a choisi cet homme pour parler de son affaire. Il ne peut se résoudre à croire en son désintéressement ni à penser à un plan de drague envers ce garçon juste sympathique.

— Quel est le but de cette prise d'otages ?, demande Georgios.

— L'argent !, répond Eugenio, ils veulent me soutirer une somme que je viens de gagner à l'issue d'un procès contre une chef d'entreprise du Pirée.

— Mais pourquoi dans ce cas, ne pas appeler la police ?, poursuit le jeune homme.

— J'ai des doutes sur la neutralité de la police dans cette

affaire. Le preneur d'otages est un ancien policier et bénéficie d'un statut assez particulier à cet égard. De plus, il dispose de gros moyens.

— Je comprends. Connaissez-vous l'endroit où vos cousins sont retenus ?

Eugenio explique ce dont il se souvient du terrain vague.

— Je crois que je connais ce coin, ce doit être l'ancienne zone d'activité des Rosas.

Georgios se fait préciser quelques détails sur l'environnement et conclut avec certitude sur le lieu.

— Avez-vous une idée sur la manière d'opérer ?, demande-t-il.

— Aucune et surtout pas le coup de force. Ils sont armés et dépourvus de tout scrupule, ce sont des gens très dangereux.

À ce moment, Georgios ferme les yeux, joint ses mains qu'il approche de son visage jusqu'à toucher son nez avec ses pouces. Il semble entrer en méditation, ce qui laisse Eugenio très perplexe.

En pleine conversation, c'est quand même un peu surprenant.

Puis, il se laisse glisser du canapé, s'assoit à même le sol et place ses jambes en tailleur. La perplexité d'Eugenio se transforme en stupéfaction. C'est alors qu'il détourne son regard vers Ariana, à la recherche d'une tentative d'explication. Il la découvre avec un sourire béat, comme si cette attitude ne la surprenait pas.

Dans sa rationalité trop terrienne, Eugenio ne peut pas saisir la portée de ce qui se déroule sous ses yeux. Cet homme devant lui, qui vient de se métamorphoser en une sorte de yogi en exil, lui paraît anachronique. Depuis son enfance pourtant, Georgios a été baigné par sa grand-mère, dans une pratique ésotérique aussi compliquée que secrète, qui renvoie à des rites aussi diversifiés que l'est l'humanité. C'est le shaman dans les Andes ou en Sibérie, le marabout dans les savanes africaines, le guérisseur ou le magnétiseur en Europe, le sorcier des tribus indiennes, l'acuponcteur chinois, l'exorciseur ou le thaumaturge. Les seuls qui osent mettre un nom sur ces manières de soigner les êtres, sont les littérateurs, les prosélytes et quelques universitaires de renom. Pour les humbles pratiquants, c'est un tabou. Entre croyances, sophismes – tout ce qui vient de la nature est bon pour l'homme, tout ce qui n'est pas naturel lui est néfaste – et autosuggestion, bien malin qui peut dire le vrai du faux. Georgios fait partie de ces modestes qui essaient de soulager leur prochain. Des fois, ça marche, d'autres fois, le mal est trop fort. Il est parfaitement conscient de ses limites et sa sincérité est indubitable. C'est ce « don » qui fascine Ariana, comme une puissance cachée. Elle, si matérialiste, qui vit dans l'aisance et même l'opulence depuis la mort de Nestor, est fascinée par les ressorts spirituels qui se cachent dans la tête de cet énigmatique ascète du XXIe siècle. Cet alliage de puissance dans l'âme et de modestie dans son comportement et son apparence, imprime dans son imaginaire, une forte signification de parangon de vertu, proche de la sainteté. Dès lors son attirance vers cet être exceptionnel tient de la plus pure vénération. Georgios est un être supranaturel en qui elle a toute confiance.

La fascination du cobra !

Sans connaître tous les détails à l'origine de cette admiration, Eugenio est tout de même capable d'en faire le constat, en voyant la mine d'Ariana illuminée de grâce devant ce méditant dans un austère recueillement.

Au bout de quelques minutes, à peine remis de son

étonnement, il entend la voix de Georgios dans une tonalité plus grave que celle qu'il avait précédemment.

— Je vous propose de nous retrouver à la pause-déjeuner de demain midi à l'opéra. D'ici-là, j'aurai eu le temps d'exposer votre problème à quelques amis et nous verrons ensemble ce que nous pouvons faire. Cela vous convient-il ?

— Bien sûr, fait Eugenio qui ne sait pas trop quoi répondre à cette offre aux contours mystérieux.

La soirée s'achève sur cette nébuleuse perspective, Georgios se lève, salue tout le monde à la cantonade et sort. Il est suivi de près par Alex qui doit regagner la demeure de sa patronne histoire de justifier son salaire et surtout, de ne pas prêter le flanc aux soupçons. Ce deuxième départ ne fait pas vraiment l'affaire d'Eugenio qui craint un nouveau tête-à-tête gênant avec la belle Ariana. Mais il est vite rassuré. Elle se met à raconter la vie de Georgios avec les qualificatifs les plus élogieux.

— Voilà peut-être un cœur à enlever, si je comprends bien, ose Eugenio avec une gentille ironie.

— Surtout pas ! Georgios est fait pour être célibataire, son mariage a été une erreur, non sur la personne – je connais son ex, elle est adorable – mais sur lui-même. Je pense qu'il est appelé à une grande vocation en raison de sa force spirituelle extraordinaire, répond Ariana avec un grand sérieux, mais il doit encore franchir certaines étapes, surmonter sa modestie excessive.

Cette réflexion un peu inattendue en inspire une autre chez Eugenio. Cette femme volage, qui lui semblait jusqu'alors d'une grande souplesse dans sa moralité, présente une toute autre facette de sa personnalité. Ce qu'elle évoque relève d'une analyse psychologique surprenante.

— Vous devez le connaître depuis longtemps pour en parler aussi intimement, poursuit Eugenio piqué dans sa curiosité.

— Pas vraiment mais j'ai tout de suite été saisie par la bienveillance des gens envers lui. Il attire la gentillesse et toutes les personnes avec qui j'en ai parlé sont unanimes pour dire du bien de lui.

— Fascinée par son aura ?

— Pas du tout. Il n'a pas d'aura particulière. Ceux qui ont une aura remarquable sont des gens brillants, lumineux, plutôt extravertis, ça ne lui ressemble pas.

Eugenio opine sans répondre. Cette journée aura vraiment été celle des étonnements : la découverte de l'opéra, son intégration, la rencontre de Georgios et maintenant, l'intelligence de celle qu'il considérait encore hier, comme une cougar de luxe. Après le coup de massue de la veille au sujet de son cousin et de sa femme, il mesure avec une acuité spéciale les rebondissements que la vie nous réserve.

À ce train-là, pourquoi ne pas rêver d'une issue heureuse pour Pietro et Antonella ?

— Si le cœur vous en dit, nous pourrions clore cette journée pleine de promesse dans la même chambre, susurre-t-elle avec un œil de velours, une voie ouatée et faisant glisser sa main sur l'épaule d'Eugenio.

C'était trop beau !

— Chère Ariana, je suis dans l'angoisse de ce que mes cousins supportent en ce moment. Qui sait s'ils ne sont pas violentés ? Je n'ai pas le cœur à m'amuser, ce qui est très regrettable quand je vous regarde si belle…, répond-il en espérant que le compliment fera passer son refus.

Ariana est partagée entre la vexation et la résignation

magnanime. Elle élude.

— Je ne connais pas bien ce Faustino mais j'ai bien connu son bras droit. Je puis vous assurer que Faustino n'est attiré que par une seule femme, Svelnia-Maria Kakapov. Je doute qu'il s'en prenne à votre cousine. Quant à ses hommes, pas question qu'ils contredisent le chef.

— Oui, je connais son penchant exclusif pour Svelnia. Merci de me rassurer. Souhaitons-nous une bonne nuit, nous aurons peut-être besoin d'être en forme demain.

— À propos, si cela peut vous aider, j'ai une arme.

— Une arme ?

— Un petit révolver à barillet. Bonne nuit, Eugenio, dit-elle en allant éteindre les lumières du salon.

L'arnaque enchantée (suite)

22 — *Le bel enthousiasme de la jeunesse*

— On fait une descente et on vous les ramène vos cousins ; sous le nombre, ils ne pourront rien faire, lance un jeune homme à l'air décidé.

Il n'a pas vingt ans, il est hirsute comme un fox terrier, ses piercings en font un inclassable dans un opéra traditionnel et il vient d'apprendre la nouvelle par Georgios. Il est dix heures, c'est la pause-café.

— Mais ils sont armés, c'est trop dangereux, s'insurge Eugenio.

Georgios intervient avec une douceur en harmonie parfaite avec « *La plus que lente* »[21], qu'une pianiste est en train de jouer sur le piano de l'espace détente. Il réussit immédiatement à persuader le jeune homme de son erreur. Se remémorant les propos d'Ariana hier soir, Eugenio observe la scène avec admiration. Cet homme a quelque chose de pas ordinaire dans sa façon d'être, il donne vraiment l'impression d'une très grande maîtrise.

Quand midi arrive, tous ceux avec qui Georgios s'est entretenu, sont réunis devant la porte de la cafétéria, en attendant son ouverture. Ils font cercle autour de lui, même le garçon hirsute est à l'écoute. Le conciliabule a échappé à Eugenio qui vient juste d'arriver, mais une jeune fille se détache et vient vers lui, sous le regard du reste du groupe.

— Nous avons une idée, dit-elle d'une voix pointue et joyeuse. Comme l'endroit est connu pour servir de lieu de rendez-vous pour faire des rave-parties, on débarque comme pour faire une fête, on crée une diversion et

---

[21] Valse très douce, Debussy, 1910

pendant ce temps vous agissez.

Eugenio réfléchit. D'autres membres du groupe viennent en renfort pour fournir des détails sur l'opération prévue et il semble bien qu'ils n'en sont pas à leur coup d'essai. Eugenio regarde du coin de l'œil Georgios, resté un peu en retrait. Le signe d'acquiescement de la tête ne le trompe pas, la chose a donc été examinée à fond. Vu sous cet angle c'est intéressant, d'autant que notre Italien bénéficie de l'effet de surprise car Faustino ne peut pas supposer que sa planque est découverte, ni même qu'Eugenio pourrait la retrouver par ses propres moyens. Et puis l'ancien captif connaît très bien les lieux…

Avant de prendre la décision finale, Eugenio s'assure qu'aucune arme ne sera présente et qu'ils ne participeront en rien à la bagarre.

— Rassurez-vous, fait Georgios, leur spécialité c'est le chant, pas le combat de rue.

Une fois la décision prise, le dynamisme de la jeunesse fait merveille. La cause est belle, sauver un couple d'un kidnapping, le moyen est savoureux et la méthode enthousiasmante : arriver en chantant le chœur de *Nabucco*. Chacun bat le rappel de ses camarades pour aller faire une virée sauvage sur le parking des Rosas et ils ne se font pas tirer l'oreille. À 1 h 15, en pleine nuit, c'est une douzaine de voitures qui déboulent. Elles se garent en un grand cercle autour d'une portion de macadam vide, juste devant l'endroit indiqué par Eugenio, aisément repérable par le Land Cruiser de Faustino. Comme c'est la seule voiture alentour, Eugenio en déduit qu'ils ne sont vraisemblablement pas plus de cinq. En un instant, une sono est installée et des projecteurs de toits de trois voitures sont allumés, leurs moteurs continuant de fonctionner au ralenti pour alimenter les batteries. Sous la direction d'un des leurs, le groupe d'une trentaine de jeunes filles et garçons s'enflamme sur la célèbre mélodie. Grosse impression sur les occupants des lieux dont deux viennent se caler contre le gros Toyota pour profiter du concert. À voir leur sourire de contentement, ils ne se doutent pas une seconde que c'est un piège. Subrepticement, Eugenio, Ariana et Alex, sont passés par derrière. Eugenio a distribué les rôles.

— Je m'occupe de l'intérieur, vous bloquez les deux hommes qui vont vouloir entrer en entendant le bruit.

— Mais vous êtes seuls contre trois, fait Ariana fort inquiète.

— Je bénéficie de la surprise, ça devrait être suffisant et avec un peu de chance, il y en a bien un ou deux qui doit essayer de dormir.

Il identifie tout de suite le soupirail de la pièce où doivent se trouver Pietro et Antonella ; il s'en approche, donne quelques coups légers à la vitre et voit aussitôt apparaître son cousin. Il lui fait signe de se taire en posant son doigt sur sa bouche. Dès que Pietro reconnaît Eugenio, un grand sourire illumine son visage et Antonella le rejoint. Elle fait des signes désordonnés avec ses mains, voulant clairement signifier qu'elle est heureuse de revoir Eugenio. Pietro prend soudain un visage grave en montrant du doigt la pièce d'à côté. Eugenio lui fait un signe d'acquiescement en formant un rond avec son pouce et son index pour signifier que tout va bien. Puis, il va inspecter le soupirail des geôliers et son intuition se révèle vérifiée. Ils sont deux à l'intérieur et le dos imposant de Faustino permet une identification sans erreur. Faustino est assis à une table, tandis que son complice est allongé sur une banquette de voiture.

Eugenio charge Alex de faire diversion en brisant le soupirail de la pièce, juste après qu'il se sera positionné près de l'entrée. Ce sera le signal convenu pour déclencher l'assaut. Ariana reste en embuscade pour contrer les deux comparses toujours à l'extérieur mais qui ne vont pas manquer de rappliquer quand le grabuge va éclater.

Au signal, Eugenio bondit dans la pièce gardée, révolver au poing. Contrairement à ce qu'il avait prévu, le complice n'est plus allongé mais déjà debout, il s'apprêtait à sortir lui aussi, pour profiter de la sérénade, juste avant qu'Alex se manifeste. Eugenio a mal calculé son coup. L'homme se rue sur lui en saisissant son arme. Eugenio n'a pas le temps de l'en dissuader, il le met en joue et appuie sur la détente. La balle, tirée à moins de trois mètres, traverse le front du ravisseur qui s'écroule comme une feuille morte.

C'est un grand dommage de ne pas pouvoir recueillir le témoignage de ceux qui trépassent ainsi. Car tous les scientifiques sont formels, c'est la mort la plus rapide qui soit. À 300 m/s, même par temps bouché, le receveur n'a pas le temps de prendre conscience de ce qu'il lui arrive et quand la balle est passé de l'autre côté, il n'est déjà plus en état de le remarquer.

Le coup de feu attire cependant les deux sbires qui étaient dehors et se précipitent en trombe vers l'entrée, mais Alex avait déjà rejoint Ariana. Les deux hommes sont stoppés par des barres de fer maniées avec détermination par Alex et avec une certaine grâce par Ariana.

Les barres en question, sont des tubes en acier galvanisé, de ¾ de pouces de diamètre, ordinairement employés pour l'adduction d'eau. C'est un matériel industriel de grande série, réputé pour sa solidité et sa longévité et d'un prix très attractif ; il se trouvait là, aux abords, sans affectation particulière, c'est ce qu'on appelle dans le jargon du bâtiment, un « reliquat » de chantier. Vu l'empreinte en creux laissée dans les casquettes des deux hommes, par cette fourniture abandonnée, on peut craindre qu'ils soient morts, eux aussi. C'est moins rapide qu'une balle – les récipiendaires sont d'abord assommés avant que la mort définitive ne survienne – mais tout aussi indolore.

En réalité, ça fait très mal mais ils ne peuvent pas le savoir, vu qu'ils sont aussitôt inconscients.

Voyant la partie perdue, Faustino sort comme un boulet, ne laissant à personne la possibilité de réagir, se dirige vers sa voiture, garée à dix mètres, saute dedans et démarre en trombe. La menace est annihilée, mais le chœur continue de chanter.

Il faut un peu de temps à Eugenio pour trouver les clés de la cellule de Pietro et Antonella sur l'un des trois corps étendus. Il en profite pour tirer ces macchabées à l'intérieur ; il est inutile de les étaler au vu et au su de la joyeuse bande de jeunes qui s'amuse toujours. Quand il parvient enfin à les libérer, ce sont de grandes embrassades. Antonella a eu très peur, Ariana et Alex sont encore tremblants de l'acte qu'ils viennent de commettre, Eugenio et Pietro prennent sur eux pour ne pas en rajouter. Aussitôt, Ariana se reprend et fait signe à ses camarades chanteurs de se disperser, ce que Georgios coordonne avec une maestria impeccable. Le groupe repart comme il est arrivé et ne laisse même pas une canette vide derrière lui ; un artiste lyrique ne se confond pas avec un teufeur sans éducation.

> — Ariana, je vous présente mon cousin et sa femme, Pietro et Antonella Trevissolo. Pietro et Antonella, je vous présente Ariana et Alex, sans qui je n'aurais rien pu faire pour vous secourir.

> — Je vous emmène chez moi, vous allez pouvoir vous reposer, déclare Ariana en leur tendant la main.

> — Et manger ?, répond Pietro.

> — Bien sûr !

> — Mais qu'allons-nous faire de ces… morts ?... car ils sont morts, n'est-ce-pas ?, intervient Antonella dont le flageolement n'a pas cessé.

— On va laisser leur patron s'en charger. Ça m'étonnerait qu'El Major laisse traîner ses encombrants. Dès que nous serons partis, je vous parie qu'il va rappliquer pour les emmener avant que la Police ne les trouve.

— Mais où va-t-il les emmener ?, demande Antonella.

— Le connaissant, j'imagine qu'il va les initier à la plongée sous-marine, répond Eugenio sans affectation.

Dans la voiture qui les ramène chez Ariana, Pietro questionne son cousin sur les raisons de son enlèvement et sur ce qui se serait produit s'il n'était pas intervenu.

— Vous étiez promis à une mort certaine car même si j'avais cédé à leur chantage, ils n'auraient pas laissé de si bons témoins derrière eux.

Puis, après un petit moment de réflexion, Antonella ne peut se retenir de remercier ses sauveurs.

— Tu as beaucoup changé, Eugenio et c'est une chance pour nous. Quand tu es parti en France il y a une vingtaine d'années, tu avais un air malheureux dont je me souviens encore.

— Tu ne te trompes pas, Antonella. La vie nous réserve des choses étonnantes et parfois, elle distribue de la chance, confesse Eugenio avec gravité.

Se tournant vers Pietro qui se trouve de l'autre côté, il lui glisse un clin d'œil qui déclenche un beau sourire de connivence chez son cousin.

Une fois rassasiés et avant d'aller dormir, les Trevissolo tiennent conseil. Ils conviennent qu'il est temps pour Pietro et Antonella de rentrer à Moncalieri. Ils passeront reprendre leurs bagages laissés sur Cythère, puis rentreront par une ligne maritime régulière.

— Mais pourquoi ne rentrerais-tu pas avec nous ?, objecte Antonella.

— J'ai un engagement avec l'opéra, je ne peux pas les laisser tomber avec ce qu'ils viennent de faire pour nous.

Dès le lendemain matin, Eugenio embrasse sa famille non sans glisser à l'oreille de son cousin :

— Transmet mon bonjour à Cecilia !

Après le départ de ses cousins, Eugenio consulte son compte et constate que la somme versée par Svelnia est bien créditée.

Mon petit doigt me dit que ma banque va bientôt me faire des propositions.

C'est samedi, il décide de rendre une dernière visite à Svelnia. Il a quelques affaires à récupérer mais surtout, il est curieux de voir sa réaction à propos de l'opération ratée des Rosas.

Bien qu'en possession des clés, il choisit de toquer à sa porte, comme un visiteur bien élevé. La porte s'ouvre presqu'aussitôt sur une Svelnia en débardeur et bermuda.

— Encore vous ?, fait-elle dans un soupir exaspéré.

— Oui, mais c'est la dernière fois, je viens reprendre ma brosse à dents.

Elle lui montre sa chambre de la main, puis s'en retourne à ses activités. Eugenio découvre avec un peu de surprise qu'elle est en train de repasser.

— Je pensais que vous étiez exempte de ce genre de corvée, remarque Eugenio.

— J'ai une femme de ménage mais je me réserve certaines petites choses. Votre argent est bien arrivé, je suppose ?

— Oui, dans le délai prévu mais je pense qu'il n'est pas

indispensable que je vous en remercie, n'est-ce-pas ?

Svelnia détourne la tête et reprend son ouvrage, affectant une indifférence altière.

— Savez-vous que Faustino s'est évadé, glisse Eugenio s'efforçant au ton badin.

— Non mais ça ne m'étonne pas et c'est bien dommage.

— Vous êtes un peu en froid à ce que je vois.

Svelnia ne répond pas immédiatement. Elle observe Eugenio, droit dans les yeux avec une insistance qui pourrait le rendre mal à l'aise.

— Je me suis trompée sur Faustino. C'est une brute qui manque d'intelligence.

— Je partage totalement votre point de vue.

— C'est un homme comme…

— Tut, tut, tut, je pressens que vous allez dire une bêtise.

Pour la première fois depuis longtemps – depuis le train entre Corfou et Athènes, il y a deux ans – il découvre le sourire de Svelnia. Magnifique, irradiant, au point qu'Eugenio ne peut éviter de le lui dire.

— Le sourire vous va nettement mieux que l'austérité, si je peux me permettre.

— Merci !, répond-elle sans se départir de sa nouvelle bonne humeur.

Ça, ce n'est pas Faustino qui me l'aurait dit !

— Et puisque nous en sommes aux confidences, laissez-moi vous dire qu'au niveau qui est le vôtre maintenant dans la Svelnia Shipping Company, vous n'avez plus besoin d'entretenir une bande de voyous pour veiller sur vos intérêts. Beaucoup d'avocats seraient ravis de s'en charger et vous y gagneriez en élégance.

Eugenio s'est paré de toute la séduction dont il est capable pour faire passer son message. La destinatrice lui en sait gré.

— Je me fais un café, en voulez-vous ?

— Volontiers.

Pendant qu'elle s'affaire avec ses dosettes, Eugenio décide de la tester.

— Cette nuit, j'ai eu la chance d'assister à un chœur impromptu sur la place des Rosas. C'était du Verdi, interprété par des chanteurs de l'opéra d'Athènes. Magique !

— Ah ? Qu'alliez-vous donc faire dans cette zone sordide ?

— Je fais partie depuis peu de cet opéra – je joue le rôle d'Oroveso dans la *Norma* de Bellini – et j'ai accompagné cette bande de joyeux lurons en goguette.

— Vous êtes chanteur d'opéra ?

— C'est mon premier métier.

— Et quels sont vos projets maintenant ?

— Terminer la saison à l'opéra et retourner auprès de mes brebis à Moncalieri. Je vais pouvoir leur offrir une bergerie toute neuve.

Visiblement, la belle ne sait rien de l'opération des Rosas et Eugenio comprend que Faustino n'a pas agi sur ordre mais de sa propre initiative.

Le mobile était donc de rentrer dans les faveurs de Svelnia.

Il en est là de ses pensées lorsque le carillon de la porte retentit. Svelnia se lève pour aller ouvrir et Eugenio entend une voix masculine qu'il connaît, mais dont il ne peut remettre ni le visage ni le nom. À son entrée dans le salon, il reconnaît immédiatement le Commissaire Leonis et il est difficile de dire qui est le plus surpris des trois.

— Vous ici ? Chez Madame Kakapov ? Buvant un café ? J'ai du mal à y croire, s'exclame le policier en tendant la main à Eugenio.

— Vous vous connaissez ?, réagit à son tour Svelnia.

Eugenio est pris d'une envie d'éclater de rire mais il se reprend aussitôt.

Surtout ne pas gaffer. Je ne suis pas censé savoir que Faustino s'est évadé.

— Nous avons conclu un accord avec Madame et je venais la saluer avant de vaquer à mes occupations lyriques à l'opéra d'Athènes, puis de retourner en Italie. Et vous ?

— Comme je disais à Madame Kakapov, on m'a signalé sa disparition la semaine dernière et je venais m'informer de ce qu'il en était. Visiblement, rien de grave ne lui est arrivé.

— Je m'étais absentée pour convenance personnelle, Commissaire. Mais dites-moi donc comment vous connaissez Monsieur Trevissolo ?

— Grâce à votre ami Angelino Faustino ! C'est lui qui me l'a présenté. Mais la conversation que j'ai eue avec Monsieur Trevissolo m'a vite convaincu de son innocence.

— À propos que va-t-il advenir de ce détestable Faustino ?, demande innocemment Eugenio.

Le récit de la rocambolesque évasion d'El Major, laisse les deux interlocuteurs de Leonis avec des yeux ronds d'étonnement, mais ce qui est une réaction sincère pour l'une, ne l'est pas du tout pour l'autre.

— Si vous aviez des informations à me donner sur l'endroit où nous pourrions le trouver, je vous en serais très reconnaissant Madame, poursuit le Commissaire à l'adresse de Svelnia.

Lui non plus ne sait rien sur l'enlèvement de mes cousins et le grabuge sur cette place des Rosas.

— Non seulement je n'en ai aucune, mais je vous informe que depuis la semaine dernière, Faustino ne fait plus partie de mon personnel, ni même de mes amis. Et il ne sera pas remplacé. J'ai l'intention d'orienter la gestion de mes affaires dans des procédures plus ordinaires. Me comprenez-vous ?

— Je vous comprends et vous en félicite. C'est le signe d'une grande intelligence, répond Leonis sans se départir de son regard naturellement soupçonneux.

Elle s'en sort bien la mignonne ! Quand je pense que c'est elle qui a tout ordonné depuis le début...

Finalement, le Commissaire s'en retourne bredouille dans son Commissariat qui comporte désormais un gros trou dans le mur du fond de la cellule de dégrisement. Pour obtenir une réparation correctement maçonnée, il faudra beaucoup de temps et dans l'immédiat, le bardage en planche impose de placer les détenus sous la surveillance directe d'un planton, 24 heures sur 24, un souci de plus pour le Commissaire.

Eugenio profite de l'intermède pour récupérer son sac et ses bricoles. Quand Svelnia revient, elle semble radoucie. La perspective que ses affaires vont se poursuivre avec la bénédiction de la police, lui laisse entrevoir des jours plus paisibles.

— Je pense que je vais suivre vos conseils, Monsieur Trevissolo. Seriez-vous disposé à m'aider dans le recrutement des juristes dont j'ai besoin ?, lui déclare-t-elle sans détour.

— Je ne m'attendais pas à une telle marque de confiance de votre part, Madame. Hélas, je n'y connais rien dans ce domaine et n'aspire pas à y entrer.

— De tous mes ennemis, vous êtes le plus régulier, il est normal que je vous fasse confiance. Eh bien si nos chemins ne se croisent pas à nouveau, ce qui est probable, je vous souhaite une belle saison à l'opéra d'Athènes et bon retour dans vos montagnes piémontaises.

23 — *Des retrouvailles inattendues*

C'est ainsi que les choses parviennent à se mettre dans le bon sens et que l'histoire pourrait prendre fin ici. Mais ce serait aller un peu vite en besogne car si l'ordre semble retrouvé entre les ex de Nestor, Svelnia et les Trevissolo, il en est un qui ne digère pas sa déchéance. Le diable est dans le détail.

Comme l'avait prévu Eugenio, Faustino est revenu quelques heures après le départ de la joyeuse troupe sur la place des Rosas. Il a chargé les trois cadavres dans son imposant Toyota, s'est dirigé vers une falaise surplombant une fosse marine, à l'Ouest du Péloponnèse, au bout d'une balade de 220 km. Là, il a déshabillé les trépassés, brûlé leurs vêtements (ne pas laisser de traces), lesté les corps et les a jetés dans la mer ionienne. Les habitants sous-marins de la fosse Calypso ont eu les yeux humides de reconnaissance en recevant un tel festin gratis. Le pauvre Phileas, entouré de deux mafieux siciliens en rupture de ban, a toujours manqué de circonspection dans le choix de ses amis. Peu après, El Major – ou ce qu'il en reste après toutes ces déculottées – s'en est retourné chez Lucia pour récupérer des heures de sommeil perdues en vain.

Les bribes de l'histoire qu'il raconte à sa copine d'école le lendemain, font vite comprendre à la bergère qu'elle a intérêt à rester associée à la nouvelle entreprise de Faustino : tuer Eugenio !

Pour elle, c'est sa réputation à Astyros qui compte car sans cela, dans ce petit village aux traditions fortes, elle n'aurait plus qu'à plier bagage et pour aller où ?

Pour le forban, si les vivres de la Svelnia Shipping Company sont définitivement coupés, il n'est pas réduit à rien. Il a d'abord un matelas suffisant pour affronter une ou deux années de disette et il lui reste un fonds de commerce modeste, mais très bien organisé, dans la contrebande de tabac et autres herbes aromatiques.

— Ne t'inquiète pas Lucia, je vais t'aider !, promet-il en échange de son abri.

— En attendant, ce n'est pas ton tracteur à quatre roues motrices qui trône dans la cour, qui va te faire passer inaperçu.

— Tu as raison. Comme de toute façon je suis un peu trop repérable désormais avec cet engin, je te l'échange contre ta petite fourgonnette.

— Moyennant combien ?

— Moyennant rien du tout, je t'ai dit que je t'aiderai.

— C'est une offre difficile à refuser.

— D'ailleurs je vais à nouveau retourner dans une de mes planques en ville, il faut tout de même que je surveille mes affaires. Tu n'auras qu'à dire que je suis un particulier qui vient de te vendre un nouveau véhicule et qui te débarrasse de l'ancien.

— Ça marche.

* * *

Comme prévu dans son contrat, Eugenio se voit offrir un modeste appartement d'une chambre pour un loyer raisonnable. L'attestation fournie par le directeur artistique lui sert de sauf-conduit car sinon, en tant qu'étranger cela aurait été impossible. Cette location est rudimentaire, à peine meublée, mais il lui évite une cohabitation prolongée avec Ariana. Par bonheur, les quelques jours qu'il a passé chez elle en attendant de pouvoir habiter son nouveau logement n'ont pas été insurmontables. C'est que les récents évènements sur la place des Rosas, ont affuté le regard de la tourneboulante femme sur Alex… et sur d'autres jeunes chanteurs, aussi. Les petits rôles qu'elle occupe dans les différentes mises en scène ne justifient pas un emploi à plein temps – elle ne vient à l'opéra que deux soirs par semaine –, mais c'est suffisant pour nouer des liens amicaux avec des jeunes hommes émoustillés par la perspective d'avoir une aventure avec une femme si attirante et si expérimentée.

Par la porte ouverte sur le couloir, alors qu'il est en pleine répétition de son rôle dans la *Norma*, il a une vision qui le cloue sur place. Grande et fine tandis qu'elle entre dans la salle, avec des anglaises blondes et châtain qui lui battent doucement les épaules, ornées d'un petit nœud bleu à la hauteur d'une de ses tempes, son pas un peu long, imprime une lenteur sensuelle à son allure. Elle se rapproche, lui fait face, mais elle est encore trop loin pour qu'on puisse affirmer qu'elle fixe quelqu'un. Elle est accompagnée d'un professeur de chant qui lui parle à voix basse. Ce regard aussi tendre que bleu, ces cheveux frangés sur le front, jusqu'à la hauteur de sourcils fièrement arqués, qui ne laissent voir que le bas de l'ovale du visage, ce petit nez d'écolière, ce sourire sur des dents éclatantes qui semblent vouloir dévorer de la chair crue…

Eugenio doit faire un effort surhumain pour se concentrer sur son jeu. Pour la première fois depuis longtemps, il est tétanisé. Il continue malgré tout à jouer le rôle d'Oroveso et c'est finalement la concentration qu'il y met qui lui offre une bouée de sauvetage sans laquelle il s'effondrerait. Chaque mot de son chant est un fragment de réalité qui le tient hors de portée de la vision cauchemardesque qui s'avance vers lui. Alors qu'elle est à quelques mètres, il entend le professeur faire les présentations aux membres de la troupe.

— Je vous présente Fanny Fiedelson, elle va doubler Jennylaigh dans le rôle de Clotilda[22].

Eugenio se fige dans une immobilité de stupéfaction. En la voyant s'approcher, il doutait de sa vue mais à entendre prononcer son nom, il doit se rendre à la réalité. Ce nom honni, ce dragon stupide, qui brisa le peu d'amour-propre qu'il lui restait il y a deux ans. Elle est là. Elle s'approche, il ne peut l'esquiver. Quand elle le reconnaît enfin, elle ne peut masquer un brutal mouvement de recul.

— Frédéric ?

Sentant la méprise survenir et pour éviter tout dérapage inutile, le professeur de chant s'empresse de déclarer.

— Et voici Eugenio Trevissolo dans le rôle d'Oroveso.

Dans un sursaut courageux, Eugenio profite de la surprise de Fanny pour trancher dans le malaise.

— Très heureux de vous rencontrer, Fanny et bienvenue
    dans notre équipe.

Il a pris une tonalité un peu plus basse que d'ordinaire et opté pour un vouvoiement respectueux et distant. Fanny est interloquée. L'homme qui se trouve devant elle ressemble à ce grand échalas qu'elle a connu lors des master-classes à Roches, mais quelques détails ne lui échappent pas sur les changements d'apparence d'Eugenio. Son visage bruni et endurci, sa carrure plus développée, sa voix aussi, plus pleine. Cependant, elle est bien certaine que c'est le Frédéric Bouchay qu'elle a connu mais, pour ne pas gâcher son introduction dans son nouvel environnement de travail, elle feint l'étourderie.

— Vous ressemblez à s'y méprendre à quelqu'un d'autre,
    un Français, c'est étonnant.

— Hélas, je suis Italien, dit-il dans sa langue natale.

---

[22] Confidente de Norma (soprano)

Eugenio sait parfaitement à quoi s'en tenir mais au moins a-t-elle eu le tact de sauver les apparences.

Le tact ? Ce n'est pourtant pas ce qui l'étouffe !

Au fond de lui, le cauchemar noir de son humiliation ressurgit à grandes tirées des ailes du souvenir. Mais alors qu'à l'époque, il n'avait pu que s'enfuir sous la honte, aujourd'hui il est pris d'une colère impossible à dissimuler. Ses mains raidies le long de son corps veulent frapper cette figure trop lisse. L'imminence de son entrée en scène met un terme provisoire à ses pensées vengeresses.

Quand Fanny entend la voix puissante d'Eugenio emplir la petite salle de répétition, couvrant jusqu'au son du piano, c'est un saisissement. Elle se souvient parfaitement de cette voix un peu juvénile et surtout, de son dérapage dans les aigus, qui avait laissé tout le monde pantois. Celle qu'elle entend maintenant ici, à Athènes, n'a rien de commun avec celle de Roches sur Loire.

Dans son infortune, Eugenio se réconforte dans l'idée qu'il n'y a pas de scène commune entre Oroveso et Clotilda. À la pause, il vient retrouver Georgios qui joue dans une autre mise en scène.

— Ah, Georgios. Peux-tu me rendre un grand service ?

* * *

Pendant plusieurs jours, Eugenio prend les plus grandes précautions pour ne pas se trouver en présence de Fanny. Ce n'est pas très difficile car de son côté, elle n'a pas envie de renouer avec cet homme, qu'elle considère toujours comme un pauvre type. Les rares fois où le regard d'Eugenio croise celui de Fanny, c'est pour y lire une ironie qui lui fait bouillir le sang. Il calme sa colère le soir en parcourant des kilomètres à pied dans toutes les vieilles rues d'Athènes en prenant garde de ne pas passer par le petit hôtel où Fanny réside. Ces balades lui redonnent de la gaieté. Sa première virée le mène dans le quartier ancestral de Monastiraki et son célèbre marché aux puces. Sur la place, il suffit de faire un tour sur soi-même pour avoir un aperçu de toutes les grandes époques de la Grèce. L'antiquité se reconnaît à l'Acropole, la période romaine est présente avec la bibliothèque d'Hadrien, la mosquée de Tzistarakis signe l'époque ottomane et les byzantins marquent leur passage avec l'église Pandanassa. On n'échappe pas non plus aux temps modernes, avec la station de métro qui relie Athènes au Pirée. Pour Eugenio, le marché aux puces est une véritable caverne d'Ali Baba au sens propre. L'empreinte orientale des objets qui s'y trouvent, reflète à merveille la situation géographique et historique de la Grèce, qui fonda des villes de l'autre côté de la mer Égée, comme Izmir dans l'actuelle Turquie. Le deuxième soir, ses mollets de montagnard l'entrainent sur le mont Lycavittos, qui s'élève à près de trois cents mètres au-dessus de la ville. Après avoir parcouru la rue Xantiou et traversé la place Dexiamenis, il prend des sentiers qui lui rappellent de bons souvenirs. Ils n'ont pas d'indication directionnelle mais il ne peut pas se tromper puisqu'ils montent tous vers un seul but, le haut de la colline. L'effort est récompensé par la vue panoramique à 360° de cet îlot de verdure dans une mer d'immeubles, que le coucher du soleil fait scintiller de mille jeux d'ombres et de lumières.

Il savoure ces revigorantes promenades auxquelles il peut s'adonner sans souci. Son job est enthousiasmant et il se prend souvent à rêver de tout ce qu'il va pourvoir entreprendre à La Roglia, quand sa saison lyrique sera terminée et qu'il pourra de nouveau prendre pied sur sa terre natale.

Fanny n'a pas suivi un parcours aussi évolutif que celui d'Eugenio durant les deux années qui ont suivi les master-classes de Roches sur Loire. À partir de son esclandre avec

Eugenio, elle est un peu mise en quarantaine par les autres membres de l'équipe. Les déboires de notre basse lyrique, alias Frédéric Bouchay, ont ému tout le monde et une compassionnelle sympathie est née envers celui qui subit une des pires pathologies que peut connaître un chanteur lyrique. Chacun revit dans sa mémoire comme un traumatisme personnel, ce yodel épouvantable dans un arpège montant du noble Sarastro. Aussi quand l'ardente Fanny lui tombe dessus à bras raccourcis, chacun prend fait et cause pour l'infortuné Frédéric. Son piteux départ scelle le sort de Fanny, elle n'est plus digne qu'on lui adresse la parole. De retour chez elle, elle récupère son caniche Hector et tourne vite la page sur son aventure Rochoise. Son emploi du temps est ensuite redevenu le même qu'auparavant, partagé entre son activité de pigiste musicale, des contrats pas très juteux, des amants envers lesquels elle manque de constance et son grand fils qui revient de temps en temps le week-end ou un soir en semaine, visiter son réfrigérateur. Bref, Fanny Fiedelson reste cette petite bourgeoise satisfaite d'elle-même et pas encombrée par des idées de remise en cause, encore moins par des projets ambitieux. Comparé au parcours d'Eugenio, on pourrait dire que l'un a fait le voyage pour la lune et retour, tandis que l'autre s'est contenté de multiplier les rotations sur le périphérique parisien.

— Ah Fanny, je suis content de te voir.

Georgios a pris son air le plus patelin pour aborder Fanny, celui qui a fait dire une fois à Ariana : « Il n'a pas son pareil pour ressembler à un bébé koala ! »

— Bonjour Georgios, que se passe-t-il donc ?

— Dans cette glorieuse administration, je suis chargé de veiller sur l'accueil des nouveaux arrivants. As-tu quelques minutes à me consacrer ?

— Mais bien sûr. Où veux-tu que nous allions ?

— Il est dix heures, veux-tu m'accompagner à la cafet' prendre un thé ou un café ?

Ils s'installent à une table à l'écart et Georgios sort un bloc-notes et un stylo. S'ensuit toute une série de questions sur son intégration dans le groupe, les difficultés pratiques qu'elle a pu rencontrer, son logement, il lui demande même de faire une sorte de rapport d'étonnement sur l'institution.

— Ah ça, mon plus grand étonnement a été de retrouver Eugenio Trevissolo que j'ai bien connu il y a deux ans sous un autre nom.

— Par exemple ! Tu as dû être contente decses retrouvailles inattendues…

— Pas vraiment, je n'ai pas d'estime particulière pour cet homme hormis le fait qu'il a une très belle voix.

— C'est surprenant de t'entendre dire ça car ici, Eugenio est très apprécié, c'est quelqu'un d'assez remarquable. Il a réussi à mettre en déroute un des pires ripoux de la ville.

— Lui ? Comment ça ?

Georgios lui fait alors le récit des exploits d'Eugenio à sa façon, c'est-à-dire comme un conteur pour enfants. Toutes les mimiques possibles pour capter l'attention sont déployées, c'est un véritable théâtre à lui tout seul. Son visage prend des expressions changeantes qui évoquent tour à tour la cruauté, la tristesse, la gaieté ou la peur, pendant qu'il fait des gestes de moulin à vent, lève les bras au ciel ou se cache derrière eux. Sa voix est impressionnante dans ses changements de ton. Il émet des mots avec un son guttural proche du rugissement puis passe à des trémolos à peine audibles, au point qu'on ne sait plus quand sa voix est normale. Il est parfois agité de mouvements brusques qui le font sursauter sur sa chaise et surprennent son interlocutrice. Mais le plus fort est dans son regard. Ses yeux sont alternativement petits, écarquillés, sombres ou rieurs mais toujours fixés avec insistance sur ceux de Fanny. Instinctivement, elle se met à redouter une de ses expressions qui revient régulièrement, celle où il a les paupières très relevées et qui donnent une impression exorbitée saisissante. Quand il est ainsi, en plein phares, Fanny ne peut s'empêcher de se reculer au maximum sur son siège comme pour atténuer un éblouissement. Il parvient même, dans les passages les plus tristes de son récit, à faire naître de petites larmes au coin de ses yeux, chassées aussitôt après par un éclat de rire retenu, en raison des autres personnes présentes dans cette cafet'. On l'aura bien compris, dans son histoire, si les morts sont glissés sous le tapis – les imprudents ont juste été envoyés à l'hôpital – l'héroïsme d'Eugenio est démultiplié. Au bout de dix minutes d'un tel manège, Fanny est emportée, incapable de dire quoi que ce soit. Georgios termine son récit par des pauses plus tranquilles à la façon d'un atterrissage en douceur.

— C'est pourquoi, nous portons Eugenio dans une si haute estime, car nous sommes tous conscients qu'on ne rencontre pas une telle personnalité tous les jours. Voilà ma chère Fanny ce qu'il y a de surprenant dans ce que tu me disais précédemment. Es-tu sûre que ta mémoire ne te joue pas des tours ?

Fanny, complètement envoutée par cette démonstration criante de vérité et pourtant un tantinet hors-sol, n'en croit pas ses oreilles. Elle hésite sur la posture à tenir, déchirée entre son coutumier quant-à-soi et l'aveu d'une grossière erreur de jugement.

— Il… Il a beaucoup changé… C'est incontestable, confie-t-elle avec hésitation.

— Ou bien il s'est révélé, poursuit Georgios. En tout cas, la vie nous fait prendre parfois des détours surprenants, il ne faut jamais l'oublier.

De retour sur la scène de répétition, Fanny cherche Eugenio du regard. Quand elle l'aperçoit, elle est encore complètement tourneboulée par les confidences de Georgios. Elle remarque alors pour la deuxième fois, les différences physiques qui se lisent sur l'interprète d'Oroveso et tente de les raccorder au récit qu'elle a entendu. Il n'y a plus de doutes alors pour elle, Eugenio a considérablement gagné en virilité. Même son air de chien battu s'est estompé au profit d'un visage empreint d'une gravité d'homme serein. Mais les pattes d'oie qui se sont gravées au coin de ses yeux et qui n'existaient pas auparavant, équilibrent à merveille la sévérité de sa puissante mâchoire. Il y a deux ans, Frédéric Bouchay était attendrissant, aujourd'hui, Eugenio Trevissolo est beau.

Alors qu'il attend son entrée en scène, elle s'approche de lui, encore toute émue par ces révélations auditives et visuelles.

— Je te présente mes excuses pour les mots blessants que j'ai eus envers toi à Roches, déclare-t-elle à voix chuchotée.

Eugenio la regarde, marquant ostensiblement sa surprise.

— Il n'est jamais trop tard pour bien faire, répond-il.

À la pause-déjeuner, elle lui demande si elle peut se mettre à sa table.

— Georgios m'a parlé de toi, commence-t-elle.

— Aïe, j'espère qu'il n'a pas été trop méchante langue.

— Au contraire, il m'a ouvert les yeux.

Dans ce nouveau dialogue qui reprend place entre eux, Fanny le dévisage pour s'imprégner encore davantage de cet homme transformé. Son regret de l'avoir humilié est d'autant plus sincère, qu'elle le voit maintenant sous un jour admirable.

L'après-midi se déroule séparément pour eux. Fanny ne peut ôter de sa mémoire la nouvelle impression qu'elle ressent avec force pour Eugenio. Quand elle rejoint son hôtel, c'est la tristesse d'être éloignée de lui qui s'empare d'elle. Elle dort mal. Elle est réveillée sans arrêts par l'image de cet homme en qui elle ne trouve plus que des qualités. Elle essaie de se remémorer l'emploi du temps de la journée de demain pour savoir si elle pourra à nouveau être près de lui. À son réveil, c'est décidé. Elle va l'inviter à diner ce soir et fera tout pour le séduire à nouveau, regagner sa confiance, repartir sur des bases neuves, entamer une relation durable. Sans oser se le formuler ouvertement, elle est amoureuse comme elle ne se souvient pas l'avoir été par le passé.

Quand le soir arrive, ils se retrouvent dans une taverne bien cachée, la « Ouzeri Lesvos », remarquable par son décor fait de coquillages. À la mode grecque, ils décident de partager des mezzes[23]. Fanny s'est mise sur son trente-et-un, Eugenio reconnaît le parfum si envoûtant qu'elle portait à Roches et ses confidences ne sont pas plus équivoques que son regard de velours. Mais Eugenio reste sur sa réserve, il aimerait tant avoir Cecilia assise en face de lui…

Tout de même, ce Georgios est un sacré phénomène !

Toutefois, après la tempête qu'elle a déclenchée à Roches sur Loire, Eugenio ne manque pas d'en rajouter une couche dans la mortification. Fanny regrette. Elle regrette énormément. Elle ne sait pas quoi dire pour mieux exprimer son regret.

— Je ne sais pas ce qui m'a prise. Peut-être la fatigue accumulée pendant ces master-classes, le manque de sommeil, la surchauffe avant la générale. Je ne me suis

---

[23] Sorte de tapas mais avec des ingrédients grecs.

jamais conduite comme ça avec un homme. Pardonne-moi, je t'en prie…

Le manque de sommeil ? Et moi, donc ! Obligé de me doper à m'en faire péter la voix !

Ce soir-là, si l'armistice est actée et qu'on a repris le dialogue, on n'en est pas encore à une oublieuse fraternité. Chacun rejoint sagement son lit.

24 — *Impardonnable outrage*

Pendant que dans le temple du bel canto, ces salmigondis sentimentaux font flores autour du bel Eugenio, Svelnia rumine sec. Elle est dans l'année où elle va accéder au club des milliardaires, qui ne compte encore que 2 153 personnes dans le monde, dont moins de 15 % de femmes. C'est palpitant en soi mais le prélèvement de 10 millions d'euros qu'elle vient de subir lui reste en travers de la gorge. Depuis qu'elle a opté pour une gestion plus respectueuse des lois communes de notre planète, elle s'ennuie ferme. Le bannissement de Faustino est un peu raide à avaler aussi. Comparé à elle, c'était un âne mais il en avait aussi des attributs forts appréciés des femmes, nous parlons des oreilles, bien entendu. Quand elle a fait le tour des contacts inscrits dans son smartphone, elle a été contrainte de faire le constat que font toutes les quinquas récemment célibataires : les mecs bien sont déjà casés et ceux qui restent sont des pseudo-aventuriers qui se la jouent. Quant aux authentiques baroudeurs non décérébrés, pas question ; Svelnia ne supporte pas la concurrence ! Donc régime sans sel (de la vie) et briefing juridique tous les lundi matin de chaque semaine. C'est beaucoup moins drôle que les coups montés qui envoyaient quelques bouffis à l'hôpital, voire au cimetière, histoire de dégager le champ de l'entreprise de transport maritime. Comme les chiens ne font pas des chats et qu'il est difficile d'enfiler le costume de la vertu quand on a passé sa vie dans la peau d'une voyoute, l'idée d'une petite vengeance à l'ancienne surgit dans son esprit.

Encore peu habituée aux règles judiciaires, elle demande tout d'abord à être reçue par un Juge d'instruction. Le secrétaire qu'elle a en ligne lui demande le motif de sa requête mais quand elle annonce que c'est pour porter plainte, elle s'entend répondre poliment mais par la négative.

— J'insiste car c'est une affaire délicate, je suis Svelnia-Maria Kakapov.

— … Ne quittez pas, lui fait l'homme un peu surpris.

En quelques secondes, le verrou est débloqué, le Juge va la recevoir, le RV est fixé au lendemain à 9 h 00. C'est sur la foi de son nom seul, que le Juge a accepté de la recevoir, craignant de passer à côté de quelque chose de grave pour l'économie grecque. Le Juge est un homme posé, dans la quarantaine qui commence à s'épanouir juste au-dessus de la ceinture. Il a le sens du devoir placé dans sa vie comme un totem, au point qu'il refuse que sa femme travaille à autre chose qu'à servir l'État. Comme Madame n'a aucune qualification pour ça, elle est contrainte de se consacrer exclusivement à l'éducation de leurs trois enfants. Après tout, c'est aussi une œuvre qui participe à la solidarité nationale. Mais quand il reçoit Svelnia, son inquiétude tombe et le protocole administrativo-juridique reprend ses droits.

— Je comprends votre désarroi devant le mauvais coup de ce malandrin, mais je ne peux pas agir sans une demande expresse du Procureur, répond le magistrat.

Qu'à cela ne tienne, Svelnia réitère sa demande auprès du Procureur qui la reçoit sans discuter, mais ses motivations sont un peu moins nobles que celle de l'intègre Juge. Habitué, pour ne pas dire lassé, par l'ordinaire de son emploi du temps qui ne lui fait rencontrer que des hommes gris, dépressifs et ennuyeux, il est trop heureux de pouvoir en varier le menu par une personne si avenante (il la connaît de réputation). C'est un vieux garçon de 55 ans, qui se prend encore pour un fringuant jeune homme. Frustré des plaisirs ordinaires de ce monde, c'est avec une concupiscence libidineuse qu'il reçoit la PDG de la Svelnia Shipping Company.

— Hélas chère Madame, sans une plainte déposée en

Commissariat ou en Gendarmerie, je ne peux rien faire, c'est par-là qu'il faut commencer. Croyez que j'aurais aimé vous satisfaire plus directement. En revanche, je vous promets de saisir le Juge d'instruction dans la journée où je recevrai votre plainte, répond le vieux garçon avec une affectation émoustillée par les formes gracieuses, qu'il imagine sous la jupe-tailleur de la plaignante.

Mais l'eau de toilette dont il a abusé pour l'occasion, ne suffit pas à calmer la colère de Svelnia, dépitée d'être le jouet d'une administration judiciaire aussi tatillonne.

— Je constate qu'il est plus facile à un malfaiteur de porter préjudice, qu'à une victime de faire valoir ses droits. J'en suis très désappointée, répond-elle le plus sèchement possible.

Même pas en rêve, le Proc ! Sitôt sortie de son bureau, elle se rend au Commissariat, qui se trouve sur son trajet, où elle est reçue par un planton à peine propre, pour autant qu'elle peut en juger à l'odeur.

— Je voudrais voir le Commissaire Leonis, dit-elle sans s'approcher trop près du policier.

— Il n'est pas disponible pour l'instant. C'est à quel sujet ?, lui marmonne le fonctionnaire.

— C'est pour déposer une plainte.

— Mais il est inutile de déranger le Commissaire pour ça, je peux très bien l'enregistrer moi-même, rétorque-il avec un sourire révélant une dentition jaune et incomplète, signe d'une mauvaise hygiène dentaire en parfait accord avec le reste de sa dégaine.

Naturellement, Svelnia élude. Pas question de passer une demi-heure en présence rapprochée avec un sac pareil. Arguant de sa connaissance personnelle de Leonis, elle obtient finalement un RV pour le lendemain.

Dans le bureau du Commissaire, elle confie son infortune.

— L'homme que vous avez rencontré chez moi est un informaticien brillant qui a pratiqué une extorsion de 10 M€ sur mon compte. Quand vous l'avez trouvé chez moi, j'étais en train de négocier avec lui pour lui faire renoncer à son forfait, mais il n'a rien voulu entendre. Comme j'ai choisi la voie honnête pour gérer mes affaires, je viens déposer une plainte. J'ajoute que je suis en mesure de fournir la trace bancaire de ce détournement.

À la suite de cette déclaration, un silence s'installe dans le bureau, même pas troublé par le ronronnement de la climatisation, toujours aussi poussiéreuse, mais à l'arrêt en raison de la douceur automnale. Leonis est interloqué par cette histoire qui ne correspond pas à l'image qu'il se fait d'Eugenio Trevissolo. En même temps, comme il sait que Svelnia lui a joué un très mauvais tour par le passé, il se dit que c'est possible. La plainte est donc enregistrée et transmise au Procureur qui s'empresse de saisir le Juge d'instruction comme il s'y était engagé.

Muni de la plainte en bonne et due forme et de toutes les pièces justificatives accablantes, le Juge n'a pas d'autre choix que d'ouvrir une instruction. Il lance un mandat d'amener contre l'infortuné Eugenio, afin de l'entendre.

La police n'a pas besoin de chercher loin pour trouver Eugenio, dont le nom figure déjà sur les affiches des prochains programmes de l'opéra. Comme la délicatesse ne figure pas au programme de formation de ces fonctionnaires, une voiture finement estampillée des attributs de la force publique, déboule sans crier gare devant l'institution lyrique et stoppe, gyrophare en marche, sur les zébras qui interdisent tout arrêt. Forte impression sur les flâneurs venus admirer l'édifice ! Deux policiers en descendent, avec casquette à visière martiale, armes ostensibles à la ceinture et rangers cirées comme à la parade. Ils pénètrent dans les lieux et foncent droits sur la salle de répétition, se laissant guider par la musique. Ils tombent sur Eugenio auquel ils expédient un rapide « Vous êtes en état d'arrestation ! » tout en lui passant les menottes. Dans ces pays ensoleillés par une Méditerranée éternelle, on ne s'embarrasse pas des froids protocoles en vigueur outre-Atlantique, où l'on pérore sur les droits de l'alpagué. Ici, Eugenio n'a droit à rien du tout pour sa défense, il obtempère.

Si les passants du parvis ont été fort surpris de l'intervention policière, ceux de la salle de répétition sont complètement médusés. Georgios, Fanny et tous les autres camarades du très estimé Eugenio, sont anéantis par cette démonstration humiliante, même Eugenio en reste bouche-bée.

— Où m'emmenez-vous ?, demande Eugenio une fois dans la voiture de police.

— C'est curieux, comme nos clients ont tous la même question, fait le conducteur à ses collègues. Puis s'adressant à Eugenio : on vous conduit chez le Juge d'instruction !

Une fois chez le Juge, Eugenio est reçu immédiatement par le consciencieux magistrat.

— Vous êtes soupçonné d'avoir extorqué 10 M€ à Madame Kakapov. Nous avons toutes les pièces attestant de ce transfert d'argent sur votre compte. Qu'avez-vous à dire pour votre défense ?

La garce ! J'aurais dû me douter qu'elle tenterait de se venger !

Les choses viennent de prendre un tour bien sombre pour

Eugenio. Sous le coup de la surprise, il est un peu désemparé. Juste un peu car il n'est pas accablé au point d'en perdre son bon sens.

> — Je souhaite consulter mon conseil avant toute chose, a-t-il la présence d'esprit de répondre.

> — C'est votre droit. Qui est-ce ?

> — Madame Ariana Cerapoulos.

> — Hum ! Madame veuve Cerapoulos est quelqu'un de parfaitement respectable mais elle n'est pas avocat, me semble-t-il.

> — Vous avez raison mais c'est elle qui a la clé de votre question. Ne pouvez-vous pas la consulter comme témoin ?

> — C'est possible en effet, mais comme je ne veux pas prendre le risque que vous influenciez son témoignage, je dois vous placer en détention provisoire en attendant de pouvoir l'entendre.

En pareil cas, c'est le complexe pénitentiaire de Korydallos, au Pirée, qui est choisi. Il est beaucoup plus vaste et moderne que la prison de Socrate taillée dans le rocher non loin de là, mais il est aussi beaucoup plus violent. En 2015, une bagarre a fait deux morts et dix-huit blessés et récemment, huit gardiens ont été suspendus pour actes de tortures sur des prisonniers. *O tempora, o mores !*

Eugenio ignore cet état des choses, mais il n'est pas naïf au point de se croire en sécurité dans une prison où sont rassemblés les pires criminels et dont la claustration constitue le meilleur ferment de leur perversité. Quand le Juge lui fait cette annonce, il marque le coup.

Dans sa mansuétude, dictée par un souci scrupuleux d'équilibrer la charge de son instruction, il précise :

— Rassurez-vous. Vous ne serez pas mélangé aux détenus dangereux ou condamnés à de longues peines.

Pour un peu, il le remercierait !

C'est la même voiture de police qui le conduit à cette prison. L'ambiance à bord est à la franche rigolade, mais comme il ne comprend pas la langue il en est réduit à supposer que c'est de lui dont on se moque, ce qui est parfaitement exact en l'espèce. C'est une habitude chez les policiers, d'évoquer les mauvais traitements qui sévissent en prison quand ils sont en présence d'un primo-accédant. Voir un homme blêmir ou se mettre à pleurer sous l'effet de la terreur, constitue un divertissement dont ils ne se lassent pas. C'est leur façon de savourer le plaisir d'être du bon côté de la barrière, un peu comme dans les cours d'écoles, quand la punition d'un élève excite la moquerie de ceux qui y échappent. La solidarité ou la compassion ne sont pas des vertus distribuées à tout le monde sur cette terre. Mais, constatant que leur passager ne les comprend pas et incapables de s'exprimer avec la même aisance dans une autre langue, ils finissent par revenir à un comportement plus mesuré.

S'il y a une chose commune à toutes les prisons du monde, c'est bien la taille monumentale de leur porte d'entrée. Sur le plan symbolique, c'est un témoignage ambigu qui nous est ainsi livré : veut-on signifier que les tentatives d'évasion se heurteront à la dimension dissuasive de cette issue ou bien que l'on souhaite une entrée massive des délinquants ? Mais Eugenio n'a pas le temps de philosopher sur ce mystère architectural, il est introduit par une petite porte latérale qui donne sur une grande salle munie de bancs tout autour et d'une plante verte incongrue en son centre. Les murs sont jaunes ou beiges, on peut hésiter, la peinture est écaillée. C'est l'endroit où les visiteurs attendent l'ouverture des parloirs. Au-delà de cette pièce, on le fait entrer dans une sorte de bureau où il peut pour la première fois, se faire une idée des uniformes des gardiens. Les policiers récupèrent leurs menottes et dès qu'ils ont franchi la porte pour sortir, un gardien la ferme à clé. Il semble que ce soit sa tâche principale, puisqu'il reste à proximité, prêt à effectuer la manœuvre inverse, pour accueillir l'invité suivant. Une gardienne derrière un bureau, lui fait signe de se présenter à elle. Elle a l'air aussi renfrognée que la demi-douzaine des collègues qui l'entoure. Eugenio doit vider ses poches, chaque objet est consigné dans un registre. Aucune phrase n'est prononcée, seulement des mots qui claquent comme des ordres : « Here !», « Name ! », « Pockets !» et ne sont jamais accompagnés par une amabilité.

Comment sait-elle que je ne suis pas grec ?

Elle lui remet ensuite un paquet et l'invite à aller se changer dans une cabine en toile. Le paquet contient une combinaison bleue, du linge de corps et des chaussons, Eugenio doit placer ses vêtements civils dans des sacs transparents. À la fin de la consignation de tous ses effets, on lui fait signer un registre, puis on l'emmène dans un dédale de couloirs. Il est accompagné par deux gardiens qui font la gueule, eux aussi. Les couloirs sentent l'eau de Javel, ça pue mais c'est pour la bonne cause. Il parvient aux premières cellules et s'entend interpeler derrière un judas, c'est une femme mais sa voix est très rauque :

> — Eh beau gosse, passe me voir à l'occasion, j'ai un plan d'évasion… entre mes cuisses ! Ah, Ah, Ah.

Heureusement qu'Eugenio ne comprend pas le grec, il en aurait été gêné. Il arrive à une cellule dont la porte est ouverte par l'un des deux gardiens. On le pousse à l'intérieur, trois hommes sont allongés sur des lits superposés, pas un bonjour, juste des regards hostiles. Il ne reste qu'une place, c'est la sienne, pour un temps indéfini.

* * *

À l'opéra, la stupeur a cédé la place à l'incompréhension. Tout le monde pense aux exploits réalisés sur la place des Rosas, mais on ne comprend pas comment la police a pu être informée ; ce ne sont tout de même pas les ravisseurs de Pietro et Antonella qui sont venus se plaindre ! Le surlendemain, Ariana reçoit une lettre à entête officielle du ministère de la justice, qu'elle décachète aussitôt. Sa tension artérielle monte un peu trop haut quand elle comprend qu'elle est convoquée à titre de témoin dans l'affaire d'extorsion d'Eugenio Trevissolo à l'encontre de Madame Svelnia-Maria Kakapov. À la fin de sa lecture, sa pression sanguine a retrouvé un cours normal ; Ariana jouit d'une santé magnifique. Elle savoure la cocasserie de cette affaire, car elle est certaine de tirer Eugenio de ce mauvais pas. La seule chose qui la chagrine un peu, c'est la date du RV, fixée à la semaine suivante. L'attente va être longue pour le malchanceux égratigné par un mauvais coup de patte de Svelnia.

Rassurer toute l'équipe de l'opéra sans révéler les dessous de l'affaire est une tâche fort compliquée. Elle s'en explique avec Georgios qu'elle met dans la confidence pour le coup.

— Tu as raison de vouloir prendre des précautions Ariana, les gens ne comprendraient pas et Fanny en serait même choquée. Rends-toi compte qu'elle a passé un mois avec lui en France pendant qu'il se livrait à son piratage raté, sans rien y voir ! Alors maintenant qu'elle est amoureuse…

— Et lui ?

— Aaaah ! Tu voudrais bien savoir, hein ? Eh bien non, il n'est pas du tout attiré par elle.

Ils conviennent de monter un bobard : c'est un malentendu, une affaire administrative de régularisation de papiers, il sera bientôt de retour. En ces temps de chasse aux migrants, cela n'étonne personne qu'on puisse aller en prison pour un papier manquant, même si l'Italie et la Grèce font tous deux partie de la même Union européenne. Mais la véritable raison de leur adhésion à ce grossier mensonge est plus prosaïque : l'œuvre de Bellini ne va pas être annulée. Même le directeur artistique semble soulagé par cette annonce abracadabrante.

Pour rien au monde, Ariana n'aurait manqué le rendez-vous fixé par le Juge. Quand elle se trouve dans son bureau, qu'il lui a rappelé les contours de l'affaire, elle se lance dans un exposé de ses arguments.

— Ce transfert d'argent ne correspond en aucun cas à une extorsion. J'ai amené avec moi les documents officiels qui prouvent que cette transaction correspond à la sentence de notre Conseil arbitral.

— Un Conseil arbitral ?

— Oui. L'Ordre des armateurs qu'avait fondé mon mari, a constitué un Conseil arbitral pour juger les fautes professionnelles de Madame Kakapov et a émis la sentence d'une réparation financière pour Monsieur Trevissolo.

— Mais c'est complètement illégal !, s'insurge le Juge. Personne en Grèce n'a le droit de se constituer en tribunal en dehors de la magistrature.

— En Grèce non, bien sûr, mais à Jersey, ça ne pose aucun problème, répond Ariana avec un aplomb déroutant.

— À Jersey ?

— Comme vous pouvez le constater sur l'entête de nos documents, notre Ordre a son siège là-bas, c'est-à-dire en dehors de la Grèce, Monsieur le Juge.

Cette dernière précision apportée par Ariana, avec toute la

consomption dont elle est capable, est une référence explicite à la Constitution grecque, qui s'interdit toute ingérence extraterritoriale. Le Juge est contraint de reconnaître son impuissance, son instruction est éteinte. Il saisit son téléphone et ordonne la levée d'écrou immédiate d'Eugenio.

Le détenu provisoire est aussitôt extirpé de sa cellule. Le Juge ne lui avait pas menti, ses colocataires étaient des petits délinquants, soucieux de ne pas aggraver leur cas par un comportement rebelle. Il refait en sens inverse le chemin de son admission et ressort par la même petite porte latérale qu'une semaine auparavant. Garée en double file de l'autre côté de la rue, Ariana émet un bref coup de klaxon pour attirer son attention.

— Je suppose que vous seriez content que je vous dépose chez vous pour un décrassage, lui fait-elle à travers la vitre baissée.

Durant le chemin du retour, elle lui fait un résumé de son intervention auprès du Juge d'instruction. Eugenio est très impressionné par la maestria de cette femme.

— Je ne vis pas dans le confort de Kifissia, mais je peux quand même vous offrir un bon café.

Son logement est en effet des plus sobres. C'est un meublé qui rassemble tous les vieux ustensiles dont le propriétaire n'a plus eu besoin à un moment donné, c'est fonctionnel mais moche et disparate. Quand il ressort de sa salle de bain, propre et sentant bon la savonnette, il retrouve Ariana accaparée par la partition de *Norma* qui était restée sur une commode.

— Dites-moi, Eugenio, cela fait combien de fois que je vous sauve la mise ?

— Je vous dois beaucoup, Ariana. Choisissez le meilleur restaurant d'Athènes, je vous y invite dès ce soir si vous êtes libre.

Et après le restaurant, il ne se fait pas d'illusion, il faudra bien qu'il accepte de la raccompagner chez elle et de finir la soirée dans son lit. Comment échapper à cette obligation en remerciement de son intervention ? En attendant, l'annonce l'après-midi des prochaines retrouvailles d'Eugenio et de son équipe à l'opéra, apportent à tout un chacun un réconfort mêlé d'attendrissement et d'exubérance.

25 — *Fin de saison et début de traque*

La nuit chez Ariana n'est pas un insupportable calvaire pour Eugenio. Il œuvre pendant plusieurs heures avec abnégation, conduit par une conscience du devoir à la hauteur d'un homme bien éduqué. Car il faut bien le reconnaître, son érection dans notre XXIe siècle, le place bien au-dessus du plébéien dénué des principes moraux élémentaires, ce qui n'a pas échappé à Ariana. Dès le début, quand elle lui signifie sa convocation impérative dans ses plis les plus secrets, il opte pour la posture diplomatique de rigueur, celle de l'émissaire invité en pays étranger, qui doit se montrer capable de manier plusieurs langues à la fois. Son doigté, développé à son paroxysme, lui permet d'obtenir l'assentiment de son interlocutrice, au point qu'elle manque d'en perdre toute contenance. Heureusement, Eugenio anticipe sa réaction et, plaçant dans sa bouche une friandise à faire fondre sous la langue, il peut obtenir d'elle une approbation plus silencieuse. Au moment le plus délicat, celui de l'introduction de la pièce maîtresse de ses arguments, il la prie de se retourner et de fermer les yeux : il va lui faire une surprise ! Bien sûr, elle n'est pas née de la dernière pluie et se doute bien de ce qu'il est en train d'insinuer, mais comme elle est aussi très respectueuse des principes de l'hospitalité, elle prend très à cœur que son invité se sente à l'aise chez elle. Elle se démène sans compter pour satisfaire ses moindres désirs, n'hésitant pas à se mouiller dans la conversation, mettant la main à la pâte quand il le faut ou jonglant avec dextérité sur le bilboquet à deux boules, emblème consacré des ambassadeurs de charme. Ah que les salons des dames devaient être jolis au temps où l'on découvrait le carte du tendre ! Évidemment, la courtoisie s'est transformée au cours du temps. Mais si le verbe est moins ampoulé et que les jupes se sont raccourcies, les contingences priapiques pénètrent toujours et avec autant de bonheur, les brèches qui leur sont offertes. Quoiqu'en disent les philosophes éthérés de notre époque, les conversations entre les hommes et les femmes n'ont rien perdu de leur entrain, qu'il s'agisse de joyeuses saillies en face-à-face ou de réflexions par derrière.

Le lendemain, c'est le grand retour de l'homme indispensable dans l'institution musicale. Ariana l'ayant affranchi du prétexte sous lequel on a expliqué son absence, Eugenio se trouve très à l'aise pour passer sous silence ses affaires sales avec Svelnia. Pour donner le change, il raconte dans le détail sa vie d'une semaine dans ce qui aurait pu être l'enfer de Korydallos, car il n'a pas connu le pire dans cette prison, ce qu'il avoue avec honnêteté.

En cours de journée, quand la pression sur la vedette du jour est descendue, Georgios le prend à part.

— En bon camarade, je t'informe que Fanny me harcèle de questions sur toi. Elle en pince beaucoup…

— La faute à qui ?, renvoie Eugenio avec amusement.

— Oh ! N'exagère pas mes capacités, j'ai juste rétabli la vérité sur ton compte.

— Et tu as bien fait, je ne t'en veux pas.

— Ariana aussi…

— Je sais, je sais !

— Félicitations, si je peux me permettre, poursuit Georgios amicalement.

— Écoute, c'est un peu délicat pour moi, mais elles n'ont aucune chance.

À ce moment, Georgios recule et observe Eugenio avec des yeux plissés qui impriment dans son regard une gravité qui tranche avec le ton badin qui précédait.

— J'ai saisi, ne me dit rien !, déclare-t-il au bout de

quelques secondes.

Satisfait d'avoir été compris à demi-mot, Eugenio lui met la main sur l'épaule et dit :

— On va temporiser jusqu'à la fin de la saison. Le titulaire reprendra sa place et moi, je retournerai voir mes brebis.

Temporiser est un mot qui ne fait pas partie du vocabulaire de Fanny Fiedelson. Chez elle, l'équation est simple : elle a bien entamé sa quarantaine, elle a eu tous les mecs qu'elle a voulu mais maintenant, elle veut se poser, avoir un homme à la maison, lui faire la cuisine, repasser ses chemises, choisir ses boxers, s'endormir dans ses tee-shirts, voire, regarder les matches de foot avec lui. Enfin, pour le foot elle n'est pas vraiment certaine mais pour le reste, oui. Et cet homme c'est Eugenio Trevissolo et personne d'autre. Quand elle imagine sa vie avec lui, elle se voit dans un chalet du Piémont, lui, stérant le bois sous le balcon pour l'hiver et elle, tricotant ses chandails, à l'ombre d'un marronnier centenaire. Le cliché est un peu convenu mais c'est précisément ça qui lui plaît. Un jour qu'elle se trouve seule en sa présence, c'est-à-dire une fois où Eugenio s'est fait prendre par surprise, elle se laisse aller à des confidences.

— Cette nuit, j'ai rêvé que nous étions réconciliés et que tu me demandais en mariage.

Cette déclaration prend Eugenio de court. Que répondre à une telle provocation sans engendrer un drame et sans laisser croire non plus qu'il y aurait une possibilité de concrétiser ? « Hélas ! » est le seul mot qu'il trouve pour exprimer son refus de cette perspective, sans alimenter un dialogue qui deviendrait des plus gênants. Son seul désir à ce moment est de pouvoir mettre un terme à cette conversation quand Ariana passe non loin. Voyant son « amant » en tête-à-tête avec une concurrente, son sang ne fait qu'un tour. Fanny ne connaît pas Ariana et encore moins la relation qu'elle entretient avec Eugenio. Tout juste sait-elle qu'elle remplace une chanteuse dans *Norma*.

— C'est vous la Française qui vient d'arriver pour le rôle de Clotilda ?

— Oui, pourquoi ?, répond Fanny qui se met d'instinct sur la défensive.

— Il va falloir vous accrocher car Jennylaigh est éblouissante dans ce rôle.

Sous le coup de l'attaque, Fanny reste un moment sans voix mais la combattante reprend vite pied.

— Je ne vois pas en quoi une choriste peut juger de ces choses, susurre-t-elle avec toute la perfidie dont elle est capable.

— Mes oreilles valent bien les vôtres et quand je vous entends vous époumoner, j'ai des doutes sur la comparaison que le public ne manquera pas de faire.

L'échange est si rapide qu'Eugenio regarde alternativement l'une puis l'autre sans pouvoir en placer une. Il sent bien pourtant qu'il faudrait faire quelque chose pour casser cette montée en vrille, mais il est pris au piège de la culpabilité. Fanny ne sait pas et ne doit pas savoir qu'Ariana connaît la couleur de ses slips.

— Ah je vois ! Le rôle vous a échappé. Comme c'est dommage !, rétorque Fanny qui ne se doute encore de rien.

— Pas grave, je me fais une raison dans les bras d'Eugenio, moi.

Et patatras !

D'ordinaire, Fanny a un beau teint un peu doré par le soleil mais là, en une fraction de seconde, il vire au cramoisi d'une betterave bien cuite. Son corps se raidit, elle fixe Ariana d'un regard chargé de deux missiles nucléaires prêts à être lancés. Puis elle se tourne vers Eugenio, les fusées sont toujours armées. Eugenio cherche les mots pour désamorcer l'assaut imminent qui darde de ses yeux. « Ce n'est pas ce que tu crois ! » sont les seuls qui lui viennent. Mais il les retient, sentant instinctivement que ce ne sont pas les bons. Fanny tourne le dos et s'en va sans dire un mot. L'orage est passé.

— Pourquoi ?

— Parce que je ne supporte pas que tu n'oses pas lui dire la vérité.

— Mais ça ne te regarde pas ?!

— Bien sûr que si puisque c'est moi que tu as choisie.

— Désolé. Tu te goures autant qu'elle. Je n'ai choisi aucune de vous deux et je suis navré de ton attitude.

Le soir, deux femmes sanglotent dans leur lit comme des malheureuses abandonnées et Eugenio retrouve son refuge de méditation tout en haut du mont Lycavittos. Assis sur un banc avancé dans le belvédère, il contemple tout ce qui s'offre à son regard, la ville et ses loupiotes, la mer aux éclats argentés, le ciel piqué de ses diamants. Il songe au chemin parcouru depuis sa première rencontre avec la Grèce. Lui, l'insatisfait congénital, toujours en quête d'une nouvelle femme, à consommer comme un dessert en fin de repas et qui vient de renvoyer dos-à-dos deux prétendantes plus belles l'une que l'autre… Oui, c'est certain, une force inconnue s'est emparée de lui et préempte la moindre de ses pensées, le plaçant toujours au-dessus des contingences ordinaires. Quand il a retrouvé Cecilia, ce fut un déclic imperceptible sur le moment, mais dont l'effet a été radical. Il se souvient qu'avant cette rencontre, il avait eu une grande soirée de confidences avec Pietro. Il venait de prendre une grande décision : racheter son honneur d'homme, rien que ça. Coïncidence, hasard ou accomplissement d'un destin écrit à l'avance, c'est juste après cette décision que les retrouvailles avec Cecilia eurent lieu. Devant cette étendue herbeuse, au fond du jardin de la maison de Pietro et Antonella, il revoit son regard. Tout était changé chez elle, sauf son regard. Aujourd'hui, il en est certain, elle l'attend. Et c'est au nom de cette confiance secrète, qu'il ne peut s'adonner à d'autres sans un cruel sentiment de trahison. Oui, Eugenio a profondément changé. Il n'avait d'autre but dans la vie que de passer de bons moments…

Comme tout le monde, après tout !

L'espoir qui l'anime maintenant, décuple son envie de reconstruction de soi, de dépassement surhumain. Il a le sentiment que tout ce qu'il a entrepris depuis le début de sa retraite à La Roglia, n'avait d'autre but que de le préparer à l'enchantement que lui procure maintenant le souvenir complice de Cecilia.

C'est en pleine répétition le lendemain qu'une voiture de police arrive devant l'opéra. Son gyrophare est éteint mais elle se gare tout de même sur les zébras. Le Commissaire Leonis en personne, sort de la voiture et entre dans le bâtiment.

— Je souhaite m'entretenir avec Monsieur Trevissolo, déclare-t-il à l'hôtesse d'accueil en exhibant sa carte officielle.

L'hôtesse ne se fait pas répéter la question et appelle quelqu'un au téléphone. Dans la salle de répétition, un comédien qui se trouve à proximité, décroche immédiatement. Puis, il fait signe à Eugenio qui s'approche.

— C'est encore la police pour toi, à l'accueil, fait-il le visage complètement décomposé.

Rien qu'à voir sa mine, la pianiste s'arrête de jouer, les acteurs en scène se figent, tous les regards se tournent vers

Eugenio, chacun pressent une nouvelle catastrophe. La nouvelle a fusé comme une comète, il a suffi que le mot « flic » soit prononcé pour que toute l'assemblée comprenne qu'il se passait quelque chose de grave. Sans attendre, Eugenio se rend à l'accueil tout en notant que la requête est nettement moins cavalière que la dernière fois, ce qu'il prend pour un bon présage. Face au Commissaire, il ne se risque pas à un sourire de joie avant de l'avoir entendu sur ses motifs.

— Nous avons perdu la trace de Faustino. Avez-vous une idée des planques qu'il pourrait fréquenter ?

— Pas la moindre, répond-il à brûle-pourpoint, puis se reprenant : c'est uniquement pour ça que vous êtes venu me voir ?

— Oui, rassurez-vous, votre récente interpellation n'appelle aucune suite.

Eugenio s'assoit, soulagé.

— Vous pouvez vous vanter de m'avoir foutu les chocottes et semé la panique dans toute mon équipe.

— Désolé. Mais j'insiste pour Faustino. N'avez-vous aucun souvenir d'un détail qu'il aurait pu évoquer…

— Accordez-moi trois minutes, le temps d'aller rassurer tout le monde et je reviens vers vous.

Les visages consternés et les dialogues à voix basse se transforment immédiatement en sourires quand Eugenio apprend la bonne nouvelle dans la salle de répétition. En retournant vers le Commissaire, il se concentre sur tous les évènements qui se sont déroulés avec cette calamité à deux pattes. Le souvenir brûlant de sa dénonciation par Lucia surgit dans sa mémoire.

— Avez-vous songé à interroger une certaine Lucia, bergère de son état, à Astyros, un village au-dessus du col de Pirangis.

— Non mais pourquoi aurions-nous dû interroger cette personne ?, demande Leonis surpris d'entendre une information aussi précise dans la bouche d'un étranger.

— Parce que c'est elle qui m'a vendu à Faustino il y quelques semaines.

* * *

Les policiers qui débarquent dans la cour de Lucia à bord d'une voiture banalisée, ne déclenchent aucun un émoi immédiat dans le village. L'inspecteur qui en descend est un homme mince, de taille moyenne, sans aucun signe distinctif et pourtant, la tension artérielle de Lucia monte d'un coup en régime. Elle n'a donné rendez-vous à personne et celui qui s'approche d'elle ne ressemble pas à un touriste égaré. En arrivant à sa hauteur, l'homme s'arrête et observe le gros Toyota rangé dans la grange.

— Bonjour Madame, vous êtes Lucia ?

— Qui êtes-vous ?

— Inspecteur Brinces, de la police du Pirée, répond l'homme en montrant sa carte officielle, avez-vous un moment à m'accorder ?

L'inspecteur Brinces vient d'être nommé en remplacement d'Ahmed Rheddin. Dans l'examen de sa candidature, une attention particulière a été portée sur son équilibre libidinal. Comme il est marié à une femme qui semble épanouie, on a jugé qu'elle était recevable. Quand des hommes, militaires de surcroit, se mêlent de psychologie affective, les résultats peuvent être hasardeux mais en l'occurrence, le choix est bon, Lucia n'a rien à craindre. Elle fait entrer le policier dans la pièce principale de la maison, celle où Stéphanoïs réside comme à l'ordinaire, dans une prostration contemplative de la télé. Le policier expose le but de sa démarche.

— Oui, bien sûr que je connais Angelino Faustino, comme tout le monde ici. Nous avons fait la communale ensemble. Mais je n'ai aucune nouvelle de lui depuis des années.

— Alors comment se fait-il que son véhicule soit garé chez vous, Madame ?

Lucia était déjà sur la défensive, la question de l'inspecteur ne la désarme pas.

— Ce n'est pas son véhicule, c'est le mien, je vais vous montrer la carte grise.

Quand elle revient, le document en main, elle se félicite d'avoir insisté pour régulariser son échange de voitures avec Faustino.

— En effet, constate l'inspecteur, mais le changement est très récent. À qui avez-vous acheté ce véhicule ?

— À un particulier dont je n'ai pas retenu le nom. C'était une petite annonce. Nous nous sommes donnés rendez-vous sur un parking et il m'a repris ma vieille fourgonnette.

Pas convaincu pour autant, l'inspecteur relève le numéro du véhicule, revient vers son collègue resté dans la voiture et lui demande de vérifier le nom de l'ancien propriétaire du 4X4. Le message est transmis via le canal radio de la police qui fonctionne beaucoup mieux que le réseau téléphonique, force reste à la loi. En quelques minutes, il obtient le renseignement dont il se doutait. Il revient alors vers Lucia.

— Votre copain d'école vous vend sa voiture et vous ne vous rappelez plus de son nom ? Vous m'avez menti. Nous souhaitons fouiller votre maison, dit-il avec autorité.

« Vous n'avez pas le droit ! », « Il faut un mandat ! », les tergiversations que Lucia tente d'opposer ne durent pas plus de dix secondes quand elle s'entend menacée d'être emmenée en garde-à-vue. La visite de la maison est suffisamment minutieuse pour que les policiers découvrent la chambre discrète dans le grenier et constatent que l'oiseau n'est plus dans son nid.

Après le départ des policiers, dont elle fait courir le bruit dans le village que ce sont des relations de la coopérative laitière, Lucia se demande comment la police a pu porter ses soupçons jusque chez elle. Elle se souvient de la macabre prophétie d'Eugenio. Quand Faustino lui a appris qu'il avait été mystérieusement sauvé de la noyade, elle en avait déjà frémi. « Il n'est pourtant pas immortel, ce mec ! » avait dit Faustino. Ce mot résonne maintenant dans sa tête. Eugenio devient un sorcier au pouvoir infini, qui lui voue une malédiction à distance. Elle songe aussitôt à aller se confesser, pour conjurer le sort, mais un tel aveu au père Aniketos serait une trop grosse prise de risque. Ainsi, tel Abel et son œil de Caïn, elle se morfond à en perdre l'appétit et la nuit, des cauchemars épouvantables lui minent ce qui lui reste de santé.

De retour au Pirée, l'inspecteur fait son rapport au Commissaire.

— Il y a résidé, c'est certain, mais il est parti sans laisser d'adresse aux dires de la dame. Quant à organiser une planque sur les lieux, impossible, on serait repéré tout de suite.

Leonis tend machinalement la main vers un des tiroirs de son bureau pour en sortir un cigarillo. Il se reprend. Le tiroir ne contient plus de cigarillos depuis qu'il a arrêté de fumer, il y a presque dix ans de ça.

* * *

Les quatre représentations publiques de *Norma* approchent à grands pas, il ne reste plus que trois jours. Le piano a laissé la place à l'orchestre, la salle de répétition a été abandonnée pour la scène, l'effervescence est de plus en plus perceptible au sein de l'équipe musicale. Eugenio a déjà pris son billet retour pour l'Italie par avion avec escale à Rome, Ariana se console avec Alex mais Fanny broie du noir. Eugenio profite d'une pause pour s'entretenir avec Georgios.

— Tu n'es plus marié Georgios, Fanny est une très belle femme et tu as déjà un bel ascendant sur elle, pourquoi n'en ferais-tu pas ta copine de chambre ?

— Impossible mon ami, répond Georgios avec détachement.

— Ah bon ? Toi aussi tu as déjà quelqu'un ?

— Non, pas du tout. C'est à cause d'un accident de jeunesse. Une chute de vélo. J'y ai laissé mes attributs et l'enfant de mon ex n'est pas le mien.

— Ouille !

— Oui, ouille, et c'est peu de le dire !, poursuit Georgios sans se départir de son flegme, heureusement que j'ai des compensations spirituelles.

L'arnaque enchantée (suite)

26 — *La chasse continue*

Les quatre représentations de Norma font honneur à la mémoire de Vincenzo Bellini. La salle est bien remplie mais sans être pleine en raison de la sévère crise que traverse la Grèce. Mais enfin, le chef Theódoros Kourentzísne ne boude pas son plaisir et, à la fin de la dernière représentation, il fait monter sur scène tout le petit personnel attaché à l'œuvre et ça fait du monde. Les maquilleuses, costumières, ouvreuses, préparateurs des décors, régisseurs, éclairagistes, metteur en scène et d'autres encore, constituent une équipe encore plus importante que les chanteurs et le public salue chaleureusement tous ces artisans mus par un grand dévouement, en sus de leur maigre salaire.

Pour Eugenio, c'est la dernière soirée, son taxi est déjà réservé pour l'aéroport demain matin. Il profite du buffet organisé par la direction pour saluer tout le monde. Ariana et Fanny ne sont pas oubliées et l'excitation générale, lui permet d'éviter de justesse les atermoiements. Ariana devra se contenter d'Alex et Fanny ne manque pas de charme pour oublier l'amour de sa vie dans les bras d'un brave, ou d'un mauvais garçon, selon son humeur du moment. Il est 2 h 00 lorsqu'il peut se glisser sous sa couette pour cinq petites heures de sommeil.

Je dormirai sûrement dans l'avion !

Le lendemain matin, après une course d'une heure en raison d'un trafic excessif, le taxi arrive au point de dépôt de son client, quand Eugenio est saisi d'un sombre présage en voyant la masse placide mais déterminée de Faustino entre quatre de ses gorilles, dont les complets uniformes et la cravate vert flashy conviendraient à merveille sur une scène de music-hall. Vêtu d'un costume assez ample pour lui laisser toute liberté de mouvement et d'une cravate rouge, il a les bras croisés et le regard fixé sur le taxi d'Eugenio, lequel réalise en une fraction de secondes, qu'il n'aura pas le temps de poser les deux pieds sur le macadam du trottoir avant d'être liquidé sans procès. Après tout ce qu'il a vu des saloperies dont cet irréductible salopard est capable, il est certain qu'il n'hésiterait pas à faire feu en public et en plein jour, assuré de son impunité par une fuite imparable et se moquant d'être reconnu. C'est la dernière chance pour Faustino d'obtenir sa vengeance et avec toutes les avanies qui lui sont tombées dessus, il ne lui fera aucun cadeau.

— Chauffeur, démarrez à toute vitesse, on va au port de Patras.

— Vous… vous êtes sûr, Monsieur ?

— Oui, je viens de me rappeler que je suis sujet au mal de l'air. Vite, foncez ! Rien que de voir cet aéroport me donne déjà des palpitations à faire vomir.

Le mot « vomir », clos immédiatement la conversation et enlève l'adhésion haut la main du chauffeur, pour le nouveau projet de son client. Patras se trouve à 200 km, ce qui représente deux petites heures de trajet par l'autoroute. Après ça, le taxi aura gagné sa journée. En le voyant démarrer en trombe, l'équipe de Faustino est si désappointée qu'elle ne réagit pas immédiatement. Le tueur putatif se persuade aussitôt que c'est une ruse et qu'Eugenio va emprunter une entrée de service. Il suit des yeux le trajet du taxi et comprend qu'il n'en est rien, le taxi file hors de la zone aéroportuaire. Il bondit alors dans le rutilant SUV qu'il vient d'acquérir, laissant ses quatre compères momentanément sur le flan, ce qui les oblige à courir pour rattraper leur patron. Les limitations de vitesse, respectées par tous les professionnels de la route mais pas par les énervés en rupture de ban, lui permettent de ne pas perdre la trace du taxi, qu'il se met à suivre à bonne distance. Il lui faudra tout de même plus de cinquante kilomètres pour entrevoir la destination et le nouveau plan d'Eugenio. Malheureusement, il est contraint de s'arrêter pour faire le plein et laisse filer le taxi.

Eugenio arrive peu avant midi à destination et prend connaissance des traversées qui s'offrent à lui. Le prochain ferry pour Brindisi part demain en fin de matinée, il rejoindra sa destination en dix-sept heures. Après avoir posé son sac dans un hôtel non loin du port, il a le temps de profiter encore un peu de cette Grèce éternelle, en déambulant jusqu'au soir, dans la vieille ville située sur les hauteurs. La saison du célèbre carnaval de Patras est achevée mais l'endroit ne manque pas d'attraits avec ses places publiques pleines de vie, ses ruelles étroites et ses monuments chargés d'une histoire cosmopolite, mêlant l'Orient à l'Occident.

L'embarquement se fait sans encombre mais la présence policière et douanière est impressionnante. La chasse au migrant bat son plein, tout facies à peine plus bronzé que la moyenne bénéficie d'un contrôle d'identité. Une valise un peu conséquente se voit ouverte avant d'emprunter la passerelle, des fois qu'un petit Syrien y aurait trouvé un refuge plus douillet que les ruines branlantes et ensanglantées qu'il vient de quitter.

Quand les amarres sont larguées et que le navire s'ébranle de son quai, tous les passagers sont rivés sur les ponts pour s'imprégner du spectacle de la terre familière qui s'en va, les plongeant peu à peu dans un désert liquide et hostile. Certains agitent un mouchoir ou un foulard – les ports ont cette capacité imparable d'émouvoir autant ceux qui partent que ceux qui restent –. Les moins blasés ressentent un petit frisson à l'idée d'avoir imprudemment confié leur vie à ces milliers de tonnes de ferraille, dont ils s'étonnent qu'elles puissent flotter. Au bout de quelques milles nautiques, quand les terriens sont avalés par la rotondité des éléments, chacun vaque à autre chose, c'est-à-dire à la visite du bateau le plus souvent. Eugenio ne boude pas son plaisir de retrouver bientôt son sol natal, il vagabonde lui aussi dans les coursives et les passerelles, observant avec amusement les galopades et les cris des enfants, excités comme des garçons d'honneur dans un mariage. Ses déambulations l'amènent devant une grande carte géographique, placardée sur un pan de la construction métallique et symbolisant par une grande ligne bleue, la route du ferry entre les mers ionienne et adriatique. En observant de plus près le trajet du navire, il s'aperçoit qu'il va passer au large de Corfou, cette ville de sinistre mémoire où son vol avait été détourné en raison d'une mauvaise météo. C'est dans le train entre Corfou et Athènes, la destination initiale de son avion, qu'il avait fait connaissance d'une dame en rouge. Ce souvenir, qui fut longtemps pénible, prend aujourd'hui l'image d'un ridicule contretemps au point de lui déclencher un rire sonore. À côté de lui, une vieille dame en marinière et bob assorti, qui n'ont sans doute jamais été exhibés dans une pêche aux moules, le regarde avec étonnement.

Qu'est-ce qui dans cette carte, peut bien prêter à rire ainsi ? Une erreur ? Une faute d'orthographe ?

Dès qu'Eugenio a tourné les talons, elle s'approche de la carte aux effets si agréables, avide d'une distraction dans ce voyage qui s'annonce d'un ennui mortel.

Mais, alors que le ferry est en pleine mer, un hors-bord s'approche en le suivant, provoquant un mouvement de foule parmi les passagers, vers l'arrière du navire. Cette attraction non inscrite dans le programme des festivités disponibles à bord, est éminemment captivante. Eugenio se laisse emporter. L'un des passagers s'est emparé de la lunette longue-vue fixée au bastingage et commente ce qu'il voit à la cantonade.

— C'est curieux, ils sont tous avec le même costume et une cravate verte, sauf un qui a une cravate rouge, jubile le touriste, tout heureux de s'être attribué le rôle d'un reporter improvisé, chargé d'un reportage en direct.

Eugenio n'en croit pas ses oreilles et se met à fixer l'embarcation qui se trouve maintenant à une cinquantaine de mètres.

Ils ne vont tout de même pas tenter l'abordage d'un ferryboat ?

Mais alors que le contact entre les deux bateaux semble imminent, le hors-bord s'arrête net puis fait demi-tour et repart à petite vitesse.

— Ça, c'est une panne d'essence, ils sont passés sur le réservoir de secours et vont tenter de regagner le port le plus proche à l'économie.

L'officier qui vient de donner cette information met un terme à l'attroupement, mais pas aux commentaires. Ceux qui étaient proche de lui et qui ont entendu son explication, sont pressés d'informer ceux qui étaient trop éloignés pour comprendre ses propos. Eux-mêmes se font un devoir d'en parler à ceux qui étaient occupés à autre chose et qui n'ont rien vu. Au bout de cinq minutes, tous les occupants du ferry sont au parfum. C'est au tour maintenant de ceux restés à terre d'entendre le récit de leurs amis cramponnés à leurs téléphones portables. La scène filmée commence alors à tourner en boucle sur les réseaux sociaux, elle fera certainement un nombre de vues impressionnant. Eugenio est le seul à connaître l'identité des occupants du hors-bord et surtout, leurs intentions.

C'est ça qui aurait été le vrai scoop et qui aurait explosé les scores de ces effrayants télé-médias, offerts à tous les voyeurs de la planète !

Les gesticulations maritimes de Faustino sont le seul divertissement de la traversée qui se poursuit comme d'habitude. Pour tromper leur ennui, beaucoup de passagers dépensent leur argent dans les boutiques « dutyfree », sans s'apercevoir que les taxes ont été remplacées par des marges extravagantes, hormis pour quatre ou cinq articles, malicieusement placés dès l'entrée. À l'arrivée dans le port de Brindisi, au petit matin, le mouvement inverse du départ se produit sur le bateau, tout le monde se précipite vers l'avant pour découvrir la terre promise sur le billet du voyage. Eugenio débarque, son sac en bandoulière, et se met à la recherche d'un taxi pour l'aéroport qui l'emmènera à Milan. En fait de taxis, l'offre est un peu limitée. La douzaine de voitures garées dans la zone réservée, est déjà prise d'assaut par des voyageurs plus rapides que lui. Il reste des VTC garés en double file, qui font de grands gestes pour rafler les clients abandonnés. Eugenio grimpe dans l'un d'eux. Au mot « aéroport », le chauffeur fait un signe d'acquiescement et démarre sans dire un mot, ce à quoi Eugenio ne s'attendait pas de la part d'un congénère normalement intégré à une culture plus volubile. Tant pis pour la cordialité. Eugenio sort son smartphone et constate avec joie que le réseau italien est à nouveau disponible. Il va pour composer le numéro de Pietro pour annoncer son retour prochain mais il est interrompu par une initiative imprévue de son chauffeur. À sa grande surprise, juste avant l'embranchement vers l'aéroport, le chauffeur, toujours muet, s'arrête et fait monter trois hommes, dont deux viennent encadrer Eugenio sur la banquette arrière. Leur mine s'inspire à s'y méprendre, de molosses qui n'ont pas retrouvé leur os. Comme pour confirmer le gros doute qui est né dans la tête d'Eugenio, le chauffeur change de direction et revient vers le centre-ville. Le coup est bien monté, impossible de s'échapper.

Profitons de la balade pour repérer les lieux, ça peut toujours servir !

Après plusieurs bifurcations, le VTC aboutit dans une impasse, dont l'aspect visuel le plus remarquable est incontestablement son encombrement de poubelles. Quand Eugenio descend de la voiture, c'est l'aspect olfactif desdites poubelles qui l'emporte. Toujours encadré par les hommes à tête de chien méchant, il est poussé dans un couloir, descend quelques marches et se retrouve dans une cuisine d'où il entend le VTC faire marche arrière, juste avant que l'on referme la porte. Il ne s'attendait pas à être introduit dans un lieu aussi pittoresque. La pièce n'est pas très grande, elle ne comporte pas de fenêtre et l'éclairage au néon baigne tout ce qui s'y trouve d'une ambiance blafarde. Elle contient sur tout son pourtour, des paillasses au carrelage disjoint, des étagères jaunies par les graisses, des ustensiles de cuisine accrochés aux murs, deux grands bacs à laver qui mériteraient de l'être et des fours. Au fond, une porte en bois avec de solides armatures chromées renferme une chambre froide. En son centre, le piano, sous une hotte métallique et poussiéreuse. Les murs ont le même pastel que les étagères, l'ensemble présente une remarquable uniformité défraichie. Près de l'entrée, sur une petite commode, un téléphone, des cahiers, une calculette, un tableau. Le sol en dallage aux joints noircis par la crasse, est recouvert par endroits de sciure qui ne semble pas avoir été renouvelée récemment tant elle paraît collante.

On lui passe un collier de dressage de chiens, en cuir très épais, que l'on verrouille avec un cadenas et un des trois hommes se met à parler pour la première fois.

— El Major a pensé que tu serais heureux de séjourner dans la cuisine d'un restaurant italien. Il a ajouté que si cela ne te convenait pas, tu pourrais retrouver ta liberté contre un virement de 10 M€ sur le compte d'une dame qui s'appelle Svelnia. En attendant, on te laisse sous la garde de Nono, c'est lui qui a la télécommande de ton collier. Bien entendu, pour défrayer le patron de ton logement et de ta nourriture, tu devras travailler. Le Chef te dira ce qu'il faut faire. Allez, les gars, on se tire !

— On ne passe même pas par le bar ?, demande un des larrons dont le facies évoque un passé de beuveries à haute fréquence.

— Oui, tiens ! Comme ça on remettra la clé du cadenas au Chef. Et toi, dit-il à Eugenio, on repassera ce soir après le service pour avoir ta réponse.

Eugenio se retrouve seul dans cette cuisine à la propreté aussi douteuse que les poubelles à l'extérieur, quand un garçonnet sort de sous la table de découpe. Il a huit ou dix ans, les vêtements sales et déchirés, les cheveux hirsutes et pour couronner le tout, le nez encombré d'un amas repoussant. Cela ne semble pas le gêner car comme il mâchouille un chewing-gum la bouche ouverte, ça produit un bruit agaçant mais ça lui permet de respirer. Sur son visage, il tente de montrer un rictus méchant, mais le copier-coller est raté et le rend ridicule.

— Je m'appelle Tino mais on me surnomme Nono. Je suis ton maître grâce à ça, dit-il en exhibant une télécommande dans sa main.

Il a tout du morveux aussi idiot que méchant, pas question de supporter ça plus longtemps.

Eugenio se précipite sur le gamin pour lui prendre sa télécommande. Il n'a pas fait deux mètres qu'il reçoit une décharge fulgurante qui le fait crier de douleur et le fige sur place.

— T'as compris comment ça marche ou tu veux une autre leçon ? Assied-toi et attend le Chef.

Alerté par le cri d'Eugenio, un homme arrive dans la cuisine. La ressemblance avec le bourreau en culotte courte est saisissante : sale des pieds à la tête, le nez plein de poils, la tignasse en vrac quoiqu'un peu clairsemée. Deux différences notables toutefois, mais qui ne remettent pas en cause sa paternité évidente avec Nono, un embonpoint digne d'une cinquantaine maltraitée et une odeur de transpiration qui va avec.

— Ah voilà le nouveau, moi c'est Fonso et toi ?

Stimulé par la pratique des raccourcis ridicules dans les prénoms des résidents de cette immonde cambuse, Eugenio répond d'un lapidaire « Génio », qui passe sans éveiller la susceptibilité du Chef, ce dont il déduit que le gros Fonso ne brille pas par sa vivacité d'esprit.

— Occupe-toi des légumes qui sont là-bas. Cinq kilos de pommes de terre coupées en rondelles, deux kilos de poireaux fendus et lavés, trois kilos de carottes râpées, dix oignons émincés fins, deux têtes d'ail écrasées, deux bottes de persil haché menu. Les couteaux sont dans ce tiroir, pour le reste, tu demanderas à Nono.

— Où sommes-nous ?, demande Eugenio.

— Tu n'as pas besoin de le savoir pour faire ce que je t'ai demandé. Au boulot !

Comme pour joindre l'acte aux paroles, Eugenio ressent des vibrations dans le collier, il se retourne vers Nono qui prend un sale plaisir à l'idée de soumettre cet adulte à tous ses caprices.

Pour son déjeuner, il doit attendre la fin du service et se voit offrir les restes des assiettes des clients. La vue de ses déchets lui coupe l'appétit mais Nono lui envoie un vibrant avertissement. Comme il résiste, il reçoit une petite décharge, annonciatrice d'une foudroyante punition.

— Pourquoi veux-tu me forcer à manger ?, demande Eugenio dans une colère contenue.

— C'est trop cool de te forcer à m'obéir, répond le petit saligaud trop déluré.

N'ayant pas d'autre choix, Eugenio s'assoit et se met à picorer avec dégoût la nourriture éparpillée dans des assiettes sales. Fonso entre dans la cuisine à ce moment.

— Comment trouves-tu ma spécialité de calamar à l'encre ?, dit-il avec un sourire aussi gras que sa bedaine.

— Froide !, répond laconiquement Eugenio, et pourriez-vous dire à votre fils de se modérer avec sa télécommande ?

— Nono ? Il t'embête ?, puis, se tournant vers le gamin, « Et toi, n'abime pas le personnel, il a du travail à faire et proprement. », revenant alors à Eugenio, « Quand tu auras fini, tu feras la vaisselle, OK ? ».

Trop heureux d'y voir une échappatoire à son calvaire, Eugenio se lève et se dirige vers les bacs à laver, pour se mettre à récurer une bonne quarantaine de couverts. Ayant terminé sa tâche, Fonso lui ordonne d'entreprendre un nettoyage soigné du sol, balai, serpillière et dispersion de sciure propre. Avant le service du soir, et comme Nono se lasse de sa surveillance aussi idiote que puérile, il l'attache au pied d'un meuble et s'en va retrouver des copains pour jouer dans la rue. Il ne manquera pas de se vanter de ses répugnants exploits et si ses relations sont à son image, la bande trouvera ça désopilant et il passera pour un chef redoutable. En attendant, Eugenio en profite pour tenter un somme, à même le carrelage, la tête sur son sac. Dans la désespérante situation où il se trouve, son esprit vagabonde à la recherche d'un moyen d'évasion et le sommeil ne vient pas. On lui a laissé son sac, mais on l'a fouillé et ses papiers, son argent et son smartphone ont été subtilisés par les crapules à la solde de Faustino. Il sait qu'ils vont revenir ce soir après le service et, ne voyant aucune issue possible à son triste sort, il envisage réellement d'obtempérer afin de retrouver sa liberté.

27 — *Le sécateur à volailles*

À l'heure de préparer le service du soir, Nono et Fonso arrivent ensemble à la cuisine. Pendant que Fonso donne ses ordres, Nono détache Eugenio pour qu'il se mette à l'œuvre.

— Va dans la chambre froide, sors-en dix poulets et détailles-les. Ensuite, prépare une vingtaine de tomates comme ça !

Fonso entreprend de lui montrer comment il veut préparer ses tomates. Il en coupe une en deux, l'épépine, saupoudre de l'origan, de la chapelure, du sel et verse un peu d'huile d'olive.

— À four très doux pendant une heure. Au moment de servir, tu parsèmes de parmesan. Après, tu t'occuperas des entrées. Œufs en gelée. Tu mets les œufs frais cinq minutes dans l'eau bouillante, tu les plonges ensuite dans l'eau froide, tu les écales et tu les verses dans ces verrines. Tu ajoutes la gelée, quelques feuilles de persil et tu places au frigo.

En moins d'une journée, Fonso a pris l'habitude de s'adresser à Eugenio comme à un commis de cuisine inexpérimenté et méprisable. Sans le collier foudroyant, télécommandé par un morveux abandonné à sa méchanceté, il y a longtemps qu'Eugenio lui aurait écrasé le pif, mais il est contraint de ronger sa colère grandissante et se met à la tâche. En ouvrant le tiroir à ustensiles, il tombe sur un sécateur à volailles et son sang ne fait qu'un tour.

Il exécute son travail pendant que Nono, assis dans un coin, s'amuse avec une tablette, délaissant un peu son instrument de torture mais le conservant à portée immédiate. Pas question d'agir pour l'instant.

Quand la fin du service approche, et que Fonso est appelé en salle pour faire son tour de parade et recevoir les compliments de ses clients, Eugenio se dirige vers le tiroir, se saisit du sécateur et d'un geste rapide et précis, tranche son collier.

Nono se saisit de la télécommande avec un zest de retard qui lui est fatal. Eugenio se jette sur lui, le maîtrise et l'enferme dans la chambre froide dont il bloque l'ouverture avec un balai. Il se rue ensuite sur le téléphone et compose le 113. Presqu'immédiatement on lui répond. Il se présente et annonce qu'il est kidnappé.

— Où êtes-vous ? lui demande son interlocuteur.

— Je ne sais pas. C'est un restaurant de Brindisi… Il a une spécialité de calamar à l'encre…

— Du calamar à l'encre ? C'est « Le scampi » ! On arrive !

Il raccroche et entend Nono qui fait un raffut de tous les diables dans la chambre froide. Il l'ouvre, attrape le mouflet déchaîné, et lui bâillonne la bouche avec un torchon.

— Maintenant, tu vas comprendre pourquoi il ne faut pas jouer avec les télécommandes !, dit-il sans cacher sa rogne.

Il entreprend alors de le déculotter, le place à plat ventre sur ses genoux et lui administre une série de fessées que le gamin n'a sans doute jamais reçue. Quand Nono a les fesses bien rougies, il le remet debout.

— Et maintenant, sauve-toi avant que je me mette en colère, et va raconter tout ça à tes copains si tu l'oses, ça m'étonnerait que tu passes pour un caïd.

Sitôt le môme sorti, Eugenio attrape son sac et va pour se faire la malle lui aussi, mais alors qu'il est dans le couloir, il voit une voiture arriver avec ses trois ravisseurs du matin à bord. Il rebrousse chemin et va s'enfermer dans la chambre froide à son tour. Les bandits entrent dans la cuisine en même temps que Fonso, prévenu par son rejeton qui a fait le tour par devant. Constatant la pièce vide et l'absence du sac d'Eugenio, ils en déduisent qu'il s'est envolé juste avant leur arrivée. Ils décident de se lancer à sa poursuite mais sont pris de court par la police qui arrive au même moment. Lorsque le premier policier tente d'entrer par le couloir, il essuie un coup de feu qui fort heureusement ne l'atteint pas. Les sommations qui suivent restent sans réponse. Les policiers, qui ne sont que quatre, appellent du renfort. Deux hommes restent postés à la sortie du couloir, pendant que deux autres font le tour pour accéder à la façade du restaurant.

— Tout le monde sort immédiatement, hurle l'un d'eux d'une voix qui se passe de commentaires.

Dans cette région des Pouilles, régulièrement agitée par les trafiquants de cigarettes, les habitants ont tous eu connaissance un jour ou l'autre de ces manifestations policières. Ils ne sont donc pas surpris et obtempèrent derechef, d'autant que le coup de feu qui a précédé leur laisse présager que ça va barder. Les touristes mal informés de ces habitudes locales, suivent le mouvement sans comprendre. Comme tout le monde réalise assez vite qu'il n'est pas nécessaire de passer par la caisse, la salle se vide en moins d'une minute chrono.

Le dernier client franchit la porte lorsqu'un fourgon de police déboule toutes sirènes hurlantes et qu'une escouade d'une bonne dizaine de militaires en descend, casques lourds sanglés jusqu'aux oreilles et mitraillettes à la main.

Un des militaires, aux tempes nettement plus grisonnantes que les autres, déclare dans un mégaphone :

— Vous êtes cernés, sortez les mains en l'air !

Tout bascule alors dans la violence. Au lieu de se montrer raisonnables et de s'avouer vaincus par la force, les bandits ouvrent le feu en direction du couloir, espérant stupidement se frayer un chemin. Plusieurs hommes investissent la cuisine en passant par la salle et ouvrent le feu à leur tour. En quelques minutes, les trois canailles sont abattues et Fonso reçoit une balle dans la cuisse. L'opération est terminée, on déplore deux blessés légers chez les policiers. N'entendant plus de bruit, Eugenio se risque à entrebâiller la porte de la chambre froide. Le spectacle qu'il découvre est glaçant : beaucoup de vaisselle cassée, des giclures de sang sur les murs, des corps gisants, Fonso qui se tient la cuisse en grimaçant et des policiers qui déambulent à la recherche d'on ne sait quoi. Le surgissement aussi discret que possible d'Eugenio, déclenche immédiatement un mouvement hostile chez les policiers. Il se rappelle très vite à leur souvenir :

— C'est moi qui vous ai appelé ! Je suis le kidnappé !

Pas convaincu, les policiers font venir leur gradé, celui qui avait aimablement proposé aux kidnappeurs de se rendre. Eugenio explique tout ce qu'il peut mais il n'échappe pas à l'inévitable :

— On vous emmène pour prendre votre déposition.

Dans le voisinage, on a suivi la pétarade sagement retranché dans les encoignures des portes ou des fenêtres, personne ne s'est risqué dehors. Il n'en va pas de même lorsque le bal des ambulances suit celui des véhicules bleus. Malgré l'heure tardive, c'est une foule qui déferle et que les policiers doivent maintenant contenir pour laisser le passage aux secouristes. Quand tous les corps sont emmenés, l'établissement est fermé et des scellés sont posés. Par chance, les logements situés au-dessus bénéficient d'une entrée indépendante, c'est là que Nono trouve refuge, auprès de sa belle-mère, fort étonnée de le trouver aussi doux et câlin, lui qui d'habitude est une vraie teigne. Mais quand elle veut le prendre sur ses genoux pour le consoler, Nono pousse un petit cri et déclare qu'il préfère rester debout. Belle-maman en déduit, à tort, qu'il n'est pas en si mauvais point que ça.

Au commissariat central de Brindisi, Eugenio réexplique en détail tous les évènements de la journée. Il apprend au passage que ses trois ravisseurs étaient déjà connus de la police et de la justice pour leurs pratiques de rackets et de rançonnages. L'affaire prend cependant une dimension internationale qui rend les policiers fébriles. Le lendemain, sur les indications d'Eugenio, le Commissaire Leonis est contacté. Il confirme naturellement tous les dires d'Eugenio. Une fois ces pénibles formalités remplies, Eugenio est rendu à sa libre destinée, après avoir récupéré toutes ses affaires. Les policiers poussent même la politesse jusqu'à l'emmener à l'aéroport de Brindisi.

Dans la salle d'attente en béton brut qui lui sert d'abri pour les trois prochaines heures, il est partagé entre le plaisir d'être bientôt chez lui et l'inquiétude de se retrouver encore aux prises avec des chargés de mission de Faustino. Il a infligé un échec retentissant à ce monstre de haine et des humiliations à répétition, il reste persuadé que Faustino ira jusqu'au bout de sa soif de vengeance. Son regard se porte sur les passagers en attente. Ils constituent un assemblage curieux qu'on ne trouve que dans les aéroports. Des vieilles dames pomponnées, des touristes en bermuda, des hommes en costume strict, des couples de jeunes amoureux, des enfants déjà fatigués par l'attente, une espèce de cow-boy inspiré par Indiana Jones… le costume est pas mal choisi mais ses épaules tombantes et sa façon de se traîner en marchant ne collent pas du tout. C'est un endroit où même les bagages sont hétéroclites : des sacs à dos, des valises à roulettes, des sacs informes, des attachés-cases… Dans ce mélange qui devrait être anodin pour tout un chacun, Eugenio tente de repérer des hommes sans bagage, ce sont ceux-là pense-t-il, qui peuvent être dangereux. Il n'en voit pas. Il se détend. L'image de Cecilia s'impose à lui. Dans son souvenir, elle garde ce sourire un peu gêné qu'elle avait lors de leur dernière conversation, au fond du jardin de Pietro et Antonella. Il se souvient que lui aussi était un peu coincé mais aujourd'hui, après avoir accompli son ascension libératrice qui lui a redonné sa dignité, il imagine ce qu'il lui dira. Il ne cachera pas longtemps sa flamme. Il est certain que son attirance pour elle est partagée, il est dans cette magie de l'amour transcendant qui surpasse tout raisonnement logique.

Soudain, sur un banc, il remarque un vieil homme seul et sans bagage, absorbé dans une lecture. Il a le type asiatique, assez grand, une certaine noblesse dans le visage, vêtu d'une tunique en lin écru. Son insignifiance l'avait soustrait à son examen mais maintenant, Eugenio ne le quitte plus des yeux, essayant de lui donner un âge. Certes, le vieillard ne présente pas une menace physique considérable mais il existe tant de moyens pour nuire à son prochain sans effort... Au bout d'un quart d'heure, l'homme se lève, glisse son livre dans un étui qu'il porte en bandoulière et fait quelques pas en direction des fenêtres qui donnent sur le tarmac. Eugenio se rapproche de lui, comme pour admirer lui aussi l'agitation des engins de manutention autour des avions. Il cherche à savoir si l'homme est seul et si ce n'est pas le cas, nul doute que son mouvement déclencherait une manifestation de ses acolytes. Mais rien ne se passe et finalement, à un moment, le regard de l'asiatique se tourne vers Eugenio qui se pare d'un beau sourire.

— Rome ou Milan ?, lui demande-t-il tout à trac.

Mais l'homme lui répond « Rome » en lui indiquant qu'il ne parle pas l'italien. Eugenio poursuit en anglais.

— Vous allez visiter ?

— Oui, oui, je suis en vacances, répond l'homme avec cette exquise amabilité asiatique.

C'est alors que surgissent deux hommes bien habillés mais dont la boursoufflure de la veste ne laisse pas de doute sur leur équipement. Ils sont sans bagages eux aussi, mais pas sans répondant. Eugenio sent une mauvaise sueur couler depuis sa nuque dans son dos.

— Monsieur, Monsieur !, s'écrie un passager en s'adressant au vieil homme.

Les deux hommes se retirent, laissant le champ libre au couple qui vient demander un *selfie* au vieil homme. Eugenio est abasourdi par ce contretemps hallucinant quand un deuxième puis un troisième passager fait la même demande à laquelle l'homme se soumet avec résignation. Au moment où Eugenio, qui ne comprend rien à cette scène surréaliste, réalise qu'il doit en profiter pour s'éclipser, il se retrouve encadré par les deux hommes qui le prient de le suivre et l'emmènent un peu à l'écart de ce brouhaha.

— Quelle est votre destination, Monsieur, lui demande un des deux hommes dans un anglais plus vrai que nature.

— Milan, répond Eugenio surpris par la distinction de cette approche.

— Alors allez-y, le guichet d'embarquement vient d'ouvrir, lui répond l'homme en costume avec un bon sourire.

Aussitôt dit, les deux hommes s'en vont retrouver l'asiatique, toujours sous les déclics des photographes amateurs et semblant supporter l'épreuve avec un flegme éprouvé.

Une heure plus tard, Eugenio se retrouve dans son avion, la tête pleine de questions sans réponse. Il est assailli par une sourde inquiétude quant à sa sécurité sur ce vol, jusqu'à son atterrissage sur l'aéroport de Milan-Malpensa, à peine deux heures plus tard. Une fois récupéré son sac, il va pour prendre le bus qui doit le déposer à Turin mais se ravise par instinct et opte pour une voiture de location. Non seulement il ne sera pas mélangé à des inconnus mais il pourra se rendre directement à Moncalieri en guère plus de deux heures de route. Conscient d'avoir les nerfs à vif, il en profite pour appeler Pietro et lui annoncer sa venue.

— Quel bonheur de te retrouver enfin. On était inquiet de ne pas avoir de tes nouvelles. Tu dois avoir des tas de choses à nous raconter. Ton troupeau se porte à merveille et il a grandi d'une dizaine d'agneaux, ils ont fait ami-ami avec Titus, faut voir ça !

Ce coup de fil avec une réalité heureuse, dégonfle tout d'un coup son angoisse, au point de lui rappeler qu'il n'a pas mangé depuis près de vingt-quatre heures. Un détour dans une auberge s'imposerait mais comme Pietro lui a assuré qu'Antonella n'attendait que son retour pour se mettre en cuisine, il se contente d'un sandwich.

Rien de tel que sa terre natale pour se régénérer.

* * *

Dans les heures qui suivent la tragédie de Brindisi, les médias italiens en ont fait leur une et les réseaux sociaux en ont rajouté des tonnes. Leonis prend conscience que cette agitation pourrait s'étendre jusqu'en Grèce très rapidement et se convainc de passer à la vitesse supérieure. Il obtient très vite l'autorisation de se rendre en Italie pour examiner avec les institutions régaliennes locales, les ramifications du réseau Faustino. Il persuade facilement ses interlocuteurs, que les trois malfrats éliminés étaient des petits bras. La police italienne est organisée comme toutes les polices du monde, elle a des indicateurs. On retrouve des « amis » des victimes de la fusillade qui, devant le branle-bas et les menaces de descente juridico-policières dans leurs petites affaires, se laissent aller à quelques confidences.

C'est ainsi que Leonis apprend le recrutement d'hommes de main auprès du Parrain de Palerme, quelques mois auparavant. Joint par téléphone, l'homme d'affaires se montre si enthousiaste à l'annonce d'une enquête de la police grecque,

que Leonis est invité à le rencontrer, ce qu'il accepte.

> — Vous m'étonnez beaucoup Monsieur le Commissaire !, répond Gondolfo di Scarza à Leonis qui vient de lui faire un récit plus détaillé qu'au téléphone, de ce qui l'amène en Italie.

Une jolie soubrette de 25 ans, vient d'apporter le café. Son minois d'ange exprime une sérénité tranquille qui impose le plus grand respect. La villa dans laquelle le policier Grec est reçu, est un havre de paix où la poésie, qui émane du jardin situé devant la terrasse, admirablement élaboré, symbolise toute la douceur du temps qui passe lentement. Mais Leonis qui compte déjà 20 ans d'exercice dans la traque aux criminels et aux crapules de tout acabit, n'est pas dupe. Il est chez l'un des grands patrons de la drogue, du proxénétisme et du trafic d'armes. Et de tous les commerces, ceux qui sont interdits sont d'un rapport incomparable. Car pour des hommes comme Gondolfo di Scarza, leur bannissement de la bonne société n'est qu'une façade destinée à endormir la bien-pensance des électeurs, il ne déclenche pas une grande ardeur de combat chez les policiers. C'est du moins le constat qu'il en tire. Il y laisse quelques plumes de temps en temps – la société a besoin d'exemples expiatoires –, mais cela ne perturbe pas gravement la marche de ses affaires. Gondolfo di Scarza a tout d'un commerçant qui a réussi en ne se faisant que des amis, les autres sont partis, ont disparus ou sont morts dans un accident. Sa faconde fait plaisir à voir et à entendre, il est, tel ces vieux acteurs un peu cabots, en perpétuelle représentation.

> — J'ai rencontré ce Faustino il y a quelques mois, en effet et il m'a fait très bonne impression. Il était venu offrir du travail à des garçons d'ici, des neveux, des petits cousins, des amis de ma famille et, vous connaissez la jeunesse, les voyages les fascinent, je n'ai pas pu les empêcher de partir. Mais à vrai dire, j'ai eu des échos de

leur séjour en Grèce, qui m'ont mis en émoi. Certains d'entre eux ont disparus dans des circonstances inexpliquées. Faut-il y voir la marque des mauvais penchants que vous me décrivez chez cet homme ?

— Je crains que oui, hélas, répond Leonis faignant l'impuissance.

De petits fours en badineries, Leonis finit par obtenir la liste des rejetons partis jouer aux cow-boys dans son pays. En échange, il s'est engagé à ce que les turbulents jeunes gens soient rapatriés, sans passer par la case d'un procès en Grèce. Il repart de Palerme avec une idée un peu plus précise des ramifications du réseau Faustino. Avec son strabisme prononcé, proche de l'infirmité, Leonis a réussi à anesthésier la méfiance du Signore di Scarza qui s'est laissé aller librement à des confidences. Il est parfaitement maître de son apparence et c'est à dessein qu'il joue à se montrer faible et limité d'esprit. Avec son costume rapiécé aux coudes et sa mine de prématuré accouché au forceps par un obstétricien en première année, il sait qu'il apitoie ses interlocuteurs et en tire des confessions d'une spontanéité sans égal.

Sur le trajet du retour, Leonis cogite sur la tactique à employer pour mettre la main sur ce malfaisant, imbu au point de se faire appeler d'un ridicule « El Major ». Il le connaît bien ce Faustino de malheur. Avant de l'avoir en face de lui comme ennemi numéro un, il l'a eu dans son équipe et déjà à l'époque, son égo lui servait de boussole. Il a obtenu le plus haut grade des sous-officiers à l'arrache, juste avant de terminer son engagement de vingt ans. Si son partenariat avec Svelnia était caché à tout le monde et surtout à Nestor Cerapoulos, Leonis était parfaitement au courant de sa liaison avec la belle Roumaine, intouchable par tous les autres hommes. Il sait aussi que le lascar ne manque pas de ressource pour vivre et se cacher, le coincer ne va pas être facile. C'est alors qu'il se souvient d'une phrase prononcée par Svelnia : « Faustino ne fait plus partie de mon personnel, ni même de mes amis. ». Or, si Faustino continue son harcèlement à outrance contre Eugenio Trevissolo pour qu'il rembourse Svelnia, c'est qu'il espère rentrer à nouveau en grâce. Il est toujours épris et ne supporte pas d'avoir été évincé.

La jalousie ! Voilà comment je vais pouvoir pincer cette ordure !

28 — Round sanglant

À mi-parcours vers sa destination finale, le smartphone d'Eugenio se met à vibrer. Il se gare sagement sur le bas-côté et regarde son mobile, c'est un numéro inconnu. Refusant la fatalité d'un arrêt inutile, il décroche.

— …

— Commissaire Leonis ?

— …

— Retourner en Grèce ?

Quand la conversation s'achève, il a la mine sombre, car il sait qu'il a raison le Commissaire. Faustino ne va pas s'arrêter en si bon chemin, sa ténacité n'est plus à démontrer et Eugenio n'aura pas un instant de répit tant que le fauve sera en liberté. Servir d'appât en se faisant passer pour le successeur d'El Major dans les basses œuvres de la Svelnia Shipping Company est un plan audacieux, qui se fonde sur les bas instincts du criminel, mais c'est le seul qui permettra de l'alpaguer à coup sûr et rapidement. Oui il a raison. C'est une épreuve de plus dont Eugenio se serait bien passé mais il sait qu'il faut en finir avec ce monstre de cruauté froide, pour le bien de tous, à commencer par le sien.

— Allo Pietro ?

— Que se passe-t-il donc, mon cousin ?, répond Pietro avec bonne humeur.

— Désolé de casser l'ambiance, on va devoir remettre à plus tard le retour de l'enfant prodigue, j'ai encore une affaire à boucler, cela ne devrait pas prendre plus de quelques jours, deux semaines tout au plus.

— Eh bien, j'en connais une qui va faire grise mine…

— Écoute, dis à Antonella que ce n'est que partie remise…

À Moncalieri, Cecilia se met à pleurer doucement, sans effusion spectaculaire, presqu'en cachette. Dès les premiers échanges entre Pietro et Eugenio, elle comprend qu'il y a un contretemps, sa joie secrète est brisée. Antonella interrompt elle aussi sa cuisine et la prend dans ses bras pour lui offrir le réconfort silencieux d'une femme qui ressent la douleur trop forte qui assaille Cecilia. Pietro reste sans voix devant cette scène mélodramatique, il sort sans dire un mot, entre dans la bergerie de l'autre côté de la cour, empoigne une fourche et se met à nettoyer la paille à peine souillée – il l'a déjà fait ce matin –, histoire de penser à autre chose. Il ne pouvait pas savoir, Eugenio, car c'était une surprise. Dès l'annonce de son retour, Cecilia est allée chez le coiffeur, puis elle a mis une tenue un peu plus flamboyante que d'habitude et enfin, elle est accourue chez Antonella pour lui prêter main forte, comme cela avait été convenu depuis plusieurs jours. Car pendant qu'Eugenio, entend siffler les balles, chante dans la *Norma*, assomme à tour de bras, passe par la case prison, se laisse aller dans des rave-parties et séduit des dames à son corps défendant, Antonella et Cecilia se sont fait des confidences. Depuis leur retour, Pietro a raconté en long et en large leurs péripéties à qui voulait l'entendre, mais les deux femmes ont parlé de choses plus intimes. Antonella n'a pas été longue à comprendre le sentiment d'Eugenio pour Cecilia. Les femmes ont les oreilles du cœur bien plus développées que les hommes et les moyens par lesquelles elles comprennent certaines choses, restent totalement mystérieux pour le genre mâle. C'est une terrible capacité dont elles seules disposent. Quand elle s'est aperçue que Cecilia éprouvait la même attraction, les bavardages romantiques sont allés à un train soutenu. Elles sont même devenues amies, l'une imaginant un futur enchanté avec un être idéalisé par sa passion, l'autre se souvenant de son émoi passé identique, pour celui qui allait devenir un mari adorable et le père de ses enfants. Toutes les évocations exaltées de Cecilia renvoient à une réalité vécue chez Antonella et toutes les réminiscences de la jeunesse pas si lointaine d'Antonella font résonner des sensations présentes et très concrètes chez Cecilia.

— Tu sais ce qu'on va faire ? On va continuer la cuisine comme on avait prévu et on passera ce moment ensemble malgré tout.

En rentrant de la bergerie, Pietro est tout étonné de les voir tout sourire à l'ouvrage, comme si rien ne s'était passé.

* * *

À son arrivée à Athènes peu après 23 h 00, Eugenio est attendu par Leonis en personne. Il lui devait bien ça. Sur la demande d'Eugenio, ils s'installent à la table d'un bistrot qui sert encore à manger.

— Le premier vol que j'ai pu trouver à Milan était un low-cost et je n'ai donc pas eu droit au plateau repas.

Tandis qu'Eugenio s'apprête à déguster une omelette un peu maigrelette, le Commissaire se fait servir un demi pour l'accompagner.

— Tout est arrangé avec Madame Kakapov…

— Appelons-la Svelnia, je préfère.

— Vous avez raison. Elle a conscience du danger qu'il représente pour ses affaires et ne lui pardonne pas son accès de faiblesse lors de sa « convocation » par le tribunal arbitral du clan Cerapoulos. Pour faire bonne mesure, elle propose que vous vous installiez chez elle.

— Bonne mesure ? Pourquoi est-ce une bonne mesure ?

— Parce que cela va rendre notre ami fou de rage, pardi.

— Mouais ! Et en quoi consistera le job ?, demande Eugenio.

— En rien d'autre que de la suivre pas à pas dans ses allées et venues. La fonction qu'occupait Faustino… Mais peut-être préférez-vous qu'on l'appelle Angelino ?, s'interrompt Leonis avec un œil très malicieux – le droit, bien sûr –.

Eugenio part dans un grand éclat de rire et adresse ses deux pouces levés en direction du policier, en signe d'approbation de cet humour inattendu.

— La fonction de Faustino, disais-je, n'existe plus. Je crois que Madame… que Svelnia a vraiment la volonté de ne plus naviguer en eaux sales.

— C'est une allégorie osée mais prometteuse, s'agissant d'un transporteur maritime.

C'est au tour de Leonis de s'esclaffer sans réserve.

— Vous m'êtes décidément très sympathique Monsieur Trevissolo. J'aurais été heureux de vous avoir comme adjoint, ça m'aurait changé des demeurés qui m'entourent et dont vous connaissez un exemplaire en la personne d'Ahmed Rheddin.

— Ah oui, celui-là il est plutôt gratiné.

— Bon ! C'est moi qui règle l'addition et je vous emmène chez Svelnia, elle vous attend.

Svelnia se délasse devant une série policière américaine quand Eugenio sonne à sa porte. Elle est dans sa tenue préférée des moments de détente : escarpins, jean et lainage angora. Le bleu clair du pantalon, le saumon tendre du pull et sa longue chevelure couleur paille – elle s'est fait une couleur -, forment un ensemble qui devrait défier les lois du bon goût mais qu'elle porte avec une élégance indéniable. Elle est de ces femmes dont on dit qu'elles peuvent tout porter, tant leur personnalité impériale impose une synthèse qui ne se discute pas.

— Il semble que nos destins refusent de nous voir séparés, Monsieur Trevissolo, dit-elle en le gratifiant d'un beau sourire.

Eugenio a une mimique faussement résignée, il lui répond en bon camarade :

— Appelez-moi Eugenio et dites-moi un peu ce qui m'attend dans votre entreprise.

— Demain matin, je vous présenterai très officiellement à l'ensemble du personnel et je parie qu'avant midi, Faustino sera informé de son infortune. Après, nous n'aurons qu'à attendre qu'il se manifeste. Le Commissaire Leonis m'a informée que des hommes en civil seront postés à proximité de tous les accès de l'immeuble.

Elle invite ensuite Eugenio à s'installer dans la chambre d'amis mais elle n'a pas besoin de lui expliquer la configuration des lieux. Contrairement à la fois précédente où Eugenio s'était imposé chez elle, Svelnia n'a pas l'air importunée par sa présence, ce qui éveille une méfiance chez Eugenio. Ses dernières expériences de l'hospitalité grecque l'ont édifié.

La nuit se passe sans autre évènement. Ils se retrouvent au petit déjeuner, aussi loquaces que des clients d'hôtel contraints à cette promiscuité, découvrant les habitudes étranges de ce rite universel qui se pose comme le premier signe visible de chaque personnalité. Chez Eugenio, c'est un café-pain-beurre sans fantaisie – mais il n'est pas chez lui – tandis que chez Svelnia c'est un thé-fruits-yaourt un peu plus joyeux. Svelnia est pimpante comme à son ordinaire avec cette touche délicieusement attractive de quinqua qui a de beaux restes.

Eugenio cherche du coin de l'œil et avec un peu d'inquiétude s'il ne trouve pas un détail ajouté à son intention. Il se rassure très vite. Sa tenue et son allure sont en tous points conformes à celles qu'elle affectait il y a quelques semaines, quand elle était très remontée contre celui qui lui avait soutiré un joli pactole et qui avait élu domicile forcé chez elle.

— Si vous craignez de vous ennuyer, je vous invite à emmener quelques livres d'ici, car sur place…

À tout hasard, il reprend le polar anglais dont il n'avait parcouru que deux pages il y a plus de deux ans.

Sur place, c'est avec un peu d'appréhension qu'Eugenio retrouve l'ex-bureau de Nestor Cerapoulos, au premier étage, devenu celui de Svelnia. Malgré le temps passé et les évènements qui ont secoué cette entreprise, le décor n'a pas changé. Les énormes classeurs de la Lloyd's list sont toujours là, de même que les illustrations marines et les maquettes de bateaux. Seul le panier de Zlouc a disparu. Eugenio se souvient avec un peu d'amertume de son entrevue avec le boss d'alors et de sa rouerie. À ce moment-là, il n'avait pas tout compris de la machination et croyait encore être le jouet d'un hasard malchanceux. Il ne savait pas que son hôtesse d'un soir était la numéro deux de la boîte et qu'elle régnait juste au-dessus. L'escalier métallique en colimaçon était resté silencieux, il ne se doutait pas que Demetria s'appelait Svelnia. Dans ses souvenirs douloureux, le seul détail qui l'amuse est l'envie immédiate qu'il avait eue de casser la gueule à celui qu'il prenait pour un rival, Faustino.

Machinalement, Eugenio s'approche des baies qui donnent sur la rue pour se rendre compte de la surveillance policière. Vu d'en haut, on ne peut rien remarquer. Des voitures sont rangées de chaque côté, le long des trottoirs et il suppose que quelques-unes sont occupées par des policiers en planque.

— Je pense que ce balourd de Faustino ne se montrera pas avant cet après-midi, il faut laisser le temps aux mauvaises langues de faire leur travail, dit Svelnia en prenant place devant son ordinateur.

Visiblement, elle ne le porte plus dans son cœur. Je me demande avec qui elle roucoule maintenant.

Il tire un des fauteuils en vis-à-vis du bureau pour le placer dans un coin de la pièce et se met à lire. La dépression maladive de l'héroïne de son polar lui fait penser à Emma Bovary, cette femme trop gâtée par une vie bourgeoise et facile. Cette composition trop forcée l'agace au point de lui faire regretter son choix de lecture. Il ferme son livre et regarde à nouveau le décor du bureau directorial. Il s'étonne alors de ne pas trouver une touche personnelle de Svelnia dans ce décor qui n'était pas le sien au départ et il fait le lien avec celui de son appartement. Impersonnel. Il observe la Présidente, accaparée par son écran, et trouve étrange qu'une femme avec une telle personnalité, qui n'est pas dénuée de goût dans ses tenues vestimentaires, soit si peu attentive à son environnement immédiat. Comme si elle avait senti son regard sur elle, Svelnia se retourne vers Eugenio pour lui demander s'il veut un café. Comme il répond positivement, elle va pour se lever quand un jeune homme entreprend de descendre l'escalier tournant, en sautillant comme un gamin.

— Ne vous dérangez pas Svelnia, je m'en occupe, dit-il

— Merci Charles, répond Svelnia avec un sourire poli.

Eugenio regarde Charles s'affairer à la machine à café que visiblement il n'utilise pas pour la première fois tant ces gestes sont précis et rapides.

— Je vous présente Monsieur Trevissolo. Il vient nous prêter main forte en l'absence de Faustino.

— Enchanté Monsieur. Je suis le responsable des ressources

humaines, dit-il en s'approchant main tendue vers Eugenio, ravi de vous accueillir parmi nous, croit-il bon d'ajouter dans un anglais à l'accent slave.

Un pisse-froid ! Voici donc celui par qui la nouvelle va se répandre et déborder des murs de l'entreprise.

Au moment où Charles dépose le petit plateau sur le bureau de Svelnia, Eugenio redouble d'attention pour percer une éventuelle complicité sulfureuse entre le jeune homme et la belle Présidente, mais sa perspicacité reste en plan.

Il est pourtant mignon ce Charles des Balkans !

Comme pressenti par Svelnia, la matinée se passe sans incident, mais l'après-midi aussi. Les conversations en grec laissent Eugenio à son ennui, même s'il croit deviner parfois une certaine jovialité dans les échanges téléphoniques dont il ne perçoit que la tonalité. Avec l'assentiment de Svelnia, il se risque à jeter un cil dans l'étage supérieur. Il découvre l'équipe du siège, une vingtaine de personnes, dont il remarque le jeune âge et la décontraction qui l'accompagne.

On se croirait dans une start up, high tech !

Vers 19 h 00, ils se trouvent les derniers à quitter les bureaux pour rentrer au domicile de Svelnia. En sortant du parking, Eugenio a le temps d'apercevoir deux voitures garées non loin avec deux hommes dans l'une et un couple dans l'autre.

— J'ai tout ce qu'il faut chez moi, inutile de faire des courses.

— Après cette journée passée à ne rien faire, je serais heureux de vous cuisiner quelque chose.

— C'est une bonne idée, répond Svelnia amusée.

Eugenio a rengainé ses craintes exagérées sur les pulsions supposées de son hôtesse ; ce qu'il a vu cet après-midi plaide pour une femme d'affaire professionnelle avant tout. Le contenu du frigo ne lui permet pas de dépasser le stade de la ratatouille, dont il apprend qu'on la nomme « briam » en Grèce et que les aubergines sont préalablement dorées au four dans de l'huile d'olive. La soirée s'étire un peu devant CNN, seule chaîne disponible à Athènes compréhensible par l'un et l'autre, avant que les premiers bâillements invitent à se glisser sous des draps séparés mais reposants.

La télé est encore allumée quand un bruit sec de clés dans la porte d'entrée se fait entendre. Les occupants du canapé n'ont pas le temps de se lever qu'un monstre leur tombe dessus. Armé d'une matraque il frappe. Eugenio prend un mauvais coup sur sa clavicule qui se brise. Il hurle de douleur et fait un bond pour se dégager mais Faustino lui fait face et s'apprête à le frapper à nouveau. Retenant son coup, il ne peut s'empêcher d'éructer :

— Je vais t'éclater, ordure.

Devant cette masse enragée et sous le coup d'une souffrance insurmontable dans son épaule, Eugenio est submergé, il ne parvient pas à se ressaisir. Faustino lève le bras, préparant le coup mortel en lui fracassant le crâne, mais au moment où la terrible matraque est brandie au plus haut, il s'effondre en poussant un cri de souris prise dans une tapette. La balle tirée par Svelnia, l'a atteint en plein cœur. Eugenio se remet à respirer, en se tenant l'épaule, Svelnia a le regard fixé sur le gisant dont les yeux sont encore ouverts, elle le toise avec rage, prête à tirer une deuxième fois.

— Tu ne feras plus de mal à personne, El Major !, lui lance-t-elle avec hargne.

Faustino la regarde dans un effort surhumain, un air d'hébétude le traverse, le rendant encore plus laid que d'habitude, juste avant que la vie ne le quitte pour de bon.

Ayant entendu le coup de feu, deux policiers en civil pénètrent à leur tour dans l'appartement, arme au poing.

— C'est trop tard pour lui signifier son arrestation, mais c'est le bon moment pour amener la civière, Messieurs, prononce la femme d'une voix sèche.

Tard dans la nuit, Eugenio revient de l'hôpital. Après une remise en place sous anesthésie – il a quand même fallu en passer par les doigts d'un chirurgien –, il se retrouve avec un bandage qui lui immobilise le bras. Malgré la morphine, il ressent une brûlure déchirante dans son épaule.

Svelnia rentre juste après lui, elle est allée déposer le récit de l'agression au commissariat. Plus que la légitime défense, c'est la protection de la vie d'autrui qui a été retenue pour l'absoudre de son tir mortel. À la question « Pourquoi n'avez-vous pas visé les jambes ? », la réponse a coupé court à toute discussion : « Je ne pouvais pas, Eugenio Trevissolo était juste derrière ! ».

— Qu'avez-vous comme remontant pour une victime du devoir ?, lui demande Eugenio s'essayant à la plaisanterie.

— À part des cerises à l'eau de vie, je n'ai rien malheureusement, lui répond Svelnia avec une sincère compassion.

— Ça ira. Je prends l'eau de vie et je vous laisse les cerises.

Pendant qu'elle verse l'alcool dans un verre minuscule, sorti tout droit d'une dinette de jeune fille, Eugenio la remercie de son intervention.

— Sans vous, j'y passais pour de bon. Bravo pour ce reflexe héroïque !

— Nous sommes quittes. Vous m'avez tirée d'un très mauvais pas avec cet Ahmed Rheddin.

— Écoutez, dans deux jours, je dois retourner à l'hôpital pour qu'ils changent mon pansement, après je pourrai rentrer chez moi. Mais je voudrais que nous nous quittions en bon termes. Aussi, j'ai décidé de vous rendre l'argent que vous m'avez versé.

Svelnia en reste bouche bée.

— C'est très élégant de votre part, dit-elle avec une touche de douceur remarquable chez cette femme sévère.

— Je retiendrai seulement les frais de mon voyage.

— Rajoutez-y une prime exceptionnelle pour tout ce que votre présence a apporté à mes affaires. Vous avez eu le courage d'affronter cet homme redoutable et m'avez montré ce qu'il était réellement, une brute à petite cervelle. Grâce à vous j'ai compris qu'il y avait des moyens plus… humains, pour diriger une entreprise.

On ne peut pas reprocher sa galanterie à un homme. N'empêche ! Quand la fringante et héroïque Svelnia a balancé son sautoir à 6.35 carat dans le buffet du majordome défroqué, elle n'a pas agi seulement pour le bien de l'humanité. Faustino représentait une source de nuisance assez vaste pour l'envoyer devant les tribunaux, et pas pour une simple admonestation avec sursis, comme s'y entendent bien souvent nos juges occidentaux, pour paraître plus civilisés que les autres. Jusqu'alors, il ne s'est retenu de moucharder que dans l'espoir de reconquérir son égérie irremplaçable, mais Svelnia sait très bien que son mutisme protecteur aurait vite cédé le pas devant son désir de vengeance, si son avenir avait été promis aux geôles infectes de Korydallos. Elle semble éternellement belle, hors d'atteinte des ravages de l'âge. Elle est même sur un chemin vertueux dans le management de ses affaires, à deux pas de la propulser dans la bienséance du Lions Clubs local, mais elle garde cette marque de naissance du jaguar, qui ne doit sa survie qu'à son instinct de chasseur impitoyable.

29 — *Salade piémontaise*

En dehors de ce temps pourri de novembre sur tout le Sud de l'Europe, il a vraiment fait les choses au mieux qu'il a pu le Commissaire Leonis. Pour son retour à Milan par un vol prioritaire, Eugenio est accompagné d'une infirmière. Cette délicatesse n'est pas motivée seulement par une assistance médicale presque superflue pour un bras en écharpe. « Je tiens à ce que vous gardiez le meilleur souvenir de la Grèce pour le service que vous lui avez rendu ! » avait déclaré Leonis sur le seuil de la porte d'embarquement. Et quoi de plus réconfortant qu'une nounou de 25 ans qui, ne parlant pas d'autres mots que ceux des grecs, est obligée d'y mettre les mains ?

« Libéré de sa tutelle » à l'aéroport italien, pas question de conduire une voiture de location jusqu'à Moncalieri, cette fois c'est un taxi qui le conduira à bon port, taxi qu'il n'avait pas osé prendre du vivant d'El Major, une semaine plus tôt.

Juste avant l'embarquement à Athènes, il a eu le temps d'envoyer un SMS à Pietro : « Arriverai dans cinq heures, environ ✈ », suivi d'un deuxième : « et tout nouveau contre temps est plus qu'improbable ☺ »

On n'imagine pas tout ce qu'une famille aimante est capable de faire en cinq heures pour accueillir l'intrépide enfant du pays.

Cécilia doit attendre la cloche de 17 h 00 pour pouvoir lâcher sa marmaille, quitter son école et se rendre chez Antonella. Il n'y aura pas de coiffeur cette fois-ci mais elle repasse quand même chez elle pour se rafraîchir la frimousse et enfiler une tenue un peu plus sexy que son jean d'institutrice. Elle laisse un mot à Emilio, son ainé, avec un billet de cinquante euros pour une soirée pizzas avec Maria et Georgia ; il y a foot ce soir à la télé et ils sont fans tous les trois, son absence va arranger tout le monde. Elle est en train de fermer la porte de son appartement, quand elle reçoit un SMS d'Antonella lui demandant d'apporter de la cannelle en poudre, une boîte d'anchois et des grosses olives noires.

La Panetteria est sur mon chemin, ça ira !

Pendant ce temps Antonella est aux fourneaux, elle est aidée par Sylvia. Quand les deux jumeaux rentrent du collège, ils ont compris en un éclair que ce soir, ce sera la fête. Même Titus, le maigrichon chien de berger, dérangé dans ses habitudes, remue la queue, à tout hasard.

— Y'aura qui maman ?, demande Stephano, avec déjà des étoiles dans les yeux.

— Tonton Eugenio…

— Ouais !, fait Regio en sautant comme un cabri.

— … et Cecilia !

— Ouais !, font les deux mouflets.

— Allez prendre une douche et mettez les vêtements que j'ai préparé sur vos lits.

— Moi d'abord !, lance Regio à son frère en s'enfilant dans le couloir.

— Non, moi !

— Tirons au sort !

— D'ac !

— Et après, vous dresserez la table…, dans le salon…, avec la nappe à fleurs, leur crie Antonella.

Peu avant ces évènements, Pietro a été chargé de ramener le nécessaire de la serre : une salade, des tomates, du basilic, du thym, du laurier, de la sauge, un poireau et un chou-fleur. Cette parcelle de son jardin est un lieu quasi sacré. Dès qu'il y pénètre, il s'imprègne des odeurs mêlées dans un silence d'église. Il s'y active beaucoup au printemps et en été, l'automne est un temps de grâce où la nature lui offre ses derniers fruits comme pour le remercier de tous ses soins. L'endroit est assez vaste – pas loin de cent mètres-carrés – et Pietro s'évertue à ce qu'il produise le plus longtemps possible dans l'année. Il obtient de beaux résultats, au point qu'Antonella occupe un petit espace de vente dans la halle du marché de Moncalieri, le mercredi après-midi, après la cueillette du matin. Pour l'occasion, les jumeaux sont réquisitionnés pour donner un coup de main à la manutention des cagettes. Ils ne rechignent pas à la tâche car en échange, ils ont droit à une heure de baby-foot au Café de la Halle, sous la surveillance sourcilleuse de la patronne. Si la vigilance de Domenica est intraitable – les gros mots sont interdits –, le respect du temps imparti est d'une grande souplesse et les *diabolos alla menta* se succèdent jusqu'à ce qu'une envie pressante y mette un terme.

Le carillon du salon vient de sonner 18 h 00 – avec cinq bonnes minutes de retard – quand un toc-toc retentit à la porte. La tension de Cecilia passe de 13 à 17. Sylvia va ouvrir et l'on entend : « Oh, bonjour Fabrizio », suivi du petit claquement de deux bises et de : « Je viens fêter l'évènement avec vous ! ». Cecilia regarde Antonella, elle est littéralement décomposée.

* * *

Fabrizio est le beau-frère dans toute sa gloire. Il était marié avec la sœur d'Antonella, décédée d'un cancer il y a quelques années. Veuf inconsolable en apparence, vieux garçon en sursis en réalité. Pas très grand, pas très mince, pas très musclé, pas très beau, ses manies, très développées, lui tiennent lieu d'intelligence. Né dans une famille moyenne et bourgeoise, il pousse ses études assez loin pour devenir… directeur de l'école de Moncalieri, celle-là même où enseigne Cecilia et c'est là que le bât blesse ! Depuis qu'il a appris le divorce de son institutrice, il s'est mis à la regarder d'un air vaguement amoureux. Oh pas de harcèlement ni d'agression, il est bien trop timoré pour ça, mais des petits signes qui ne trompent pas les femmes : des rencontres 'comme par hasard' dans les couloirs, sa présence aux seules réunions auxquelles elle participe, des compliments discrets sur sa tenue ou des félicitations appuyées sur ses résultats. Bref, la pauvre Cecilia en est persuadée, c'est à cause d'elle qu'il est là.

* * *

Entrant dans le cuisine pour saluer Antonella, il fait mine d'être surpris.

— Oh Cecilia ! Vous êtes là aussi, c'est merveilleux, nous allons pouvoir partager ce moment ensemble.

— Eh bien cela dépend de Pietro et Antonella, s'ils vous invite à leur table, répond Cecilia sur la défensive.

— Inutile, je suis juste venu pour l'apéro.

— Mais comment as-tu appris le retour d'Eugenio ?, demande Antonella.

— Mais par tes enfants, pardi. Je passais devant chez vous, tes enfants jouaient dans le jardin et ils n'ont pas pu résister à me faire part de leur joie de recevoir leur oncle.

— Eh bien, c'est heureux que nous n'habitions pas en centre-ville, nous aurions eu foule pour l'apéro, rétorque Antonella sans cacher son agacement.

Grâce aux mimiques de Cecilia, elle comprend instantanément l'embrouille qui se prépare avec l'arrivée de cet intrus. La situation est compliquée pour les deux femmes. Antonella ne peut pas chasser son beau-frère dont elle connaît l'accablement de son veuvage et Cecilia n'a pas toute la liberté qu'elle voudrait avec son directeur. Sylvia assiste à la scène en silence, impuissante elle aussi. Seul Pietro serait à même de réagir à bon escient, mais il est occupé avec les bêtes ; la bergerie a beau être équipée d'un robot pour la traite, il faut quand même quelqu'un pour appuyer sur les boutons. Les bras ballants, l'œil rivé sur Cecilia, Fabrizio se mord les lèvres pour ne pas dire ce qu'il pense de sa tenue de fête, qu'elle lui va à ravir, qu'il la préfère à ses jeans d'institutrice, et bla-bla-bla. Mais il n'en fait rien. De longues minutes d'un silence pesant s'étirent avant qu'il ose un : « Puis-je vous être utile à quelque chose ? », ce à quoi les deux femmes, dont les mains se démènent dans les victuailles et la vaisselle, répondent par une dénégation catégorique et dans un chœur parfait.

Enfin, on entend Pietro qui revient de la traite et va pour s'enfermer dans la salle de bains quand Antonella saisit la balle au bond.

— Devine qui vient fêter le retour d'Eugenio ?, lance-t-elle à voix forte dans le couloir.

Intrigué, Pietro pointe son museau dans la cuisine.

— Fabrizio ! Quelle bonne surprise ! Figure-toi que tu as le nez creux, tu restes avec nous…

Sylvia, qui est derrière lui, fait des grands gestes à son père qui comprend un peu tard.

— … prendre l'apéro, n'est-ce pas ?, conclut-il, se rattrapant aux branches.

Puis, il s'éclipse pour aller se changer. À peine a-t-il tourné le verrou de la salle de bain, qu'on entend toquer à la porte.

— Cette fois, c'est forcément la bonne, déclare Antonella.

Comme s'il avait pu comprendre, Titus devient fou de joie et se dirige vers la porte en jappant. Dès que son maître entre, c'est un délire canin à n'en plus finir. Il saute, pigne, tourne, renifle, se secoue, se met debout contre Eugenio, lui mordille les doigts, trépigne, aboie, implore des caresses et baille d'émotion. Antonella a quitté son tablier et vient embrasser son cousin.

— Oh, que t'est-il arrivé ?, s'exclame-telle en voyant son bras en écharpe.

— Un souvenir de Grèce, répond Eugenio avec un sourire qui semble ajouter en silence : « mais ce n'est pas grave ! »

Les deux enfants et Sylvia s'y mettent aussi, Eugenio ne peut rien faire ou dire d'autre que d'échanger des bisous avec tout le monde. Cecilia est restée en retrait, laissant la primauté des effusions à la famille. Quand Eugenio la voit, il est saisi par un élan de joie.

— Cecilia ? Tu es venue aussi ? Je… je suis comblé, dit-il en posant son sac.

C'est alors que Fabrizio s'interpose, la main droite tendue pour serrer celle d'Eugenio, la main gauche posée sur l'épaule de Cecilia qui l'esquive aussitôt.

— Je suis Fabrizio, le beau-frère d'Antonella et de Pietro et je n'ai pas pu résister à m'associer au bonheur de votre retour, dit-il sans aucune vergogne.

— Le beau-frère de… Ah oui !, répond évasivement Eugenio.

— Et accessoirement, je suis aussi le directeur d'école où enseigne Cecilia…

Eugenio n'a pas manqué le manège de la main sur l'épaule de Cecilia et la gêne de celle-ci. Par réflexe, son poing s'est crispé. Méprisant la main tendue de Fabrizio, il s'avance pour saisir Cecilia de son bras valide et elle n'attend que ça. Ils se serrent l'un contre l'autre, sans dire un mot audible, sauf qu'Eugenio glisse à son oreille :

— Veux-tu m'épouser, Cecilia ?

— Oui !, lui chuchote-t-elle en réponse.

Puis, elle le prend par la main et l'emmène vers le coin du salon, non loin de la cheminée où un petit feu d'automne irradie sa douce chaleur. Elle le fait asseoir dans un des fauteuils, devant la table basse où sont déjà disposés les amuse-gueules. C'est juste après que Pietro rejoint la famille. L'accolade avec son cousin est très chaleureuse.

— Avant toute chose, il nous faut trinquer à ton retour, Eugenio.

Tout le monde se lève pour trinquer, le Prosecco rosé file comme de l'eau minérale sauf pour les enfants, dont le diabolo fraise a pourtant une couleur très approchante. « Je veux encore trinquer avec toi, Tonton Eugenio ! », s'écrie Regio, suivi de son frère : « Moi aussi, moi aussi ! ». Cecilia affiche un sourire extatique, figée dans le bonheur d'avoir entendu la demande en mariage de celui qu'elle aime depuis toujours. Antonella discute à voix basse avec Sylvia, sans doute au sujet de l'organisation du repas. Pietro plaisante avec Eugenio, impatient d'entendre le récit de ses péripéties égéennes. Titus ne quitte plus son maître, il est collé à lui et tend l'oreille à ses moindres mots. Fabrizio, lui, ne semble pas encore avoir compris l'incongruité de sa présence ; il continue à lorgner Cecilia avec des yeux de merlan frit, imaginant être à l'origine du bonheur puissant qui émane d'elle.

— Maintenant, tu vas nous raconter tes aventures, lance Pietro.

— Ça va être un peu long et je ne voudrais pas retarder Fabrizio qui a sûrement des tonnes de choses à faire « accessoirement » dans son école…

La pique a été directe et conduit brutalement Fabrizio à quitter sa lune pour revenir sur terre, mais il tente de persister.

— Non, non, j'ai tout mon temps…

— Allez Fabrizio, Eugenio a raison. Je suis passé devant l'école tout à l'heure et j'ai vu une fenêtre grande ouverte. En cette saison frisquette, ce n'est pas raisonnable, pense aux dépenses de chauffage qui pèsent sur la collectivité, reprend Pietro en se levant pour raccompagner Fabrizio.

— Effectivement ce n'est pas normal. Alors je vous salue tous et Cecilia, je vous dis à demain…

— Demain je suis en congé, c'est inscrit dans le planning que vous avez signé en début de semaine, Monsieur le Directeur, rétorque Cecilia.

Acculé et confus, l'importun s'esquive en affichant un sourire gêné. Dès qu'il est sorti, Sylvia se lâche :

— Non mais, il n'a même pas vu qu'il n'y avait que sept couverts sur la table ce raseur !

— S'il n'y avait que ça qu'il n'a pas vu !, déclare Cecilia juste avant d'éclater de rire.

Cet éclat signe le vrai début de la fête en se communiquant à toute la maisonnée, même les enfants qui n'ont pas tout compris s'y laissent aller.

— Alors, raconte, insiste Pietro

— Si tu veux bien, avant de parler du passé, je commencerai par mes projets d'avenir, répond Eugenio avec de la malice dans les yeux.

— Ah bon ?

— Je vais me marier.

— Moi aussi, poursuit Cecilia sans cesser de rire.

Et pour bien faire comprendre à leurs amis ce que cela signifie, Eugenio et Cecilia s'embrassent. Les exclamations de joie qui succèdent aussitôt à cette révélation sont si sonores que les murs en vibreraient s'ils n'étaient pas aussi solides. Et cette fois, même Stephano et Regio comprennent tout.

— Mais je ne vais pas vous laisser en plan avec mes souvenirs. Figurez-vous qu'à Brindisi, alors que j'attendais mon avion pour Milan, j'ai parlé à un vieil homme qui était protégé par deux gardes du corps.

— Oh, oh, ce devait être une célébrité, s'exclame Antonella.

— Tu peux le dire. Il y avait plusieurs personnes qui s'étaient mises à faire des selfies. Je ne comprenais pas. Alors, un des gorilles me l'a avoué discrètement, c'était Chi Xao Tan, tu sais, le célèbre savant qui a inventé le translaser ![24]

FIN

---

[24] Voir la série « Électrons glamour et jupons libres », du même auteur

Table des chapitres